In copertina: "Il trionfo della Signora Lati"

2029 ANNO ZERO

ossia,

il trionfo della Signora Lati

TRAGEDIA ASSURDA IN QUATTRO ATTI

Commedia dell'orrore con finale a sorpresa

COMMENTI DELLA CRITICA

"Quest'opera è un insulto alla letteratura!"
(commento di un famoso critico letterario)

"Quest'opera è l'apice della letteratura!"
(lo stesso critico dopo aver ricevuto un bonifico)

PROLOGO

Siamo in una larga strada della città, con due marciapiedi ai lati. È vuota e tutti gli edifici sono chiusi e spogli. Sembrano disabitati da molto tempo. Ci sono un bar, un ospedale, una banca, una scuola, un supermercato, dei negozi e diversi studi privati -anch'essi chiusi da molto- le cui insegne appaiono arrugginite. Si riesce a mala pena a leggere "Avv.", "Ing.", "Dott.". Su un marciapiede compaiono due individui, che camminano uno verso l'altro. Il primo è un vecchio curvo in avanti, che cammina appoggiandosi al bastone. Indossa un cappotto lungo. L'altro è un uomo vestito con una maglia nera che trascina un grosso sacco dell'immondizia nero rigonfio di rifiuti. I due si avvicinano guardando per terra. Si superano a vicenda e fanno altri passi. Poi, in contemporanea, voltano il capo e si fissano brevemente. Girano l'angolo ed escono di scena. Più in avanti s'intravede una lunghissima fila di persone davanti all'unico edificio aperto. È un chiosco di cemento con quattro finestre, su cui campeggia l'insegna "Reddito universale". Ancora più avanti, da una ripida discesa, sta correndo in retromarcia un autobus. Sembra che l'autista abbia perso i controlli. Alla base della discesa, sulla traiettoria del mezzo, c'è una macchina molto vetusta, il cui autista suona il clacson ma non sembra voler spostarsi, sebbene l'autobus minacci di venirgli contro. Alla fine, l'autobus travolge la vettura, comprimendola fino allo spessore di un vocabolario. L'uomo scende illeso dalla macchina e si ferma a fissare l'autobus con sguardo serio, tenendo le braccia distese. L'autista dell'autobus scende dal mezzo]

Autista: [alza la mano, forte] scusa!

-l'uomo continua a fissarlo indifferente. L'autista risale sull'autobus e riparte, andando a sbattere a sinistra. Fa retromarcia e riparte ma va a sbattere a destra, investendo un pedone. L'autista sporge la mano dal finestrino e grida "scusa" al pedone. Dalle case sono affacciate alcune persone che assistono imperturbabili alla scena. L'autobus gira in curva ma viene urtato da una vettura guidata da un uomo visibilmente indemoniato che tiene in una mano il telefono e nell'altra una sigaretta. L'autobus prosegue indifferente. L'uomo- con altrettanta indifferenza- continua a guidare e fumando urlando istericamente. L'autobus si ferma al semaforo. Viene inquadrato l'interno. Ci sono solo due passeggeri. In ultima fila un tonno in giacca e cravatta e più avanti il Signor Rat Cianfone, un uomo di mezza età parzialmente calvo. Egli risponde al telefono e parla-

Rat: sì, sono quasi arrivato. Il viaggio è andato bene. Fa un po' freddo ma sopportabile. Per il resto tutto bene. [ascolta. Con distacco] ah, è morto mio figlio? Mi dispiace, quanti anni aveva? [ascolta] ah, ho capito. Va bene, sto arrivando. [riattacca]

[durante la sosta al semaforo, l'attenzione di Rat viene attratta da un cartellone pubblicitario posto sul marciapiede. Esso recita quanto segue]

FRODETHON

"Aiuta la ricerca contro gli starnuti a occhi aperti"

Sotto la scritta vi è l'immagine di una coppia di anziani. C'è una donna molto sorridente accanto al marito, assai meno sorridente. Quest'ultimo ha la bocca sigillata dal nastro adesivo e gli occhi cuciti. Sotto l'immagine si legge una didascalia:

"Prima Pietro starnutiva di notte a occhi aperti. Che momenti terribili abbiamo passato! Ma adesso, grazie a Frodethon, mio marito è guarito per sempre. La felicità è tornata! Non ci sembra vero!"
(Maria, testimone della ricerca)

[Rat legge il cartellone e commenta]
: vedi? Passo dopo passo si arriva al traguardo. Forse gli farò un bonifico.

[l'autobus riparte. Nella corsia accanto sfreccia una macchina con un uomo in piedi immobile sul tetto. L'autobus prosegue, la strada è sempre vuota. Giunto sulle strisce, l'autista si ferma per lasciar attraversare lo stesso vecchio ricurvo in avanti con il bastone. La sua andatura è molto lenta. L'autista suona quindi il clacson per intimorirlo. Il vecchio ride e attraversa ancora più lentamente. Arriva sul marciapiede e l'autobus riparte. Poco più avanti, al semaforo, l'autista scorge in lontananza lo stesso vecchio che attende il verde per attraversare. L'autista accelera disperatamente, nella speranza di passare prima del vecchio. Purtroppo per lui, il semaforo diventa rosso. Il vecchio sorride e inizia ad attraversare lentamente e ridendo. Ma l'autista non ci sta. Accelera al massimo e attraversa l'incrocio urlando in preda al panico. Gira e si immette in una strada a due corsie, di cui una riservata al tram. Dietro l'autobus una "macchina" - che si fa fatica a definire tale- guidata da un culturista, accenna a voler sorpassare. L'autista però, non la prende bene e accelera. Il culturista sforza il suo rottame ai limiti, finché il motore inizia a fumare. Si porta sulla corsia del tram e guadagna terreno. È in testa all'autobus. I due autisti si guardano digrignando i denti e ruggendo in segno di sfida. I due gentiluomini lottano mattamente. C'è un colpo di scena. Il culturista si sporge dal finestrino e incita i suoi quattro criceti dopati, addetti a girare le ruote della "macchina"]

Culturista: [forte, con disprezzo] più veloce! Bestie schifose!

[i muscolosi criceti girano all'impazzata. La loro pseudo-macchina è in testa. L'autista dell'autobus- comprensibilmente- non sopporta l'idea di farsi superare da un rottame spinto da quattro criceti dopati. Ricorre allora all'astuzia: prende una scatola di mangime e se ne versa un mucchio nella mano. Apre lo sportello e si sporge pericolosamente avvicinandosi a uno degli animali. Prova a porgergli il mangime ma il super criceto lo ignora e continua ostinato a girare. Il culturista lo osserva sorridendo e commenta con arroganza]

Culturista: puah! Ci vuole ben altro per distrarre le mie belve!

[l'autista rientra mortificato nell'autobus. Le due vetture continuano a correre, tra l'indifferenza dei due passeggeri. In lontananza s'intravede il tram. Il culturista esorta i suoi teneri animaletti a girare al massimo della loro forza]

Culturista: forza! E uno e due! E uno e due! Muovetevi!

[il culturista allena i pettorali grazie alla macchina da pesi che è al posto del sedile. La sua vettura ha quasi superato l'autobus. L'autista sta per arrendersi ma, all'improvviso, sembra accenderglisi una lampadina. Prende un barattolo di miele e ci si cosparge tutto il corpo. Apre di nuovo la portiera e si sporge, richiamando i criceti con dei versi]

Autista: ehi! Guardate qui! Il pranzo è pronto!

[i quattro criceti vengono immediatamente attratti dall'odore del miele e si fiondano sull'autista, che rientra dentro. La macchina del culturista procede ormai per inerzia. Il culturista rimprovera i criceti]

Culturista: traditori! Tornate subito qui!

[dall'altra parte, l'autista se la sta vedendo brutta con i criceti, che lo sgranocchiano con grande foga.]

Autista: [forte] sììì! Non ce la farai a sorpassarmi: hahaha! Aaah! Aiuto!

[l'autista alterna urla di dolore a grida di gioia. I passeggeri rimangono imperturbabili. La macchina del culturista inizia a rallentare, il tram si avvicina. È interessante notare che le ruote dell'autobus sono ferme, sebbene il mezzo stia correndo. Il culturista insulta i suoi animali]

Culturista: traditori! Credete di avermi in pugno? Staremo a vedere!

[i rabbiosi criceti sono impegnati a degustare l'autista, il quale continua ad alternare urla di dolore a grida di gioia.]

Autista: sììì! Hai perso! [ride] hahaha! [urla] aaaah!

[i criceti si concentrano adesso tra il busto e il volto. L'autista è ormai assuefatto. Continua a guidare senza battere ciglio. Viene ulteriormente eccitato dalla vista del tram che si avvicina. Umilia il culturista]

Autista: sei finito! [urla] aaah!

[la macchina del culturista, privata dei suoi "motori", si ferma sulle rotaie. Anche l'autobus si arresta per assistere al pietoso spettacolo. Il tram è a pochi metri di distanza.]

Culturista: traditori! Credete di avermi in pugno? Staremo a vedere!

[all'interno dell'autobus, tra le urla dell'autista, il signor Rat commenta]

: perché ci fermiamo? [osserva dal finestrino la scena ma rimane dubbioso] forse è meglio se avviso a casa. [chiama al telefono] pronto? No, ti volevo dire che faccio un po' di ritardo. Se vuoi, inizia a mangiare. [ascolta] no, non sono io che sto urlando. [riattacca]

[il tram, guidato da una giraffa umana, suona la sirena, per avvertire la macchina sulle rotaie]

Rat: ah! Forse deve passare il tram!

[il tram suona ancora la sirena. Il culturista realizza (o forse no?) la sorte che lo attende ma decide di combattere da vero eroe.]

Culturista: [forte] vieni! Vieni, se hai il coraggio! Credi di spaventarmi? Io i tram li sollevo come riscaldamento!

[il tram prosegue. È a pochi metri dal culturista, che continua a urlare.]

Culturista: [forte] cosa aspetti? Colpiscimi se hai il coraggio! [piangendo] per favore, fermati!

[il tram è a un metro dalla macchina. Il culturista torna serio e fa il segno della croce nella sequenza: testa, sinistra, centro, destra e congiunge le mani. Poi proclama]

: Abbi pietà di questo peccatore!

[il tram travolge l'auto, riducendola a una lamiera spessa un millimetro, e prosegue. All'interno dell'autobus torna il silenzio. Rat osserva la scena e commenta]

: ah, bene. Il tram è passato. Ma perché non ripartiamo?

[si rivolge al tonno umano seduto dietro di lui]

: mi scusi, lei sa perché ci siamo fermati?

Tonno: no. Avevo un appuntamento ma temo che dovrò rimandare.

Rat: io vado a chiedere all'autista che succede.

Tonno: è molto gentile. Poi mi faccia sapere.

[Rat si alza e va dall'autista]

Rat: signor autista? [nessuno risponde] mi scusi? [si avvicina] sa dirmi perché ci siamo fermati?

[arriva accanto all'autista ma scopre che di questi è rimasto solo lo scheletro e il pantalone. I criceti, sazi come mai, si crogiolano sul cruscotto con la pancia gonfia. Rat sgrida l'autista]

: [severo] ah! Complimenti! E ti credo che siamo fermi! Guarda qua! Crede di stare in vacanza? Mi risponda! Lei è sul posto di lavoro e questa è una grave mancanza, che ha causato un imperdonabile disservizio! Io sono una persona molto tollerante ma nessuno può mettermi i piedi in testa! Il suo è un atteggiamento insolente! Riferirò tutto al suo capo e denuncerò la compagnia! Che le sia di lezione!

[Rat torna dal tonno]

Tonno: allora?

Rat: penso che ci convenga scendere. L'autista è in sciopero.

Tonno: non è la prima volta che succede su questa linea.

Rat: io però ho pagato il biglietto per l'intero viaggio! Esigo un rimborso.

Tonno: [si alza] ha ragione. Forse ci avremmo messo meno a piedi.

Rat: questi non lavorano e poi si lamentano quando la Signora Lati li lascia in mutande!

Tonno: è proprio così!

[i due scendono dall'autobus, passando accanto all'autista. Giunti in strada si allontanano ognuno sulla propria strada]

[una volante della polizia con due agenti si accosta all'autobus, vicino al finestrino dell'autista. Il serissimo agente fissa l'autista poi si sporge dal finestrino e attacca una multa al tergicristallo. La volante va via]

ATTO I

SCENE DI VITA VISSUTA

SCENA I

Casa di Rat Cianfone.

Rat è tornato a casa e adesso si prepara per uscire. In casa ci sono lui, la moglie e il loro gatto-cuoco: uno splendido persiano grigio con tanto di cappello e divisa da cuoco. Indossa un monocolo.

Rat: io esco. Vado a giocare.

Moglie: quando vuoi.

Gatto cuoco: [apre la porta a Rat] buona fortuna, signore.

-Rat esce di casa e cammina fino alla bacheca dei necrologi. Ce n'è uno
che lo colpisce:

Rat: [afflitto] no! Liliano! Perché proprio lui?

[viene inquadrato il necrologio: *"è tornato alla casa del Padre il Signor
Liliano. Ne danno il lieto annuncio gli eredi"* Addì, 01/01/2029

-viene inquadrato Rat. Dietro di lui si muove un'ombra, Rat si gira: è
Liliano, sta leggendo il necrologio sorridendo-

Rat: Liliano! Allora sei vivo!

Liliano: [ironico] pare di sì. A questi ragazzacci piace scherzare.
D'altronde, se ci azzeccano, si portano a casa un bel gruzzolo. Stavolta gli
è andata male.

Rat: sapessi che spavento!

Liliano: anche a me piaceva giocare ma, visto che indovinavo sempre, ho
deciso di smettere.

Rat: permettimi di offrirti da bere.

Liliano: sarà un onore!

-si dirigono verso il bar. Ci sono delle macchine parcheggiate ma con le
ruote in movimento. Mentre camminano, sull'altro marciapiede passa un
abitante tipico della zona: un triangolo equilatero lungo e basso con un
volto umano. Si guardano senza salutarsi poi entrano nel bar. Due signori
seduti a un tavolo li seguono con lo sguardo. Al bancone c'è una donna
bassa è un po' obesa, molto vecchia. I due si appoggiano al bancone, la
barista gli si avvicina-

Barista: desiderano?

Liliano: [ironico] no, no! Per carità! Paghiamo il disturbo.

[la barista sorride e si allontana]

-Rat legge velocemente i titoli dei giornali, rimanendo stupefatto quando apprende la notizia del giorno: *"cavolfiore uccide padrone di casa per legittima difesa: «voleva cucinarmi»"*.

Rat: mah! [posa il giornale]

Liliano: caro… [esita] ehm… come hai detto di chiamarti?

Rat: Rat.

Liliano: Rat, caro mio! Noi ci conosciamo da tanti anni. Io conosco molto bene anche tuo cugino. [esitando] come si chiama? Donata? Amerigo? Vincenzo?

Rat: Tata!

Liliano: Tata! Certo! È ancora vivo?

Rat [ridendo] sì, sì, è vivo.

Liliano: vista la nostra intima conoscenza, vorrei proporti…

-in quel momento una pantera nera irrompe nel bar. Sembra molto affamata. I signori rimangono tranquilli, la barista digrigna i denti in segno di sfida. La pantera carica contro la barista e le si scaglia contro. La barista cade ma subito si rialza. Lotta ferocemente contro la belva, cercando di allontanare la testa dalle fauci. Con una mano afferra l'animale dalla zampa e inizia a rotearlo in aria con naturalezza. I clienti osservano tranquilli. La barista scaraventa la pantera fuori dal bar. La pantera si rialza, emette un timido vagito e scappa-

Liliano [ride, ironico]: spero che potrai perdonarmi. Non so come sia successo.

Rat: [tranquillo] ma figurati, mica è colpa tua.

Liliano: [con fare convincente] ti stavo dicendo… tu sei un uomo di spessore, colto [Rat si eccita], ehm… aspetta un attimo [estrae un'agenda e legge] intelligente… colto l'ho già detto? Sì, colto e, soprattutto, ricco.

Rat: [con orgoglio] modestamente, sì.

Liliano: hai un patrimonio da tutelare, giusto?

Rat: giusto, sì.

Liliano: allora cosa c'è di meglio di un investimento sicuro e redditizio? Se poi ti viene offerto da un amico di fiducia…

Rat: hai perfettamente ragione caro… ehm…

Liliano: Liliano!

Rat: certo! Liliano! Allora, dicevi?

Liliano: vista la nostra reciproca fiducia, vorrei proporti un valido investimento. [estrae un ombrello] perché non compri un ombrello con la punta di ferro?

Rat: sì, ci avevo già pensato. Ma dovrei prima parlarne con mia moglie e anche con il mio gatto. Di solito mi fido di loro.

Liliano: è qui che sbagli! Loro non sono interessati a proteggerti! Io sì!

INTERMEZZO

-nel bar entra un uomo anziano vestito distintamente con un mantello e uno scettro. Si avvicina al bancone, accanto ai due-

Uomo: un caffè, grazie. [la barista serve un caffè]

Uomo: ah! Il caffè! Mi fa riconquistare la fiducia nell'umanità. Per questo cerco di non abusarne. [rovescia il caffè nel cestino, guardando Rat ed esce dal bar]

Rat: ma chi era quello?

Liliano: ah, lascia stare. Piuttosto, cosa ne pensi di questo ombrello? [porge l'ombrello a Rat]

Rat: sì, mi sembra solido. Del resto ha la punta di ferro.

Liliano: sì, è tutto ferro. Non se ne trovano in giro.

Rat: è vero! Conosco gente che pur di guadagnare mi avrebbe venduto un ombrello con la punta di plastica!

Liliano: delinquenti!

Rat: che poi si sarebbe spezzato al primo utilizzo.

Liliano: questo ombrello è un investimento sicurissimo! Garantisco sull'onore!

Rat: sicuramente, ma… [timoroso] quanto costa?

Liliano: è gratis!

Rat: gratis! Oh! Allora lo compro subito!

Liliano: è tuo! Complimenti!

Rat t: caro mio, è stato piacevole e proficuo incontrarti! Considera il tuo nome già scritto nel mio testamento!

Liliano: ti saluto. [s'inchina ed esce]

Rat: [esce, guarda il cielo nuvoloso] ma tu guarda! Sta venendo a piovere! Menomale che ho il mio ombrello! [apre l'ombrello e s'incammina. Arriva davanti a un manifesto pubblicitario di un carciofo multifunzione, che recita:]

"Nuovo! Licenzia subito i tuoi impiegati! Non ruba! Non spettegola! Non si stanca! Non chiede aumenti! Solo oggi in offerta!"

Rat: [riprende a camminare] e chi l'avrebbe mai detto! Un carciofo multifunzione! E siamo solo agli inizi! [si sente un tuono] adesso torno un momento a casa. Voglio mostrare il mio nuovo investimento! Credevano che non sapessi cavarmela da solo! [torna a casa]

SCENA II

Rat rincasa

Rat: [rientra a casa] sono tornato!

[gli va incontro la moglie, una signora di mezza età abbastanza in carne]: hai vinto?

Rat: no, non sono ancora andato a giocare. Ho incontrato un vecchio amico e mi sono trattenuto con lui. [tiene in mostra l'ombrello]

[compare il gatto-cuoco]: salve signor Rat. È andata bene la partita?

Rat: no, non sono andato a giocare. Ho incontrato Liliano, da quanto tempo non lo vedevo! Siamo amici da sempre!

Moglie: e chi è questo Liliano? Non me l'hai mai presentato.

Rat: e cosa c'entra? È un amico di vecchissima data. Oltre che mio fidato consigliere! [mette ancora più in mostra l'ombrello]

Moglie: anche quell'ombrello non l'ho mai visto. Te l'ha prestato Liliano?

Rat: questo non è un semplice ombrello! È l'investimento che farà di me un uomo ricco!

Moglie: [perplessa] hai investito in un ombrello?

Rat: altroché!

Moglie: e cosa speri di ricavarci? Oltre a una cocente delusione…

Rat: un giorno voi rimpiangerete di avermi schernito! Immagino già i vostri sguardi invidiosi!

Moglie: ma come credi che un ombrello possa arricchirti?

Rat: ti ho già detto che questo non è un ombrello normale! È un ombrello con la punta di ferro! Prova a trovarne uno in giro, provaci! Sono l'unico in tutto l'universo!

Moglie: e lo voglio sperare! Da quale razza di accattone l'hai comprato?

Rat: primo, l'ho comprato da un amico fidatissimo. Secondo, non l'ho comprato.

Moglie: allora l'hai rubato?

Rat: [altezzoso] me l'ha dato gratuitamente!

Moglie: peggio! E poi chi sarebbe questo amico fidatissimo?

Rat: devo ripeterlo? È lui… [esitando]… Tiziano… no! Liliano! Aspetta, Tiziano o Liliano? [riflette, mano al mento]

Moglie: non ti ricordi nemmeno come si chiama e ti fidi di lui? Sii razionale, butta quell'attrezzo.

Rat: mai! Questo ombrello farà di me un uomo ricco!

Moglie: questo ombrello farà di te un uomo incenerito!

[interviene il gatto-cuoco]: signore, forse dovrebbe ascoltare sua moglie.

Rat: siete tutti d'accordo! Non me lo sarei aspettato!

Cuoco: ma no, signore. Noi abbiamo a cuore la sua salute.

Rat: voi siete solo invidiosi!

Cuoco: mi permetta almeno di coprire la punta con il nastro isolante.

Rat: mai! È proprio la punta che lo rende speciale!

Moglie: cerca di ragionare. Chi è questo Liliano?

Rat: è il mio migliore amico!

Moglie: scommetto che non sapresti neanche riconoscerlo!

Rat: e con ciò?

Moglie: ti prego, usa il cervello. Ti sembra possibile diventare ricchi investendo in un ombrello con la punta di ferro?

Rat: se lo dice Liliano, sì!

Moglie: e se te lo dicessi io, mi crederesti?

Rat: no.

Moglie: quindi solo se lo dice Liliano è vero. E ti pare ragionevole?

Rat: abbastanza da scrivere il suo nome invece del vostro nel mio testamento!

Moglie: bravo! Ti stai chiudendo nella bara con le tue mani!

Rat: voi non siete più miei eredi! Non ho più intenzione di ascoltarvi!

Moglie: proprio perché non siamo più tuoi eredi non abbiamo interesse ad ucciderti!

Rat: motivo in più per non ascoltarvi!

Moglie: [sconsolata] fa' come vuoi. Vai pure in giro con quell'ombrello.

Rat: [sorridendo, altezzoso] vi saluto miei cari. Vado a giocare.

Moglie: bisogna vedere se ci arrivi… [si sente un tuono]

Rat: sai che ti dico? [apre l'ombrello dentro casa] ecco!

Moglie: bravo! Ti stai scavando la fossa con le tue mani.

[Rat apre la porta con orgoglio ma gli cade dentro casa un uomo morto in giacca e cravatta, è sorridente. Alla vista di ciò, Rat accenna una risata poi torna rabbioso ed esce]

SCENA III

-Rat scende in strada. Tiene l'ombrello sollevato in una sola mano. La strada è vuota. Fa alcuni passi poi inizia a seguirlo un carro funebre guidato da un licaone. Continua fino alla bacheca dei necrologi, dove trova un'altra sorpresa: è affisso il suo manifesto-

"Si è tolto il pensiero il Signor Rat. I funerali domani"

Rat: [severo] balordi! Credete di spaventarmi? Ci avete già provato con il mio amico Liliano!

-prosegue, il carro lo pedina sempre-

Rat: [fissando compiaciuto l'ombrello] sono molto vicino alla svolta!

Grazie Liliano! O qualunque sia il tuo nome!

-continua a camminare, il carro è sempre alle sue spalle. All'improvviso da una ripidissima discesa scende a velocità incontrollata un carrello per la spesa, dentro al quale è adagiato un uomo morto sorridente. Il carrello punta verso Rat, che riesce a schivarlo per poco. Prosegue come se nulla fosse successo-

Rat: [superbo] che pena che mi fanno! Muoio dalla voglia di vederli implodere per l'invidia quando sarò ricco! Loro poveri e io ricco! Devo tutto a te, Tiziano, o come ti chiami! Sarò generoso nel testamento, te lo prometto. [si sente un tuono, inizia a piovere]

Rat: questo è un lavoro per te, ombrello! [apre con orgoglio l'ombrello e continua a camminare. Smette di piovere ma arriva una raffica di tuoni]

Rat: [cantando] il mio benefattore si chiama Liliano! Il mio santo protettore si chiama Liliano! [cammina saltellando con l'ombrello aperto. Sull'altro marciapiede passa un rombo che lo fissa.]

[Rat continua a camminare orgoglioso. A un tratto incontra Umbverto, una vecchia conoscenza, e si ferma a parlare]

Rat: eh! Che ci fai qui!

Umbverto: [fuma una sigaretta, sorridente] niente, stavo andando a comprare la bara per mia moglie.

Rat: [sorridente] ah sì? mi fa piacere. Quanto ci vuoi spendere?

Umbverto: [più serio] il fatto è che devo comprare due bare.

Rat: [stupito] due bare?

Umbverto: [si spegne la sigaretta sulla fronte, lasciando un'ustione, e la ingoia] sì. una per mia moglie e una per il suo ombrello.

Rat: ma quanto ci vuoi spendere?

Umbverto: non so. Per mia moglie andrà bene un sacco a pelo. Ma l'ombrello ha chiesto una decorosa sepoltura.

-passa una macchina rossa con tre passeggeri identici che fissano i due, i quali ricambiano senza scomporsi-

Rat: quindi non li seppellite insieme come si fa di solito?

Umbverto: no. Ti dicevo che l'ombrello ha chiesto a mia moglie di riservare una parte dell'eredità alla sua "degna sepoltura". Io non ero d'accordo ma mia moglie aveva perso completamente la testa per questo ombrello.

Rat: mannaggia. E tu non sei riuscito a convincerla?

Umbverto: a convincere mia moglie? e chi la conosce?

Rat: [serio] non conoscevi tua moglie?

Umbverto: no. Sono diventato suo marito perché l'aveva scritto nel testamento.

Rat: ah! E il suo vero marito dov'è?

Umbverto: [ironico, ridendo] secondo te? Hahahah!

Rat: [ridendo] sei sempre il solito vecchio!

Umbverto: sapessi che si è inventato!

-passa di nuovo la stessa macchina rossa che fissa i due-

Umbverto: nel testamento della moglie c'era scritto che se suo marito fosse riuscito a nascondersi per un mese dopo la morte della moglie, io avrei perso il titolo di unico erede e tutta l'eredità sarebbe stata bruciata.

Rat: che ha combinato?

Umbverto: [sorridendo] era su tutte le furie. Bestemmiava dalla mattina alla sera. Proprio non riusciva a sopportare l'idea che io mi intascassi tutta l'eredità. Oh signore! Se ci penso rido ancora! [ride]

Rat: racconta! Sono curioso!

Umbverto: io sapevo che avrebbe provato a nascondersi. Allora andai a casa sua a cercarlo. Guardai ovunque, da cima a fondo, ma non c'era traccia di lui. Allora provai a fare il verso dell'anatra- che l'altra volta aveva funzionato- ma niente.

-passa di nuovo la stessa macchina-

Rat: e poi che hai fatto?

Umbverto: nella casa iniziò a risuonare una registrazione del marito che diceva: "mongoloide! Non mi troverai mai!" mi ero quasi arreso ma la Provvidenza non si era dimenticata di me. Mi venne voglia di un caffè e andai in cucina. I fornelli erano occupati da una pentola. La scoperchiai e capii a che gioco stavamo giocando. Quello sprovveduto del marito aveva pensato bene di cucinarsi!

Rat: [sorridendo] ma non mi dire!

-passa di nuovo la stessa macchina, stavolta i passeggeri sono molto sorridenti-

Umbverto: Ma non finisce qui. Nella pentola c'erano solo le gambe, ancora vestite. Ma io dovevo trovare tutto il corpo. Allora provai a ripercorrere le sue azioni.

Rat: [aggressivo] io ti posso concedere un altro quarto d'ora, poi me ne vado.

Umbverto: se avevo ragione, quello era stato il suo primo atto. Poi era andato da qualche altra parte, spingendosi con le braccia. [ride] scusa ma non posso trattenermi se penso al busto di quello lì che si spinge con le braccia.

-sul carro funebre il licaone inizia a spazientirsi: batte le dita sul volante e si guarda intorno. Poi suona il clacson e legge un giornale-

Rat: dove hai trovato il resto?

Umbverto: provai a immedesimarmi in lui. Pensai che in secondo luogo si sarebbe sbarazzato del busto, come avrei fatto io. I santi si dimostrarono ancora una volta generosi. Una voce divina mi suggerì di andare in salotto. Stranamente il camino non era acceso. E sai perché?

Rat: no

Umbverto: [sorridendo] perché aveva nascosto il busto in mezzo alla legna.

Rat: scusa, ma perché non si è bruciato direttamente? Non era più comodo?

Umbverto: sì, lo era. Ma nel testamento c'era scritto che il marito doveva nascondersi rimanendo integro o ricomponibile. E menomale! Figurati se non si sarebbe bruciato pur di spodestarmi!

-passa sempre la stessa macchina-

Rat: mancano ancora la testa e le braccia.

Umbverto: [dando le spalle, urlando] non te lo dico! Non te lo dico!

Rat: [urlando] tu me lo devi dire! Io ti ammazzo! Quant'è vero Iddio!

Umbverto: [torna calmo, si rigira] bene, le braccia. A questo punto di lui rimaneva solo la testa spinta dalle braccia. Era chiaro che in quelle condizioni fosse in difficoltà; non poteva andare molto lontano… ma poteva andare in alto. Guardai il soffitto e fui molto colpito nel vedere che al posto del lampadario c'erano le sue braccia, con le mani che reggevano due lampadine. Devo dire che si mimetizzava molto bene.

-passa la stessa macchina, con i passeggeri seri-

Rat: [labiale scoordinato] manca ancora la testa.

Umbverto: già, la testa. Confesso che non fu facile. Avevo ispezionato ogni angolo della casa ma non c'era ombra della testa. Puoi immaginare la sensazione che provai all'idea di farmi defraudare da una testa. Non ci stavo!

Rat: e chi ci sarebbe stato?

Umbverto: prima mi lasciai andare al pianto, poi risi a crepapelle. Lo sconforto iniziava a prendere il sopravvento. Ma ancora una volta la Provvidenza mi venne in aiuto. Nella casa riecheggiò la voce del marito che diceva: "mongoloide! Non mi troverai mai!". Quella frase segnò la sua condanna.

-passa di nuovo la macchina-

Rat: [aggressivo] veloce che devo andare!

Umbverto: vedendo le braccia appese al soffitto, avevo intuito che quello doveva essere l'ultimo atto. Una testa senza braccia non può andare da nessuna parte. Quindi doveva aver prima registrato il messaggio. Non ci volle molto per trovare un grammofono nella cui cassa era nascosta la testa del marito. Oddio come sorrideva! Si vede che era proprio convinto che non l'avrei mai trovato!

Rat: accidenti! Io non ci sarei mai riuscito. Secondo me sei un genio.

Umbverto: diciamolo anche. Ma il merito è in larga parte del marito. Il suo è stato un comportamento fin troppo prevedibile.

Rat: [labiale scoordinato] infatti, avrebbe dovuto dissimulare meglio le sue mosse.

Umbverto: senz'altro. Ma il vero colpo di grazia se l'è inferto da solo, lasciando che il suo orgoglio lo spingesse a registrare quel messaggio che fu la fonte della mia illuminazione.

Rat: [labiale scoordinato] però non mi è ancora chiaro come hanno fatto le braccia a staccare il lampadario da sole.

Umbverto: un uomo spinto dall'odio è capace di qualsiasi azione. Non ho nessun problema ad immaginare le braccia del marito sollevarsi da terra fino a staccare il lampadario e prenderne il posto. Conservando odio a sufficienza da tener accese le lampadine che stringevano in mano. [ride]

Rat: bè, hai dovuto sudare parecchio. Ma alla fine ce l'hai fatta!

Umbverto: [con rammarico] sì, adesso l'eredità è mia. Certo, sarei più contento se non fossi obbligato a spenderne la metà per la tomba di quell'ombrello. Ma non si può avere tutto…

Rat: scusa, ma se l'ombrello è morto e tua moglie non ti conosce nemmeno, chi vuoi che ti venga a ridire sulla sepoltura?

Umbverto: i legali dell'ombrello! Chi sennò? Mi hanno già minacciato di pignorarmi l'eredità se non rispetterò le volontà del loro assistito.

Rat: [mette in mostra l'ombrello] per oggi mi hai dato abbastanza fastidio. Adesso devo scappare.

Umbverto: [ironico] dove scappi? Verso la morte?

Rat: [irritato] come, scusa?

Umbverto: [sorridendo, aggressivo] dai, butta quell'ombrello.

Rat: [urlando] io non butto niente!

Umbverto: [piano ma aggressivo] butta quell'ombrello prima che urlo!

Rat: [urlando, isterico] tu non sei nessuno per dirmi cosa devo buttare!

Umbverto: [forte, testa verso l'alto] aèèèèè! Devo continuare? Ahiiiiii!

Rat: [forte] continua quanto vuoi, io non ti ascolto! [ride]

Umbverto: va bene, hai vinto. Ma mi vendicherò!

Rat: io non ti voglio più vedere!

Umbverto: e chi ti vedrà più?

Rat: [mani sulle orecchie] non ti ascolto! Non ti ascolto!

Umbverto: [gentile] scusa, puoi dirmi l'ora?

Rat: [gentile] no, il mio orologio non ha le lancette.

Umbverto: grazie comunque. [va via]

Rat: di niente. [si rincammina]

[il carro funebre rimette in moto e segue Rat.]

Rat: non vedo l'ora di provare il mio nuovo ombrello! Quei due invidiosi staranno ancora rosicando!

[da ogni finestra si affaccia una persona che fissa Rat. Inizia a piovere]

Rat: oh! Quello che volevo! [legge le istruzioni dell'ombrello] *"aprire l'ombrello e camminare finché arriva un tuono. Al resto ci penserà qualcun altro"*. Ecco qua! [apre l'ombrello. Fa pochi passi e si abbatte un tuono.]

Rat: [si ferma, deluso] e adesso? Il tuono è arrivato...

[si sente una voce]: è arrivato il tuono ma non il fulmine

[Rat si volta e vede un cavallo in tuta da lavoro]

Cavallo: salve, sono un elettricista. Secondo me è un problema dell'antenna. [prende l'ombrello] sì, infatti. Bisogna stringere la punta. [aggiusta la punta] ecco, adesso dovrebbe funzionare, provi.

[Rat apre l'ombrello e viene subito colpito da un fulmine. Rimane momentaneamente paralizzato con un lieve sorriso.]

Cavallo: sì, è perfetto. Le mando la fattura a casa. [va via]

[Rat rimane immobile e non proferisce ma batte rapidamente gli occhi. Le persone sono sempre affacciate alle finestre. Si abbatte un altro fulmine che colpisce in pieno Rat, che stavolta rimane paralizzato con un sorriso innaturale. A bordo di una carrozza trainata da due cavalli, passa l'elettricista che saluta Rat, il quale non risponde.]

Rat: [occhi al cielo, sorridendo, folle] fulmine? Dove sei? Voglio giocare con te! [un altro fulmine lo colpisce]

Rat: [perverso, ironico] bene! [fischia allegramente] si dice che i gatti abbiano nove vite. [nasale] io sono un gatto! Miao! Miao! [ride]

[si abbatte un altro fulmine]

Rat: [folle, eccitato] sì! ho ancora cinque vite! E vai! [cade un altro fulmine. La testa di Rat vibra] grazie Liliano!

[cade un altro fulmine]

Rat: [ironico, perverso] chi la dura la vince!

[cade un altro fulmine. Rat trema a lungo digrignando i denti.]

Rat: [folle, ironico] eccomi sono ancora qui! Che vi dicevo? Sono un gatto! Ho resistito a otto fulmini. Un altro e mi tolgo di mezzo! [torna serio] aspetta… perché mi fanno male i capelli? [in risposta] perché sto morendo. [piangendo, lento] ma allora non sono un gatto…

-Cade di faccia a terra. Le persone affacciate continuano a fissare il corpo. Infine passa un elegante gatto umano che rettifica, rivolgendosi al cadavere di Rat:

: e comunque i gatti hanno sette vite.

SCENA IV

A casa di Rat Cianfone squilla il telefono. Risponde la moglie.

Moglie: pronto?

Dal telefono: pronto è casa Cianfone?

Moglie: sì

Dal telefono: [serio, veloce] sono della pompa funebre. Volevo dirvi che vostro marito è morto.

Moglie: [seria, indifferente] ah, ho capito. Aspetti un attimo. [posa la cornetta] cuoco?

[arriva il gatto-cuoco, inchinandosi]: signora.

Moglie: [premurosa] volevo dirti che mio marito è morto. Oggi apparecchia solo per uno.

Cuoco: agli ordini, signora. [va via]

Moglie: [riprende il telefono] eccomi. Diceva…

Dal telefono: [un po' aggressivo] veramente era lei che diceva!

Moglie: io? Non ricordo…

Dal telefono: [annoiato] lasciamo perdere, andiamo al sodo. La tomba vi costa cinque soldi.

Moglie: [stupita] cinque soldi? Come mai così tanto?

Becchino: perché suo marito non era ancora morto completamente quando l'abbiamo chiuso nella bara. Potete immaginare che lavoraccio è stato…

Moglie: ah, certo, certo! Era solo per chiedere. Ma… per caso mio marito vi ha detto se ha vinto?

Dal telefono: [ironico] eeeh! Se non ha vinto lui…

Moglie: [severa] mi può rispondere? Vi ha detto se ha vinto?

Dal telefono: vinto a cosa?

Moglie: [con rammarico] ma come a cosa? Non vi ha detto se ha vinto?

Dal telefono: [ironico] no, signora. Non ce l'ha detto.

Moglie: [forte, con rammarico] ma che pompa funebre siete? E pretendete pure di essere pagati!

Dal telefono: [aggressivo] non è certo colpa mia se vostro marito è morto!

Moglie: [forte] voi avete gufato!

Dal telefono: [aggressivo] e certo che ho gufato! Conoscete dei becchini che non gufano?

Moglie: [severo] voi dovevate chiedergli se aveva vinto! Poi potevate seppellirlo!

Dal telefono: [annoiato] sentite, io so solo che ho lavorato e devo essere pagato! [si sentono delle urla molto forti dal telefono]

Moglie: [ride poi torna seria] riservategli almeno un trattamento adeguato!

Dal telefono: sì, per un soldo in più si può fare. Vi mando la fattura a casa. [si sentono di nuovo le urla]

Moglie: io non pago. Arrivederci. [riattacca. Annoiata] oh! Solo questo ci mancava! Devo reggermi in piedi, andare in bagno, respirare, mangiare… e adesso ci si mette di mezzo anche mio marito che muore! Un po' di rispetto per questa vecchia! Uff… Fammi avvisare il cugino,

quell'altro scherzo della genetica!

[prende il telefono e chiama Tata Cianfone, il cugino di Rat]

SCENA V

Siamo a casa di Tata Cianfone, il cugino di Rat. È una miserrima abitazione di sole due stanze. Tata è seduto su una sedia. Sembra morto: ha la testa china in avanti, le braccia che penzolano e i capelli rossastri unti. A tenergli compagnia ci sono gli espressionisti, un pittoresco quartetto di quattro uomini immobili e catatonici in sedia a rotelle: un sordomuto con sguardo serio fisso nel vuoto, un uomo molto sorridente con gli occhi socchiusi, uno triste e dolorante con la bocca semi aperta e un morto molto vecchio con la testa inclinata e piegata all'indietro, gli occhi e la bocca socchiusi in un'espressione di grave sconforto. Accanto a lui, fisso in piedi, c'è Tenaglia: un uomo mediamente anziano con la fronte molto bassa e la mandibola prominente.

-squilla il telefono. Tata non se ne cura, Tenaglia si morde le dita spaventato. L'espressionista morto lancia un gemito sofferto. A quel segnale, Tata rinviene e risponde al telefono-

Tata: [aggressivo, acuto] chi sei?

Dal telefono: ciao, Tata. Sono io… [esitando] Merina! No! Vetulia! [sottovoce] No! Forse sono… non importa. Sono la moglie di Rat Cianfone, tuo cugino, ti ricordi?

Tata: no, non lo conosco. Aspetta che chiedo. [si gira verso gli espressionisti] voi conoscete Rat Cianfone? [nessuna risposta]

[a Tenaglia] tu conosci Rat Cianfone?

Tenaglia: [preoccupato] ma tu chi? [continua a gesticolare]

-l'espressionista morto emette un altro verso disumano-

Tata: ah, sì! Rat Cianfone! Dove sta?

Moglie: [seria] eh, proprio quello ti volevo dire. Rat è morto stamattina.

Tata: [aggressivo] a che ora?

Moglie: non me l'hanno detto.

Tata: e allora perché mi chiami?

Moglie: volevo solo informarti, visto che sei il cugino.

Tata: [aggressivo] il cugino di chi?

Moglie: di Rat!

Tata: ma io chi sono?

Moglie: tu sei Tata Cianfone, il cugino di Rat Cianfone [ride]

Tata: [dubbioso] ma vuoi parlare con Tenaglia?

Moglie: no, no. Volevo solo dirti che Rat è morto.

Tata: passami Rat. Io di te non mi fido!

-Tenaglia continua a gesticolare-

Moglie: ma non posso passartelo. La tomba è alla pompa funebre!

Tata: [stupito] aah! Quindi già l'hanno chiuso!

Moglie: sì, è già pronto per il funerale.

Tata: ah, meglio così. Vuoi parlare con tenaglia?

Moglie: no, no. Senti, il funerale è fissato domani mattina in piazza.

Tata: io vengo volentieri, tranne se muoio. Se muoio, con tutta la buona volontà, non posso proprio venire.

Moglie: ma certo, tranquillo.

Tata: [furbesco] senti…ma si mangia anche al funerale?

Moglie: no, non credo.

Tata: [impreca sottovoce] va bene. Era solo per sapere. Vuoi parlare con Tenaglia?

Moglie: [sottovoce] Dio santo! [riattacca]

Tata: [forte] pronto? Pronto? Mah! [riattacca]

Tenaglia: [preoccupato] le hai chiesto se voleva parlare con me?

Tata: [mano in testa, aggrotta le sopracciglia] eh… aspetta… non mi ricordo.

Tenaglia: [forte, preoccupato] tu non ti ricordi più niente! non va bene!

Tata: [aggressivo] lei non mi ha chiamato per parlare con te ma per dirmi che domani dobbiamo andare al funerale di Rat!

Tenaglia: [stupito] e perché Rat ha organizzato un funerale?

Tata: eh… me l'ha detto ma non mi ricordo! [aggressivo] adesso per colpa tua non dormo stanotte! Era proprio necessario chiedermi perché ha organizzato un funerale? Non vuoi farmi dormire? Dillo, non vuoi farmi dormire?

Tenaglia: [preoccupato, forte] tu devi dormire tutti i giorni! Non ti puoi dimenticare! Sennò fai bum come l'altra volta!

Tata: [si alza e apre una botola sul pavimento, aggressivo] io adesso dormo! E se la morte mi coglie nel sonno, tu avvisa il tabaccaio!

-scende nella botola e si sente il rumore di mobili che cadono-

Tenaglia: [si avvicina alla botola] ti sei addormentato?

-Tata non risponde. Tenaglia chiude preoccupato la botola, poi si avvicina all'espressionista sordomuto e gli chiude manualmente gli occhi. Si allontana ma il morto emette un lamento-

Tenaglia: ah, sì! [chiude gli occhi anche al morto e si corica sul divano supino] allora. Prima si devono chiudere gli occhi. [chiude gli occhi] adesso conto fino a dieci e se non dormo devo prendere la pillola piccola. [conta fino a dieci e riapre gli occhi]. Niente, non dormo. Devo prendere la pillola piccola. [prende una pillola dalla tasca e la ingoia] il dottore ha detto che se non dormo nemmeno con questa, devo prendere la pillola grande.

[chiude gli occhi, dopo pochi secondi li riapre, deluso]

: Mannaggia! Neanche questa funziona! Devo prendere la pillola grande!

[afferra un grosso martello e si colpisce violentemente sulla testa. Cade subito nel sonno profondo.]

SCENA VI

È mattina, sempre a casa di Tata. Tenaglia si sveglia e va subito ad aprire gli occhi al sordomuto. Si allontana ma l'espressionista morto lo richiama con uno dei suoi lamenti.

Tenaglia: oh, scusa! [apre gli occhi al morto. Va verso la botola dove dorme Tata] sei sveglio? [nessuna risposta. Più forte] sei sveglio?

Tata (dalla botola): [forte, con terrore] heeeeee!

Tenaglia: preparati! Dobbiamo andare al funerale!

Tata: [forte] madonna bella! Aiuto! È entrato un orso!

Tenaglia: [dubbioso] un orso? Ma sei sicuro? Hai guardato bene?

Tata: [forte] no! No! Fermo! Oh Madonna!

Tenaglia: [preoccupato] devi uscire! Non possiamo fare tardi!

Tata: Tenaglia! Ascoltami bene! Al mio tre devi aprire la botola! Io uscirò e tu la richiuderai subito con una martellata!

Tenaglia: [afferra dubbioso il martello] sì, eh… ho capito!

Tata: uno! Due! Tre!

-Tenaglia apre la botola. Dopo un secondo arriva Tata. È quasi uscito ma Tenaglia chiude la botola prima che Tata esca, sbattendogliela in testa. Tata sorride stupidamente e ricade nella botola. Dagli atroci versi si può dedurre che l'orso stia banchettando allegramente sul corpo di Tata, che urla disperato-

Tenaglia: [si morde le dita] tutto bene?

Tata (dalla botola): [acuto] uaaah! Fermo! [versi di orso] baèèèè!

Tenaglia: veloce! Facciamo tardi!

Tata: [semiserio] perché tutto questo? Dov'è il significato? È troppo brutto! [versi di orso] ouèèè! Oddio! Non ce la faccio!

Tenaglia: [severo] facciamo tardi sempre per colpa tua!

Tata: [folle, ironico] è un grande inganno! Hahahah! Oggi tutti contro Tata!

Tenaglia: [severo] hai finito? Possiamo muoverci?

-Tenaglia apre la botola. Tata fa uscire solo la faccia con un sorriso perverso che arriva fino alle sopracciglia-

Tata: [ironico] sì, possiamo andare ma ci metteremo più del solito!

-Tata esce sorridente dalla botola. Ha perso le gambe ma non se ne fa una malattia. Cammina spingendosi con le braccia. Gli espressionisti, sempre immobili, osservano la scena insieme a Tenaglia che mantiene le braccia conserte in un'espressione severa-

Tata: [canta] quant'è bello vivere! È molto, molto bello! [ironico] oddio, come è bello! Oggi inizia una nuova vita! Oggi si cambia tutto! [serio] certo, ci saranno dei momenti di difficoltà ma chi è che non ce li ha? [folle] è una situazione molto divertente! Tutti rideranno di Tata! Grazie, orso!

Tenaglia: [severo] ma la smetti di scherzare? Dobbiamo andare al funerale di Rat! Non ti vergogni?

Tata: [aggressivo] adesso mi preparo! [ridendo] adesso mi preparo!

-va a vestirsi-

Tenaglia: [guardando gli espressionisti] ma loro… li lasciamo a casa?

-Tata ritorna vestito con un completo logoro. Ha magicamente recuperato le gambe-

Tata: adesso glielo chiedo. [si avvicina agli espressionisti. Forte, gesticolando] voi volete restare qui?

[i quattro espressionisti rimangono immobili]

Tenaglia: [preoccupato] non possono restare qui! Dobbiamo portarli.

Tata: tu inizia a legarli. Io vado a prendere il camion.

[esce buttandosi dalla finestra]

-Tenaglia lega tra loro le quattro sedie a rotelle con una catena. Dopo poco si sente un clacson stonato. Tenaglia apre la finestra e vede Tata ai comandi di uno squallido camion arrugginito, con il cassone posteriore scoperto. Il camion è fermo ma le ruote girano. Tenaglia raggruppa gli espressionisti e li posiziona su una grossa catapulta che mira verso la finestra. Tira una leva e lancia in aria gli espressionisti, che rimangono incredibilmente dritti e atterrano sul cassone del camion. Tenaglia carica la catapulta con una corda. Quindi salta sopra e taglia la corda. Decolla ed entra nel camion dal finestrino-

Tata: [mette in moto] dobbiamo mettere una porta a casa. Non possiamo fare tutta questa sceneggiata ogni volta che usciamo!

[il camion parte e le ruote smettono di girare]

-La strada è deserta. C'è solo un rombo umano, altro tipico abitante della zona: è una specie di rombo geometrico bidimensionale con quattro facce diverse per ogni lato. In mezzo alla strada c'è un uomo impiccato. Tata lo evita per un soffio. Il camion prosegue, finché si ferma al semaforo. In lontananza vedono una figura che scappa, inseguita dalla polizia. La figura altri non è che lo stesso vecchio che poco prima si divertiva ad attraversare lentamente. Ma adesso corre come una gazzella e non si appoggia più al bastone. la polizia gli urla di fermarsi ma il vecchio ride e si arrampica su un palazzo con anomala agilità. Tata e Tenaglia rimangono muti a fissare il vuoto. Accanto a loro arriva una macchina guidata da un bisonte, che li fissa-

Tenaglia: [si volta e vede il bisonte] ma questo che vuole?

Tata: quante volte ti ho detto che non devi parlare con gli sconosciuti?

-i due ignorano il bisonte, che continua a fissarli. Dopo pochi secondi scatta il verde. Il bisonte parte in retromarcia velocemente. Il camion prosegue dritto. Naturalmente, le ruote non si muovono di un millimetro. Tata posteggia il camion nella piazza antistante la scalinata della chiesa. Appena il mezzo si ferma le ruote iniziano a girare velocemente. Tata ribalta il cassone e scarica gli espressionisti, che scendono perfettamente dritti, senza mai ribaltarsi. Infine scendono Tata e Tenaglia. Vengono notati da un gentiluomo che fissa il vuoto e ride alla loro vista. Da una finestra è affacciata una vecchia che rientra appena si accorge di essere stata avvistata dai due. Per il resto, la piazza è vuota e la chiesa è chiusa-

Tata: qua non c'è nessuno!

Tenaglia: [slega le sedie a rotelle] forse è presto. [guarda l'orologio ma questo non ha le lancette]

La loro attenzione viene attratta da una scritta, posta accanto alla chiesa: "MACELLERIA PADRE DI DIO aperto solo il venerdì santo".

Tenaglia: [labiale scoordinato] guarda, c'è una macelleria

Tata: sembra un posto tranquillo, entriamo.

[i due s'incamminano ma Tata osserva]: no! Tu devi restare qua con loro! Vado solo io!

[Tenaglia resta in piazza insieme agli espressionisti. Tata entra nella macelleria. Dentro non c'è nessuno, il bancone è vuoto, c'è una sedia]

Tata: c'è qualcuno? [nessuna risposta. Prova a sedersi ma la sedia non è d'accordo]:

sedia: mi spiace ma il capo non mi paga da una settimana, non ho intenzione di lavorare!

Tata [serio, alla sedia]: capisco. Ha provato a rivolgersi al sindacato?

Sedia: sì, ma il dirigente del sindacato è uno sgabello. Sa com'è, tra noi c'è rivalità…

[dal retrobottega arriva un maiale con camice bianco]: salve! Desiderate?

Tata: lei è il proprietario?

Maiale: in persona!

Tata: cosa vendete di buono qui?

Maiale: solo carne di maiale. Del resto, io stesso sono un maiale, chi meglio di me saprebbe selezionare i maiali più adatti?

Tata: il vostro è un ragionamento tanto abominevole quanto inoppugnabile.

Maiale [inchina leggermente il capo]: troppo gentile.

Tata: lo sa che se noi umani aprissimo un negozio di carne umana verremmo accusati di cannibalismo?

Maiale: sì, ho avuto un'esperienza indiretta. Perché non vi rivolgete al Ministero?

Tata: ci ho provato ma il presidente è un'aspirapolvere. Aspira tutto quello che gli passa davanti!

Maiale: ingegnosa trovata! Hanno piazzato un'aspirapolvere per scoraggiare la gente dal rivendicare i propri diritti!

Tata: [sconsolato, allarga le braccia] e che ci vuol fare? La Signora Lati non perdona. Vorrei comprare dei… [si apre la porta ed entra un uomo. Questi comincia a urlare tenendo il capo rivolto in alto, fino alla morte]

Tata: [ride sommessamente] facciamo finta di niente. [osserva il bancone vuoto da vicino] mh! C'è l'imbarazzo della scelta! [si sentono delle urla allegre provenienti dal retrobottega: uaùùù! Uòuòuòùùùù!...]

Maiale: mi permetta di offrirle un insaccato prodotto dalla nostra macchina brevettata

Tata: Voi mi tentate! [vanno nel retro bottega: c'è un enorme macchinario alto due metri con un crocifisso su un lato. Il soffitto è attrezzato con ganci e catene per appendere gli animali]

Maiale: vedete? Da questa parte s'inserisce l'animale e la macchina lo trasforma rapidamente in un insaccato oppure, se preferite, in un arrosto con patate.

Tata: sì, vi ascolto

Maiale: Il tutto avviene nel massimo rispetto dell'animale.

Tata: certamente! Io entro vivo ed esco che sono un arrosto. Mi sembra molto rispettoso.

Maiale: vorrei darvi una dimostrazione dal vivo ma purtroppo ho finito tutti i maiali.

Tata: è normale. Da quando è arrivata la Signora Lati le porcilaie sono sparite. Del resto ora i maiali hanno tutti incarichi apicali; chi vuole starci in una porcilaia? Per fortuna c'è anche chi, come voi, manda avanti la tradizione!

Maiale: [un po' desolato] è proprio così. Ormai ci si meraviglia a sentire un cane abbaiare…

Tata: appena possibile, tornerò per avere una dimostrazione. Finché non la provo, non vi credo! [all'improvviso la macchina si aziona, si sentono di nuovo le urla allegre (uaùùù, uòuòuòuò…). Compare un uomo di mezza età appeso dai piedi a un gancio a testa in giù. È diretto verso l'entrata della macchina. Continua a urlare rimanendo serio (i due osservano)]

Tata: ah! Terenzio! Ti sei dato alla pazza gioia!

Maiale: lo conoscete?

Tata: è mio nipote.

Terenzio: uauauauauùùù! Iaùùù! Uòuòiaèèè! [gira la testa verso l'entrata della macchina. Si scopre quindi il pietoso destino che lo attende: un labirinto di motoseghe e lanciafiamme. L'uomo continua a urlare felicemente]

Tata: embè? Non si saluta? [Terenzio continua a urlare]

Maiale: a quanto pare avrete la dimostrazione che volevate!

Tata: bene! Sta entrando

[Terenzio entra nella macchina. Si sentono le sue urla felici alternate ai mostruosi rumori della macchina. Inizialmente i due suoni celestiali hanno lo stesso volume ma poi, mi tormenta dirlo, il rumore della macchina ha la meglio sulle voci di terenzio.]

Tata: [ironico] è partito! [il maiale sorride]

[la macchina continua a funzionare poi si ferma e si apre lo sportello "uscita". Ne viene fuori un vassoio con un piatto su cui è servito un brodo]

Maiale: dev'esserci stato un malfunzionamento.

Tata: mozzafiato! Ne terrò conto per la cena che devo dare in onore di mio cugino [con soddisfazione] morto e ucciso!

[i due escono dal retrobottega. Il maiale lo segue con il vassoio. Tata si avvia verso l'uscita]

Tata: [forte] io non confondo mai le due cose! I morti sono morti e i vivi sono vivi! Mettetevelo bene in testa! Non confondete mai i morti con i vivi! [acuto] maiiiiiiiiiii! [esce sbattendo la porta. I vetri si frantumano. Tata esce e si unisce alla folla che si è radunata nel piazzale antistante la chiesa. La folla è ridente e chiassosa, si distingue un signore anziano vestito con un completo arcobaleno e Liliano. Ci sono poi i parenti e gli espressionisti in sedia a rotelle. Tata si avvicina alla moglie di Rat-

Tata: scusa, ma Rat dov'è? Questo non è il suo funerale? Perché non è venuto?

Moglie: ma come dov'è? Sta nella bara.

Tata: ah sì, sì! è vero!

-Arriva il carro funebre, guidato da un licaone che suona insistente il clacson per farsi strada tra la folla. (il carro cammina ma le ruote sono ferme). Il licaone parcheggia. Con fatica, viene scaricata la bara da due becchini ai quali manca una gamba. Camminano con una stampella in una mano e con l'altra reggono la bara. La folla applaude e fischia allegramente, alcuni suonano le trombe da stadio. I due becchini salgono barcollando le scale che conducono all'entrata della chiesa. La rumorosa folla li segue. Alcuni uomini portano gli espressionisti in braccio sulle sedie a rotelle. Mentre salgono le scale, un becchino scivola a terra, lasciando cadere la bara che si apre. Il cadavere di Rat esce fuori e la folla scoppia a ridere, inclusa la moglie che cerca di trattenersi. I becchini risistemano la bara. Arrivano all'entrata. Si presenta il prete, Don Diavolo, assistito dal diacono Svuotabare, che tiene le mani congiunte. Il prete benedice la bara con l'acquasanta, la folla osserva con espressioni che vanno dal dolorante all'euforico. Entrano in chiesa. Il prete prende posto sul pulpito, accanto al diacono, che ha sempre le mani congiunte e uno sguardo spento. La bara viene posizionata accanto alla prima fila. Entra la folla gioiosa. Tutti si siedono. Infine entrano i parenti che spingono gli espressionisti. Vanno a occupare tutta la prima fila. Il licaone e i due becchini vanno via correndo. Vedendo la patetica scena, il pubblico non trattiene le risate. Il licaone corre in piedi da solo, con una mano in testa; dietro di lui, i due becchini invalidi corrono appoggiati uno sulla spalla dell'altro, spingendosi con la stampella. Escono dalla chiesa tra i versi del pubblico. Il carro funebre parte velocissimo, sgommando e investendo un pedone-

La funzione ha inizio.

[Tata è seduto in prima fila, braccia penzoloni, curvato in avanti e immobile. Sembra morto. Oltre a lui, ad occupare la prima fila sono gli espressionisti, la moglie piangente con fazzoletto, Tenaglia, Liliano e la bara di Rat. In seconda fila risplende l'uomo anziano sorridente vestito con un completo arcobaleno.]

Prete don Diavolo: in questo giorno di grande dolore vogliamo ricordare una persona amata da tutti che purtroppo ci ha lasciati, un uomo onesto. Rat, morendo, ha vinto!

dal pubblico [ironico]: sì, certo! [rumore di risate trattenute]

Don diavolo: [assume un aspetto indemoniato] fratelli, uniamoci in preghiera.

-dal pubblico un uomo scoppia a ridere. Si tappa la bocca con le mani e si scusa:

scusate, scusate, non l'ho fatto apposta!

Don Diavolo: [irritato] fratelli, lodiamo il Signore per i suoi miracoli.

-lo stesso uomo ride violentemente. Il pubblico lo ignora. Il galantuomo si scusa di nuovo:

[sottovoce] e Madonna mia! [forte] Scusatemi, non riesco a trattenermi!

Don Diavolo: [apre la Bibbia e legge] Gesù le disse: "Io sono la risurrezione e la vita; chi crede in me, anche se muore, vivrà; e chiunque vive e crede in me, non morirà mai. Credi tu questo".

-viene inquadrato l'uomo che sta per esplodere. Cerca di trattenersi ma scoppia ancora a ridere. Il prete digrigna i denti, l'uomo si scusa:

[ridendo e agitando la mano] scusate, scusate! Non lo faccio più!

-vengono inquadrati anche i suoi due vicini: alla sua destra un signore con un occhio chiuso e l'altro aperto e la bocca aperta e storta. Alla sua sinistra, un galoppino troppo sorridente per avere una sciabola conficcata nello sterno. Entrambi sono immobili-

Don Diavolo: "Beati coloro che piangono, perché saranno consolati".

-l'uomo non riesce proprio a trattenersi ed esplode in una fragorosa risata a bocca chiusa. Chiede scusa:

scusate ma è più forte di me!

-Don Diavolo diventa rosso per la rabbia-

Dal pubblico [ironico]: questo prete ha un diavolo per capello!

Dal pubblico [cattivamente]: quindi ha tre diavoli!

Dal pubblico: [volgare] Ahahaha!

Don diavolo [rosso di rabbia]: adesso recitiamo un padre nostro!

Dal pubblico [forte]: chicchiricchì!

Don diavolo [sempre più rosso, urlando]: chi è il porc* [si mette la mano sulla bocca] [dopo due secondi] scusate. [più dimesso].

Dal pubblico: qua la cosa è lunga, volete dei pop-corn?

Moglie: non avete pietà di mio marito?

Dal pubblico [ironico]: ehi Rat, come si sta nella tomba?

Don diavolo [gli spariscono le pupille, parla a bocca chiusa,]: Rat è in paradiso!

Dal pubblico: qual è il numero del paradiso? Voglio chiamarlo.

Moglie [piangendo]: vi prego, rispetto.

[entrano trenta persone travestite da Rat con espressione da morto]

Moglie: [piange, tono più acuto]: vi prego, è orribile!

[i trenta fanno il giro della chiesa ed escono]

Don diavolo: [gli scappa una risata] andatevene! [cercando di rimanere serio]

Pubblico: in questa chiesa si sta da Dio!

Pubblico: allora Dio sta male! Ahahahahaha! [forte]

Prete: fedeli, venite a prendere l'ostia!

[tutto il pubblico esce dalla chiesa con versi di disapprovazione, rimane solo la prima fila]

Prete [forte]: tornate! Vergogna!

[il pubblico offeso rientra. Si forma la coda per prendere l'ostia. La prima fila resta seduta]

Dal pubblico: puah! [sputa l'ostia] è peggio del rancio che ci davano in carcere!

[il pubblico prende l'ostia e torna a sedere. Adesso è il turno della prima fila:]

[il prete si avvicina all'espressionista morto in carrozzella e gli imbocca l'ostia, il diacono aiuta il morto a masticare muovendogli manualmente la mandibola.]

Dal pubblico: è morto! Lasciatelo perdere!

[È il turno del sordomuto]

[il prete gli si avvicina e spalanca la bocca, indicandola. Il sordomuto ripete il gesto, il prete gli imbocca l'ostia. Il diacono mima una masticazione, il sordomuto ripete. Il diacono mima quindi una deglutizione con rumore incluso e il sordomuto ripete.]

Dal pubblico: che spettacolo orrendo!

[il pubblico torna a sedere. Il prete è inquadrato con il crocifisso alle spalle. Alza il calice. Solenne] che il Signore sia con noi!

Dal pubblico [in coro]: e con il tuo spirito.

Don Diavolo: Cristo, abbi pietà! [il crocifisso cade capovolgendosi. Rimane dritto a testa in giù. Il pubblico fischia e applaude. Due topi umani risistemano il crocifisso.]

Prete: [alza il calice, solenne]: rendiamo grazia a Dio! [il crocifisso si stacca in due all'altezza del collo, rimane appesa solo la testa. I due topi risistemano il danno]

Dal pubblico: [forte, in coro] bravo! [fischi e applausi di incoraggiamento]

Prete: [solenne, mani a mezz'aria] Dio, padrone dei cieli e della Terra, illumina le nostre vite, entra nelle nostre case.

[sciaguratamente, entra un cane randagio e si abbevera dall'acquasantiera; rumore di imbarazzo e repulsione dal pubblico]

Dal pubblico: questa chiesa è una macelleria! Andatevene!

Don diavolo [molto irritato]: che cosa? [gli spuntano le corna da ariete]

Dal pubblico: belle corna! Hahahah!

Don diavolo [assomiglia sempre più a un ariete]: questa chiesa non è una macelleria!

Dal pubblico: ah no? E allora perché c'è odore di macelleria?

[il prete cerca di glissare:] forse è l'incenso.

Dal pubblico: basta! me ne vado! [un uomo si alza e va via ma stramazza a terra]

Moglie: [piangente] questo è veramente troppo! Non avete pietà per la moglie di un morto?

-viene inquadrato un vecchio demente nel pubblico: brava! Hai fatto la rima! Hahaha! [si spara alla tempia]

Don diavolo [cercando di rimanere attendibile]: adesso Rat è nelle mani del signore!

dal pubblico: speriamo ne faccia buon uso!

[Al prete spunta la coda]

Dal pubblico [semiserio]: cos'è quella? Una coda? E ti pare normale?

[il prete imbarazzato nasconde la coda nella tunica]

Don diavolo [tremando]: Rat adesso è un prosciut… è un angelo!

Dal pubblico: avete sentito? Ha detto che Rat è un prosciutto!

Moglie: questo è troppo!

Prete: vi imploro! È stato un lapsus! [apre il vangelo e legge]

"Egli non ci tratta secondo i nostri peccati, e non ci castiga in proporzione alle nostre colpe. Come i cieli sono alti al di sopra della terra, così è grande la sua bontà verso quelli che lo temono. Come è lontano l'oriente dall'occidente, così ha egli allontanato da noi le nostre colpe"

-il pubblico russa. All'improvviso si apre la porta ed entra un uomo nudo molto serio e deciso. Si ferma davanti all'ingresso e assume la posizione di un lottatore di sumo (mani sulle ginocchia piegate). L'uomo viene notato dal pubblico e dal prete-

Prete: [all'uomo] fratello, hai bisogno di aiuto?

-l'uomo nudo ignora il prete e, rimanendo in posizione, commette un gesto veramente riprovevole, che mi vergogno di descrivere:

mantenendo immutata la sua espressione seria, defeca facendo molto rumore ed esce dalla chiesa-

dal pubblico: oh! Ma che fai?

Don diavolo: Fedeli, vi supplico! adesso passerà il diacono a raccogliere le offerte, siate generosi! [il diacono fa il giro della chiesa con un cestino in mano. Passa prima davanti agli espressionisti, che non reagiscono, poi comincia a girare tra le file, senza mai dire niente. Alcuni fedeli lasciano delle monete. Uno spettatore sputa la gomma che ha in bocca e un altro si soffia il naso e butta un fazzoletto. Il diacono non commenta. Si avvicina all'uomo con il completo arcobaleno, egli sorride ma ignora il diacono, che torna sul pulpito]

Prete: [alza il calice]: Dio, manifestati!

[proprio in quel momento, a un cane viene la balzana idea di abbaiare fortemente, causando non poco imbarazzo nel pubblico]

[al prete nascono gli zoccoli. Ormai è un ariete a tutti gli effetti]

Don Diavolo: Dio onnipotente, perdona i nostri peccati! [più piano] un minuto di silenzio per il nostro Rat!

[il pubblico tace per alcuni secondi, all'improvviso si alza un gobbo disadattato, con tono ansioso]:

Oddio! Oddio! Guardate che ho trovato! [l'uomo tiene in braccio un tronco umano senza arti] sapete di chi è? Bisogna restituirlo!

[il pubblico osserva indifferente, Don Diavolo interviene preoccupato]:

Fratello, lascia che il tronco di quel peccatore torni alla casa del Padre. Affidalo a me, ti imploro!

Gobbo: ma no! Non si può! Bisogna restituirlo al proprietario! Lo starà ancora cercando! Forse è il caso di pubblicare un annuncio?

Don Diavolo: affidalo a me ti imploro! E io glielo restituirò!

Si sente una voce: tu non restituirai niente a nessuno! [viene inquadrato un uomo terribilmente mutilato: gli manca il tronco. La testa è attaccata al bacino, ha solo gli arti inferiori. Don Diavolo è spaventato, il pubblico osserva. L'uomo continua. Forte, solenne:] anch'io avevo perso il tronco e lo cercavo disperatamente. Fatica sprecata! Il vostro affamato Don Diavolo ci aveva fatto pranzo e cena! E voi che continuate a venerarlo! [Don Diavolo è spiazzato, il pubblico è divertito. Si sente un tumulto, le porte della chiesa si aprono: irrompe un numeroso branco di lupi (animali)]

Dal pubblico: [ironico] e questi chi sono? Altri fedeli?

[la prima fila rimane indifferente. Il branco carica verso il crocifisso lo addentano dal basso con foga. Il crocifisso cade, assalito dai lupi. Una parte del branco addenta un'icona della Vergine Maria, il tutto tra le risa e i fischi del pubblico. Divorati i due simboli sacri, vanno ad abbeverarsi all'acquasantiera. A questo punto il prete perde totalmente il controllo. Gli spunta un orecchino nel naso, la tunica si strappa, è un ariete vero e proprio con zoccoli, corna e coda. Brandisce una lupara che conservava nel tabernacolo e spara un colpo in aria, colpendo alla testa l'arcangelo Gabriele. I lupi si placano]

Don Diavolo: [scende dal pulpito, forte] Fuori di qui! Belve! [inizia a sparare al branco, uccidendo diversi lupi. I lupi emettono un timido guaito e iniziano a fuggire dalla chiesa. Il pubblico si alza indispettito e segue il branco di lupi, camminando. Il prete gli va dietro. Dentro rimane solo la prima fila, sempre indifferente, e il diacono, sempre con le mani congiunte. La folla esce, esprimendo giudizi sulla funzione:]

: mai vista una funzione così meschina!

: abbiamo toccato il fondo!

[il branco scappa, Don Diavolo continua a urlare e sparare ai lupi:]

Andatevene, bestie! [spara ancora, abbattendo altri animali. Mentre sta ricaricando gli si avvicina una signora che si inginocchia, unendo le mani, con tono dimesso:]

Padre, posso confessarmi?

SCENA VII

IL MESTIERE PIÙ DIFFICILE

Un mestiere può essere rispettabile ma non è detto che sia anche difficile e che quindi richieda intelligenza. Generalmente, il rispetto che uno può ottenere è direttamente proporzionale al numero di titoli che possiede. Per questa regola, è più rispettabile il "Grande Capo Emerito Onorario dell'Ordine dei Cammelli in Groenlandia" di "Nicotera". Il primo svolge una mansione di indubbia utilità; il secondo è un ladro, mestiere deprecabile e da sempre bandito in tutto il mondo. Molti s'improvvisano ladri ma il risultato è deludente: carcere a vita. Quello del ladro è il mestiere più difficile al mondo. Nella scena seguiremo da vicino una giornata tipo di Nicotera, noto ladro della città. Nicotera conosce talmente bene la legge, che è in grado di infrangerla senza essere infranto. Ripulisce le salumerie così come le banche e, l'indomani, si reca nella stessa banca a versare un assegno.

 La scena inizia con Nicotera che viene inquadrato di fronte mentre cammina. Indossa il solito berretto, ha una spiga di grano in bocca e le mani nelle tasche della larghissima felpa. Entra in una salumeria]

Salumiere: allora, signora. Quanto ne facciamo di salame?

Cliente: mah, un etto può bastare.

[il salumiere taglia un etto di salame e lo mette sulla bilancia. Poi, davanti alla cliente, appoggia sulla bilancia un peso]

Salumiere [serio, digita sulla bilancia, si legge "peso 1,2kg"]

[la cliente sorride, in segno di gratitudine]

Salumiere: che altro, signora?

Cliente: avrebbe del gorilla in scatola?

Salumiere: no, sono dolente.

Cliente: me lo dia lo stesso.

Salumiere: subito! [prende il niente e lo mette nella busta] che altro?

Cliente: del salame!

Salumiere: [prende un salame finto e inizia ad affettare il nulla, smorfioso]

[mostra alla signora il risultato, molto smorfioso ed espressivo]: va bene così?

[la cliente guarda il nulla sulla carta] mah, mettiamone un altro po'.

Salumiere: [affetta ancora il nulla] così va bene?

Cliente: no, ne vorrei ancora

Salumiere: [molto espressivo, patetico] ma, signora, è troppo! [piangendo] poi vi sentite male!

Cliente [offesa]: e va bene! Tanto avete sempre ragione voi! Non vi si può mai dire niente! [si calma] però voi siete onesto. Conosco altri salumieri che, pur di vendere, mi avrebbero affogata con il salame!

Salumiere: desiderate altro?

Cliente: no.

[il salumiere pesa il salame premendo odiosamente sulla bilancia. La cliente osserva soddisfatta]

[il salumiere sta servendo la cliente quando entra Nicotera. Questi si avvicina al banco alcolici con grande disinvoltura, guardandosi intorno.]

Salumiere, [convincente]: molto buone quelle birre!

Nicotera: sì, come il veleno!

Nicotera: ne prendo un paio [prende due birre e le nasconde sotto la felpa, incastrandole tra la cintura dei pantaloni. Il salumiere guarda senza commentare ma la cliente si accorge del furto]

Cliente [sostenuto]: salumiere! Quello sta rubando!

Nicotera [tono alto e infastidito, sbuffa in un'espressione d'insofferenza]: non si può manco più rubare! [più aggressivo] ma tu mi dici che ti cambia se le birre restano qua o me le rubo io? Me lo dici?

[la cliente dà le spalle al salumiere, che ne approfitta per dare una ritoccata al conto.

Cliente: [severa]: è una questione di principio! Non si ruba!

Nico [annoiato]: va bene, hai ragione! [rimette a posto le birre

[La cliente si rigira esterrefatta.]

Cliente: quant'è?

Salumiere [tono dimesso]: solo questa? [dice, mettendo la cassetta sulla bilancia]

Cliente: sì, quant'è?

[il salumiere pesa la cassetta insieme al suo enorme addome. Dall'espressione si può capire lo sforzo immane. La signor assiste indifferente]: trentamila euro!

Nicotera: per una cassetta d'acqua?

Salumiere [occhi al cielo]: eehh… quella va a peso

Cliente: se lo dice lei, è sicuramente un prezzo onesto.

[la cliente paga e prova a sollevare la cassetta]

Cliente: oddio, è pesantissima!

Nicotera: Vi aiuto io! [si avvicina alla cassetta]

Cliente: oh, come siete gentile!

Nicotera: questi li possiamo buttare [toglie due enormi pesi nascosti nel fondo della cassetta]

Cliente: ah! Ecco perché pesava così tanto! Adesso riesco a sollevarla.

[alza la cassetta ed esce dal negozio ringraziando]

[Nicotera si avvia verso l'uscita ma la sua attenzione ricade su una bottiglia di vino. La prende in mano, le dà una veloce occhiata, fa un cenno di semi soddisfazione e se ne esce dal negozio tenendo in mano la bottiglia. Il salumiere osserva muto la scena]

[Nicotera viene ripreso di spalle. Cammina con la bottiglia in mano.]

Dalla strada [forte]: uè, Nicotera!

[Nicotera si gira e saluta un carabiniere]

[Nicotera continua a camminare, incontra un amico e si ferma]

Amico: come andiamo? [si stringono la mano]

Nicotera [serio ma annoiato]: adesso ti dirò che hai un ragno nei capelli in modo da farti distrarre, così potrò derubarti.

[l'amico annuisce confuso]

Nicotera [agitato]: hai un ragno nei capelli!

amico: oddio! Dove?

[Nicotera infila la mano nella tasca dell'amico, estrae il portafogli e se ne va. L'amico continua a cercare il ragno]

Nicotera [frustrato]: madonna che mi tocca fare per sopravvivere!

[viene ancora ripreso di spalle, si ferma davanti a un portone]

Nicotera: il vecchio trucco funziona sempre! [attacca dello scotch sui pulsanti del citofono. I condomini si lamentano]

[Nicotera entra nel portone e prende le scale fino al decimo piano]

[bussa a un appartamento]

Proprietario: Chi è?

Nicotera- sono un ladro, volevo sapere se eravate in casa.

Proprietario- no, non ci siamo.

Nicotera [con tono annoiato] - va bene, riproviamo. Sono un amico che vuole venire a trovarti. Così va meglio? Adesso mi apri?

Proprietario [apre]- vieni, ti stavo aspettando.

[Il proprietario apre la porta, Nicotera entra]

[il cane da guardia abbaia violentemente a Nicotera, il proprietario lo ferma]

Nicotera [semiserio]: per la madonna! Aggressivo questo cane!

[Nicotera si piega verso il cane e abbaia poi ride]

Nicotera [ironico]- Signore mio! Che brutta vita che fanno i cani!

[il proprietario chiude il cane in una stanza]

Faccio subito. [Poggia la bottiglia di vino su un tavolo. Le bottiglie di birra sono sempre incastrate nella cintura]

Nicotera: Dov'è la camera?

Proprietario: seguimi

[i due si dirigono in camera. Il proprietario apre la porta]

Nicotera: Con permesso [entra nella stanza. Il proprietario è sull'uscio]

Nicotera [leggermente aggressivo]: devi rimanere a guardare?

[il proprietario alza le spalle e chiude la porta, rimanendo fuori]

[Nicotera comincia a rovistare tra i cassetti. Trova dei soldi ed esclama:]

-Meh, non c'è male [mette i soldi sotto il berretto]

[apre un armadio ma è vuoto]

-[ironico] andiamo bene! [richiude l'armadio ed esce dalla stanza]

[appena esce si trova un fucile puntato contro in mano al proprietario:]

Nicotera [aggressivo]: embè?

[il proprietario lo fissa con sguardo serio]

Nicotera: togli 'sto fucile, su.

Proprietario: muoviti

[Il proprietario spinge Nicotera verso il balcone]

Nicotera: guarda che non serve a niente [il prop. Apre la finestra e spinge Nicotera (di spalle) fuori al balcone]

Nicotera [annoiato]: togli 'sto fucile [il prop. spara, Nicotera cade giù dal decimo piano]

[bussano alla porta]

Proprietario: arrivo [prende in mano la bottiglia di vino di Nicotera]

[apre la porta]

-[molto forte] nooooooo! [si trova davanti Nicotera, che lo fissa con espressione serissima da morto]

[il proprietario gli spacca la bottiglia in testa. Nicotera sorride follemente, sbatte le palpebre lentamente due volte e crolla di faccia a terra]

[il proprietario raccoglie il corpo e lo butta dal balcone (decimo piano)]

Proprietario: oddio, ma come ha fatto! Mah, un po' di aceto mi aiuterà.

[va in cucina e apre il frigorifero, nota qualcosa di strano, lo richiude e scrolla la testa, poi lo riapre]:

[a squarciagola] -Aaaaaaaaaaaaahhh! Non è vero! Non è vero! [nel frigo c'è sempre Nicotera, stavolta con un sorriso a trentadue denti e sguardo al vuoto]

 [il proprietario prende di fretta il fucile e lo punta a Nicotera]

Proprietario: fuori! Fuori o ti ammazzo!

[Nicotera esce dal frigo e si avvia verso l'uscita deluso.]

Nicotera [ironico]: Voglio salutare il cane [va nella stanza del cane]

Nicotera: ahahah! [vede che il cane è in una gabbia] stai comodo?

Woof! Woof! Bau! bau! [abbaia] Signore! Che vita che fanno i cani!

[Nicotera è sulle scale, il proprietario mira e gli spara alla schiena. Nicotera si blocca di scatto, rimane fermo e quindi gira la testa a metà, fissando il proprietario Con sguardo ironico perverso. Si rigira e inizia a rotolare per le scale]

[Il proprietario rincasa soddisfatto, pulisce il fucile e ci soffia. Bussano di nuovo alla porta

Proprietario: [molto forte] no! Questo no! Tu sei morto!

[punta il fucile alla porta e spara ma, nell'agitazione, non si rende conto che la canna è rivolta verso di lui]

[bussano di nuovo alla porta]

Da fuori: posta! C'è nessuno?

[viene inquadrato un postino con molte lettere fuori alla porta del poveretto]

[Nicotera è rimasto nell'atrio. Raccoglie il corpo del suo clone e lo esamina]

[sarcastico]: Mh, un bel buco!

[scende il postino, un carciofo]: signore, posso lasciare a lei la posta dell'interno 12?

Nicotera [ironico- amichevole]: c'è posta? Fammi vedere! [esamina le lettere, lanciandole in aria] multa, multa, denuncia, estorsione, minaccia, pacco bomba, [ironico] no, grazie! Ne faccio volentieri a meno!

Nicotera: Vi saluto! [frustrato] tz, ma tu guarda! È diventato difficile anche rubare, maledetta signora lati! [scende le scale, i condomini lo osservano perplessi]

[esce dal palazzo e incontra il diacono Svuotabare]

Nicotera [si stringono la mano]: il vento ti porta qui!

Svuotabare: hai sentito che è morto Rat?

Nicotera: sì

Svuotabare: lo abbiamo appena seppellito, sapessi quanta ricchezza c'era in quella tomba! Ero quasi tentato!

Nicotera [volgarmente]: quando la apriamo?

Svuotabare: tu vai subito al sodo, mi piaci! Stanotte sei libero?

Nicotera [meravigliato]: stanotte?! Andiamoci subito!

Svuotabare: è meglio col buio

Nicotera: perché rubare col buio quando puoi rubare di giorno?

[i due si avviano al cimitero. Il diacono tiene le mani congiunte, indossa la tunica. Nicotera cammina volgarmente con la spiga di grano in bocca. Vengono fermati da un gobbo]

BREVE INTERMEZZO- INCONTRI CASUALI

Gobbo: buongiorno, che ore sono? [è mattino, sole splendente]

Nicotera: le nove

Gobbo [sorridendo, con tono ironico di auto correzione]: allora buonasera! [si curva in avanti verso destra, ritira la testa tra le spalle, alza le braccia piegate e con i palmi delle mani aperti]

[i due s'incamminano, il gobbo rimane immobile, è inquadrato]

[la scena riprende. I due sono inquadrati, arrivano al cimitero:]

[Si sente bussare da una bara]: aprite! Aprite!

Nicotera [ridendo, ironico]: senti qua! Questo è ancora vivo. [fa cenno di "no" con la testa.]

[Nicotera è incuriosito da una tomba strana, diversa da tutte le altre. È a forma di clessidra. Si avvicina:]

-ahah! Senti questo: qui giace il signor Robucone, nato il 01/01/2029 e morto il 05/03/1792. Chissà che fumava!

[il diacono sembra spaventato:]

Nicotera: che c'è? Non avrai paura di un morto? [il diacono sembra assente] pronto?

Diacono: [rinviene] ah, sì. da quella parte.

-i due si inoltrano. Rimangono colpiti dal manifesto pubblicitario della Pompa funebre comunale, che recita:

IN NOME DI DIO

LISTINO PREZZI SEPOLTURE

MORTO: 1 SOLDO

QUASI MORTO: 5 SOLDI

VIVO: 50 SOLDI

COLPO DI GRAZIA: PREZZO SU RICHIESTA

AUTORIZZAZIONE COMUNALE N. 00002

SI RINGRAZIA SUA SANTITÀ IL PAPA PER LA COLLABORAZIONE

Nicotera: [ironico] ma tu hai letto?

Diacono: hehe! Ecco, la bara è questa.

Nicotera: forza, mettiamoci all'opera! Ce l'hai il piccone?

[il diacono estrae il piccone dalla tunica e lo porge a Nicotera]

Diacono: prima un segno della croce!

[Nicotera sbuffa e fa velocemente il segno della croce]

Nicotera: [nervoso] va bene?

[Nicotera comincia a sfondare la bara di Rat, il diacono recita un "padre nostro"]

Nicotera: devi proprio annoiarmi con quella lagna?

[il diacono tace]

Nicotera [apre la bara]: Dio! Quanta ricchezza! Abbiamo svoltato!

Diacono [forte]: fa' vedere!

Nicotera: questa collana è mia! [indossa la collana di Rat al collo. Il diacono fruga nelle tasche del cadavere]

[si sentono dei passi] Svuotabare: oddio! Sta arrivando un poliziotto, è la fine! Maria salvaci!

[il poliziotto si avvicina a Svuotabare, ha una torcia accesa sebbene sia giorno. Tono severo]: che fate qui? [Svuotabare rimane immobile con mani congiunte, Nicotera esce dalla bara]

Poliziotto: Nicotera! Voi qui? [gli bacia la mano]

Nicotera: sì, abbiamo fatto visita a un amico.

-il poliziotto vede la bara aperta ma non commenta-

Poliziotto: vedete questa torcia? La posso usare solo di giorno. Ieri notte sono entrati due ladri ma non sono riuscito a vederli perché non la posso accendere quando è buio

Nicotera [semiserio]: è un comportamento molto intelligente.

Poliziotto [alzando le mani]: questo dice la legge. [un occhio guarda sopra e uno sotto]

Nicotera: io vi saluto

Poliziotto: grazie [bacia la mano a Nicotera. Si avvicina a Svuotabare, che immobile con mani congiunte. Il poliziotto accenna un inchino]

Svuotabare: menomale che era un tuo amico!

Nicotera: sono tutti miei amici, sennò non potrei fare questo lavoro.

[con enfasi] non ho mai rispettato la legge ma ho sempre saputo farlo.

Svuotabare: Dio ti benedica!

Nicotera: uahaha! [risata volgare] ci si vede! [raccoglie il bottino in un sacco dell'immondizia e se lo carica in spalla.]

[Svuotabare inizia a scavare come una talpa ed entra sotto terra]

Nicotera [ridendo]: ah, Gesù! Questo è una talpa! [riprende la scena con il telefono e fa cenno di "no" con la testa.]

Lascia il cimitero e si dirige a casa. Mentre cammina ha modo di assistere a una scena a dir poco sconcertante: due suoi colleghi pedinano una vecchia signora che spinge una carriola piena di banconote di grosso taglio. La signora si ferma davanti alla panetteria ed entra, lasciando incustodita la carriola.

Subito i due ladri si precipitano al saccheggio ma c'è un colpo di scena. Essi buttano a terra l'enorme plico di banconote e scappano solo con la carriola in spalle-

Nicotera: alla fine è successo davvero. Sembrava impossibile…

[si rincammina]

-Dopo la lunga giornata di lavoro Nicotera rincasa, gli apre la porta la moglie-

Nicotera: guarda che collana! [accarezza la collana]

-Fine: moglie: ma l'hai rubata?

Nicotera[ironico-aggressivo]: Eh no, guarda, l'ho comprata.

[bussano alla porta. Nicotera apre: è l'amico che ha derubato prima]: amico [con tono ansioso]: Nicotera, ho ancora il ragno nei capelli?

[l'amico si guarda intorno indicando i capelli]

SCENA VIII

Prove di resilienza

Tata dà una cena a casa sua in onore di Rat. I commensali sono: Tata (a capo tavola), due ospiti sconosciuti, il gatto-cuoco, Tenaglia, la moglie di Rat, un uomo immobile in piedi con sguardo al vuoto e due cani umani in giacca e cravatta. L'ospite speciale è un vecchio in sedia a rotelle che cerca faticosamente di ingoiare un boccone che puntualmente gli ricade nel piatto quando lo avvicina alla bocca. Continuerà così per tutta la serata. I signori si presentano, i cani si dimostrano molto cortesi, prendendo i cappotti degli altri. I commensali siedono.

Gatto-cuoco: signori, possiamo iniziare?

Tata: no, manca l'ultimo invitato.

-la scena si sposta fuori al fatiscente palazzo di Tata. L'ultimo invitato è davanti al portone. Bussa e gli aprono. Il portone emette un assordante strepito. L'invitato entra nell'androne e prende l'ascensore, le cui porte si chiudono emettendo un frastuono altrettanto assordante. L'uomo ride.

Dopo poco arriva al piano. È buio. Cerca l'interruttore per la luce. Lo trova e lo accende ottenendo un risultato insperato: la lampada esplode e gli cade in testa. L'uomo cade e impreca. In quel momento, Tata apre la porta.

Tata: [con rabbia] ma che hai fatto? Adesso me lo ripaghi!

Ultimo Invitato: [si rialza, ironico] scusatemi, ma non sono abituato a condomini così all'avanguardia. Posso entrare?

Tata: vieni.

-i due entrano in casa e prendono posto a tavola-

Tata: lui è l'ultimo invitato

Ultimo invitato: [siede] buonasera a tutti.

-nessuno gli risponde-

Ultimo invitato: [ironico] grazie, molto gentili.

-l'uomo nota il vecchio intento a ingoiare il boccone che continua a cadergli non appena lo avvicina alla bocca-

Ultimo invitato: il signore ha forse bisogno di aiuto?

Tata: [con rabbia] pensi di poter dire qualcosa di intelligente una volta tanto? Lui è l'ospite speciale!

Ultimo invitato: ah! L'ospite speciale. [ride] sì, mi sembra tutto logico.

-uno dei cani si volta verso l'uomo porgendogli la mano-

Cane Sergio: non ci siamo presentati. Io sono Sergio, il nuovo sindaco.

Ultimo invitato: un cane sindaco… sì, siamo sulla giusta strada!

-arriva il gatto-cuoco, con un grosso piatto di portata vuoto in mano-

Gatto-cuoco: cominciamo con un antipasto a base di "nientechemeno".

-il gatto-cuoco, con un mestolo, non serve *niente* nei piatti, iniziando dall'ultimo invitato, a cui chiede:

ne gradisce ancora?

Ultimo invitato: [sconvolto] no, grazie. Può servire i padroni.

-il gatto-cuoco ripete la stessa operazione con tutti i commensali, che lo ringraziano, tranne che con il vecchio e con l'altro cane che spiega:

a me no, grazie. Non voglio guastarmi con l'antipasto.

Gatto-cuoco: non c'è problema. Signori, vi auguro buon appetito.

-il gatto accenna un inchino e torna in cucina-

-i commensali consumano l'antipasto immaginario esprimendo giudizi positivi sul cuoco. Il cane-sindaco nota che l'ultimo invitato non sta mangiando e gli chiede:

non è di suo gradimento?

Ultimo invitato: cosa non è di mio gradimento?

Cane Sergio: l'antipasto che ha nel piatto.

Ultimo invitato: voi vedete un antipasto qui? [agita il piatto vuoto]

Tata: [con rabbia] è così che ci si comporta a tavola?

-gli altri commensali mangiano con foga dal piatto vuoto. Il vecchio insiste con il boccone-

Ultimo invitato: è vero, mi sono comportato male. Adesso mangio tutto.

[mangia dal piatto vuoto con coltello e forchetta] mh! In effetti è buono!

-a un tratto la moglie di Rat si alza-

Moglie: scusatemi, vado un momento in bagno.

Tata: vai pure. Il bagno è lì.

-la porta del bagno è nella stessa stanza. La moglie la apre ed entra. Appena chiude la porta si sente un forte rumore, come di massi che cadono. Tata si alza e va a controllare. Apre la porta e vede che il soffitto del bagno è crollato, lasciando un alto cumulo di macerie. La moglie non si vede-

Tata: [torna a sedere, tranquillo] mi sa che dobbiamo chiamare l'idraulico.

Cane Sergio: un idraulico, dice? Non penso che sarà facile. Da quando è arrivata la Signora Lati, non ci sono più idraulici in giro.

Ultimo invitato: è vero. Come pensa che si svilupperà questo fenomeno?

Cane Sergio: non lo so. So solo che se lo Stato non interviene, andrà male, e se lo Stato interviene andrà malissimo.

Tata: puoi passarmi il pepe?

-l'ultimo invitato ha vicino a sé due barattoli, entrambi vuoti. Ne prende uno e lo porge a Tata-

Tata: [apre il barattolo vuoto, guarda il contenuto ed esclama, nervoso] ho chiesto il pepe, questo è sale! Non sai distinguerli?

Ultimo invitato: [aggressivo] non so distinguerli? Ma voi credete che io sia un'idiota? Non vedete che il sale è finito?

Tata: [aggressivo] come osi dire questo? Ti porto in tribunale! Dimmi almeno che ore sono!

-l'uomo si volta verso l'orologio sulla parete ma scopre che gli mancano le lancette-

Ultimo invitato: come te la dico l'ora se non ci sono le lancette?

Tata: e che ti servono le lancette per dirmi l'ora? Non sai leggerla da solo?

Ultimo invitato: [calmo, ironico] e va bene. Hai detto che volevi il sale? Ecco il sale!

-l'uomo porge a Tata l'altro barattolo vuoto-

Tata: oh! Finalmente! Ci voleva tanto? [macina il niente sul piatto]

Ultimo invitato: [folle, ironico] sai che ti dico? Voglio un po' di pepe!

[prende il barattolo vuoto e inizia a macinare il nulla] ecco qui! Un po' di pepe... un altro po' di pepe.... Molto pepe! Hehe! [posa il barattolo]

-il gatto-cuoco comincia a ritirare i piatti, iniziando da Tata, che continua a macinare a vuoto-

Ultimo invitto: [folle, ironico] hm! Sento un leggero bruciore alle gambe...

-l'uomo alza la tovaglia e scopre che sotto il tavolo è in azione un tremendo meccanismo di lame e falci che gli stanno accarezzando le gambe. L'uomo sorride e non agisce-

Cane Sergio: antipasto molto gradevole.

-il cuoco s'inchina. Ritira tutti i piatti e torna in cucina-

Ultimo invitato [si alza]: signori, scusate ma devo lasciarvi.

Tata [dispiaciuto]: perché?

Ultimo invitato [con rammarico]: ho un impegno

Tata [tono sincero dispiaciuto]: davvero?

Ultimo invitato [gesti ed espressioni folli]: è un modo gentile per dire che mi sono annoiato di stare con voi.

Tata: ti prego, rimani ancora per il primo piatto, è una vera specialità. Poi ti lasceremo ai tuoi impegni.

Ospite [sull'aggressivo]: va bene, ma poi me ne vado.

-il gatto ritorna trascinando un carrello con una scodella coperta-

Gatto-cuoco: signori, proseguiamo con il primo. Ho preparato un "niente sul nulla", secondo l'antica ricetta.

-il cuoco scoperchia la scodella: è vuota. La prende in mano e mostra il contenuto ai commensali-

Tata [disgustato]: no, non mi piace questo piatto.

Gatto-cuoco: lo ha mai assaggiato?

Tata: no.

[il cuoco mostra la pietanza all'ospite]

Ultimo invitato: [fissa il cuoco sorridendo con sguardo ironico-aggressivo]

[il gatto-cuoco comincia a servire Tata con un mestolo]

Cuoco: va bene così? [il piatto è vuoto]

Tata: un altro po' [il cuoco serve altro cibo immaginario]

Tata: [assaggia] bravo! Siamo a livelli alti!

-il gatto-cuoco s'inchina poi serve l'ospite, che lo fissa con un sorriso folle-

Ultimo invitato [rovescia il piatto per terra, facendo cadere il nulla]

Tata: ma che fai? Non si spreca il cibo!

- L'ultimo invitato fissa Tata con sguardo sorridente aggressivo, Tata risponde con sguardo aggressivo digrignando i denti. Il gatto-cuoco termina di servire e torna in cucina.

Cane Sergio: signori, è questo il momento per litigare? Rimandate a dopo i vostri contenziosi e godetevi le eccellenze che il cuoco ci ha preparato.

-i due si placano. I commensali consumano il piatto vuoto aiutandosi con le posate-

Tata: argh! [tossisce: il "cibo" immaginario gli è andato di traverso]

[agitandosi] Acqua! Acqua! [il cane Sergio versa acqua immaginaria da una brocca. Tata beve il nulla] uh, c'è mancato poco!

Ultimo invitato: [lo fissa. Sottovoce] incredibile!

Il gatto-cuoco torna: i signori hanno gradito la cena?

Tata: mio padre è morto!

-il gatto-cuoco sparecchia. Prende il bicchiere dell'ultimo invitato, che lo blocca-

Ultimo invitato [ironico]: no, aspetta. Voglio bere un altro po' di vino.

[il gatto-cuoco prende la brocca e versa il niente nel bicchiere]

Ultimo invitato: [ironico- aggressivo] sì! sta uscendo proprio bene! Continua, continua! [beve il vino immaginario] sì! ci voleva proprio. A proposito, questo chi è? [indica l'altro ospite, seduto di fronte]

Ospite: io? No, io non c'entro niente. È solo che non mangio da un mese. Stamattina passavo qua sotto e ho sentito che davano una cena, allora mi sono intrufolato.

Ultimo arrivato: adesso siete sazio?

Ospite: eh, sì, abbastanza. [mangia il nulla] molto buono questo... [muore sbattendo la faccia nel piatto. L'ultimo invitato ride sommessamente, gli altri continuano a "mangiare". Il vecchio sta ancora cercando di ingoiare l'unico boccone che ha nel piatto.]

Ultimo invitato: [fissando il vecchio, ironico] è una scena molto particolare…

-ritorna il gatto-cuoco. Stavolta porta una fruttiera piena di splendidi frutti veri-

Ultimo invitato: oh! Almeno la frutta sembra vera!

-il gatto-cuoco posa la fruttiera. L'ultimo invitato prende una mela ma, girandola, scopre che questa presenta un'espressione violenta-

Ultimo invitato: [ironico] no, non credo di desiderare la frutta. [lascia la mela]

-gli altri commensali stanno ancora "mangiando". L'ultimo invitato si alza in piedi-

Ultimo invitato: signori, per concludere in allegria questa gioiosa serata gastronomica, vi propongo di festeggiare con dei botti. [estrae dei grossi botti]

Cane Sergio: temo che quelli non siano botti legali.

Ultimo invitato: [folle] questa è una fontana [prende una fontana e la mostra a tutti tenendola in mano e muovendola da destra a sinistra e viceversa con sguardo maniaco] si usa così! [si poggia la fontana in testa e la accende. La fontana sfavilla, l'uomo resta immobile]

Cane Sergio: non sarebbe meglio farli sul balcone?

Ultimo invitato: [la fontana si spegne] va bene, andiamo sul balcone!

Tata [aggressivo]: i botti si fanno dentro casa!

Ultimo invitato [folle]: come volete. Accendiamone un altro! [prende due bengala lunghi mezzo metro e se li infila nelle orecchie. Li accende. Rimane immobile con un sorriso folle.]

Tata: cuoco! Vieni a vedere! [il cuoco arriva. I bengala si spengono]

Tata: peccato! Te li sei persi!

Ultimo invitato [folle]: nessun problema, adesso accendo l'ultimo. Scommetto che vi piacerà. [estrae un grosso candelotto di dinamite] questo si usa così! [s'infila il candelotto in bocca e lo accende rimanendo serio]

[tutti lo osservano. L'uomo accenna un sorriso folle poi torna serio. È inquadrato in primo piano per quattro secondi, il candelotto esplode. L'uomo resta in piedi per due secondi e viene inquadrata la sua espressione di gioia perversa con sguardo al cielo e sorriso maniaco. Batte le palpebre due volte poi cade violentemente a terra]

Tata: tutto bene?

Cane Sergio: forse non ha letto le istruzioni

ATTO II

LA POTENZA DEL NULLA

SCENA I

Il signor Neamico, golfista amatoriale, si reca dal fruttivendolo.

Neamico: salve vorrei delle buone mele

Fruttivendolo [con molta espressività]: se vuole ho delle ottime mele poi, se vuole, ho anche delle ottime mele.

Neamico: va bene, mi dia delle ottime mele ma non troppe mele ottime

Fruttivendolo: [mostrando la lingua biforcuta] non sarebbe meglio prendere delle mele ottime anziché delle ottime mele?

Neamico: mah, faccia lei. Vorrei anche un cavolfiore

Fruttivendolo: parlante?

Neamico: [scioccato] scusi?

Fruttivendolo: ho dei cavoli parlanti di ottima qualità. Glieli consiglio

Neamico: ne prendo uno.

[il fruttivendolo prende un cavolo da una cassa con la scritta "cavoli alta qualità" e lo mostra a Neamico. Il cavolfiore ha uno sguardo molto aggressivo]

Neamico: [ironico] mah, pensandoci bene, forse non mi vanno i cavolfiori.

Fruttivendolo [mette comunque il cavolo nella busta, il cliente sorride]

Neamico: sì, delle banane marce.

Fruttivendolo: se vuole ho queste [gli mostra delle banane nere con mosche che ronzano intorno]

Neamico: più vecchie non le ha?

[all'improvviso entra Tata]

Fruttivendolo: desidera?

Tata: la vedete questa busta? [apre la busta e si vedono delle cipolle] io le cipolle le compro da un altro fruttivendolo perché le vostre, senza offesa, non mi piacciono per niente. Ci tenevo a dirvelo.

Fruttivendolo: grazie. Voglio regalarvi delle cipolle, così mi perdonerete.

Tata: grazie. In effetti le vostre cipolle sono molto buone, io le compro sempre da voi

[il fruttivendolo riempie una busta di cipolle e la consegna a Tenaglia]

Fruttivendolo: aspettate, voglio regalarvi anche un po' di questi [il fruttivendolo afferra il niente e lo mette nella busta] Anche un po' di

questo [ripete il gesto all'aria] [folle] e, perché no, un po' di questo.
[prende dei frutti immaginari e consegna la busta vuota a Tata]

Tata: Madonna quanto pesa! Togliete un po' di roba!

[il fruttivendolo toglie due frutti immaginari]

Fruttivendolo [mostra i frutti a Tata con due mani. Con sguardo e tono
folli:] questi qui?

Tata [offeso]: Arrivederci

Neamico: voi non usate il frigorifero per conservare la frutta, vero?

Fruttivendolo: frigorifero? Mai! Tutto freschissimo!

[entra un panda con berretto e cassetta degli attrezzi] - scusate, sono il
tecnico del frigorifero.

Fruttivendolo: venga, il frigo è qui. Torno subito [Neamico sorride]

[i due entrano in uno stanzino]

Tecnico: qual è il problema?

Fruttivendolo: il frigo fa le smorfie da due giorni e si rifiuta di conservare
la frutta [arrivano davanti al frigo: indossa degli occhiali da sole
rettangolari, ha un'espressione seria con delle rughe e sta fumando un
sigaro]

Fruttivendolo: guardi un po', le sembra normale? Io credevo di aver
comprato un frigo…

Tecnico: non si preoccupi. Lo aggiusteremo.

[il tecnico carica il frigo su un carrello e lo porta fuori passando davanti a
Neamico, che osserva sorridendo]

[sul bancone c'è un giornale sulla cui prima pagina si legge: "tecnico
violenta un frigorifero"]

[il fruttivendolo ritorna dal cliente]: desidera altro?

Neamico: sì, delle noci.

Fruttivendolo [rammarico]: mi spiace tanto ma le noci sono in sciopero.

Neamico: e questi gusci? [indica dei gusci di noce]

Fruttivendolo: sono vuoti

Neamico [ridendo, folle] allora mi dia dei… [più alto, folle, ridendo] gusci di noce!

[il fruttivendolo riempie una busta di gusci]

Neamico [ridendo]: lei è molto gentile!

[fruttivendolo sorride compiaciuto]

Neamico: per concludere vorrei delle pere.

[alla parola "pere" il povero fruttivendolo inizia a urlare, si strappa i capelli e si nasconde sotto il bancone]

Neamico [maniaco]: nessun problema, mi servo da solo! [prende una busta e inizia a riempirla di pere con una paletta]

Neamico [folle, afferra delle pere con la paletta]: queste sono pere? Ahaha! [rimette a posto la paletta e inizia a servirsi a mano] una pera! Due pere! Ahaha! Tre pere!

[il fruttivendolo lo osserva terrorizzato e tremante]

Neamico: [folle] va bene così! [chiude il sacchetto. Si avvicina al bancone e mostra il sacchetto gonfio di pere al fruttivendolo tremante.]

Neamico [maniaco, ridendo]: guarda, queste sono delle pere!

[il povero fruttivendolo. non resiste: estrae una pistola:

fruttivendolo [tremante]: no! No! Tutto ma non le pere! [s'infila l'arma in bocca e spara. Muore con un'espressione preoccupata]

Neamico: [folle] bè, almeno ho queste buone pere

[alza al cielo il sacchetto e lo fissa con sorriso folle. Esce dal negozio sicuro di sé ma, fatti due metri, gli si para davanti una pera umana alta un metro e mezzo con un'espressione disgustata]

SCENA II

UNA PARTITA A GOLFF

Tutti conoscono il golf, il passatempo degli aristocratici scozzesi, ma nessuno conosce il golff, una disciplina dallo stesso regolamento ma con molte varianti- su cui ci dilungheremo. I giocatori sono perlopiù umani ma non mancano mobili, ortaggi e animali.

I soci del golff club giungono al campo in macchina, guidano tenendo in una mano il telefono e nell'altra la sigaretta. inutile dire che le loro macchine in movimento hanno le ruote ferme. I signori parcheggiano le loro auto vicine. Due di esse si scontrano, l'autista si scusa:

: uh, scusami non ti avevo visto!

[i quattro giocatori del gruppo principale si riuniscono e si salutano]

Giustino: signori, benvenuti! lui sarà l'arbitro.

Arbitro: piacere, ci siamo tutti? [i giocatori rimangono indifferenti]

Giustino: no. Mancano Glorione e Lucano. Ah! Ecco Lucano!

Lucano: scusate il ritardo. Ho parcheggiato la macchina il più lontano possibile.

Giustino: manca solo Glorione.

[raggiunge il gruppo]

Giustino: Glorione! Ti stavamo aspettando.

Glorione. Oh, scusate. Ho parcheggiato la mia cabrio dall'altra parte.

Lucano: anche tu hai una cabrio?

Glorione: sì, perché?

Lucano: no, così… e di che colore è?

Glorione: gialla

Lucano [un po' folle]: ah, è gialla! Ma dai?

Giustino: allora siamo tutti?

Lucano: no, manca Neamico.

Giustino: ma dov'è andato? Lui è sempre puntuale!

Arbitro: mi dispiace ma non si aspetta. Signori, si parte!

[i signori s'incamminano con le loro sacche. Sullo sfondo si vedono le macchine ferme ma con le ruote che girano. Entrano nel campo, gli va incontro una talpa umana alta 170cm. Indossa una tuta da lavoro e un targhettino con la scritta "disinfestazione talpe".]

Giustino: [saluta la talpa] carissimo, come andiamo con le talpe?

Talpa: molto meglio. Abbiamo raggiunto un accordo. Noi gli abbiamo ceduto una piccola area del campo e loro ci hanno promesso di non rovinare le buche.

Giustino: con permesso, noi iniziamo la partita.

Talpa: che vinca il migliore! [un giocatore crolla di faccia a terra]

Arbitro: [guardando il corpo] un attimo, devo cancellare il suo nome dal punteggio. [cancella il nome dal libretto] bene, andiamo.

[i giocatori si avviano verso la prima buca, camminano in avanti. Lucano cammina in retromarcia. Arrivano al tiro di partenza.]

Lucano: [posiziona la palla sul tee, si appresta a tirare ma la palla cade] ops! [rimette la palla, si appresta a tirare ma la palla cade.]

[aggressivo]: lurida palla! Stai ferma! [rimette la palla e tira. Con una traiettoria imponderabile la palla entra in buca al primo colpo, tra lo stupore di tutti]

[viene inquadrata la buca in cui è entrata la palla. La palla salta fuori e atterra in un bunker (ostacolo di sabbia)]

Lucano: [forte] ma è uno scherzo!

[Giustino gli poggia la mano sulla spalla, ironicamente]: non prendertela, capita a tutti.

[Glorione estrae una mazza immaginaria dalla sua sacca vuota e si posiziona per tirare, senza mazza né palla. È molto smorfioso. Carica e tira il nulla, con fare altezzoso.]

Giustino [ironico]: Bravo! Bel tiro! Se giochi così vincerai sicuramente!

[Glorione, molto smorfioso, rimette il nulla nella sacca]

[il gruppo si avvia verso la buca. Lucano scende nel bunker dove è finita la sua palla, gli altri lo osservano dall'alto. Il gentiluomo si posiziona per tirare e allora viene alla luce una spiacevole scoperta: la palla è capitata nelle sabbie mobili. Lucano inizia a sprofondare ma rimane impassibile e rabbioso. L'arbitro nota le difficoltà e interviene:]

Arbitro [gentilmente]: se sta scomodo può spostare la palla, non c'è problema.

Lucano: no, no, tranquilli! Sto bene qui! [si mette in posizione]

Giustino: [un po' preoccupato]: sicuro? Ti vedo in difficoltà. Forse è meglio se ti sposti.

[Lucano sprofonda fino allo stomaco, poi esclama forte ed irritato]:

: potete fare silenzio? Devo concentrarmi!

Giustino: fa' come vuoi. Io volevo solo aiutarti. Ti vedo scomodo là sotto.

Lucano: [irritato] e invece no! Non mi sono mai sentito così libero! [il corpo sprofonda fino alle spalle] resta lì, tesoro! Andra tutto bene! Adesso tiro e torno sopra! [più forte] tiro e torno sopra! [molto forte, rimane fuori solo la testa] tiro e torno sopra! [annega completamente]

Arbitro: [irritato] mi dispiace ma è un comportamento inaccettabile! Dobbiamo considerarlo squalificato! Le regole sono regole!

Giustino: certo, è giusto. Stendiamo un velo pietoso e passiamo alla prossima buca.

[i giocatori si incamminano verso la seconda buca]

Giustino [all'arbitro]: spero che possiate perdonarci per lo spiacevole imprevisto.

Arbitro: tranquillo, è acqua passata.

Giustino: di solito è una brava persona; non so cosa gli sia preso oggi.

[i giocatori varcano un cancello verso la seconda buca.

Arbitro: l'ultimo chiuda il cancello!

[entra l'ultimo giocatore. Rimuove l'asticella che tiene aperto il cancello, che si chiude violentemente alle sue spalle. Il giocatore si blocca e inizia a ridere sommessamente con gli occhi chiusi. (è inquadrato fino alle spalle]

[gli altri giocatori arrivano all'inizio della seconda buca]

Arbitro: [leggendo il punteggio] allora, deve iniziare… Rocco.

Giustino [si guarda intorno] Rocco? Ma dov'è andato?

[con tono acuto sdolcinato]: sono qui! [viene inquadrato fino alle spalle il giocatore rimasto al cancello]

Giustino [severo]: che fai lì? È il tuo turno! Sbrigati!

Arbitro: [severo] se non arriva entro dieci secondi dovrò squalificarlo.

Rocco: [inquadrato fino alle spalle. Con tono sdolcinato e sorriso folle]: io vorrei venire ma… ecco… sono un po'… come dire… indisposto.

[viene inquadrato per intero. Il corpo è trafitto da un grosso palo all'altezza dello stomaco. L'uomo rimane sorridente nonostante il disagevole impedimento]

Arbitro [perde la pazienza si rivolge agli ultimi due giocatori rimasti]: io veramente non ho parole! Nemmeno nelle peggiori bettole di periferie si comportano come voi! Ma vi rendete conto? Siamo su un campo da golf!

Giustino: [dimesso] io… io non so che dire… sono davvero desolato.

Arbitro: [irritato] segnalerò le vostre inosservanze al Dipartimento! La partita è annullata!

Giustino: [dimesso]: mi creda, sono veramente rammaricato. Io vorrei invitarvi a pranzo, forse così potrete scusarci

Arbitro: [interessato]: ha detto che m'invita a pranzo? Bè, forse ho esagerato. In effetti non vi siete comportati male, anzi…

Giustino: lieto di sentirvelo dire! Allora, coraggio! Si va a mangiare!

[i tre si incamminano ma vengono richiamati dall'amico rimasto al cancello]

Rocco: [sorridendo, tono ironico] scusate? Potete darmi un passaggio?

Giustino: [severo] dopo quello che hai fatto hai la faccia tosta di chiederci un passaggio! Vergognati! Tu rimarrai qui!

Rocco: [sorriso folle, ironico] e va bene! Rimarrò qui! I cani selvatici saranno molto contenti!

[i tre signori entrano in macchina e partono]

SCENA III

I tre arrivano in paese. È completamente deserto. C'è solo un uomo che cammina goffamente, gli si avvicinano.

Giustino: [abbassa il finestrino] salve, sa consigliarci un ristorante?

Uomo: [sguardo al vuoto] sì, vi consiglio "la trappola". Ehm… si trova in una strada larga e stretta e il proprietario è uno alto e basso

[quando dice "larga" fa cenno per dire "stretta" e viceversa. Quando dice "alto" fa cenno per dire "basso" e viceversa]

Giustino: ah, ho capito e si mangia bene?

Uomo: state parlando di Bene, il mio amico? Eh… sì, può darsi. L'ultima volta che l'ho visto non stava molto bene.

Giustino: gentilissimo, andiamo a questo ristorante

[i tre signori arrivano davanti al ristorante: una caverna con un sorriso beffardo. Entrano nel ristorante: è vuoto. Vi sono una dozzina di tavoli apparecchiati decentemente.]

Giustino: c'è nessuno?

[dalla cucina esce il ristoratore. Un uomo obeso di alta statura.]

Ristoratore: [gentilmente] prego, dove volete sedervi?

Giustino: qui andrà bene.

[i tre si siedono. Il gestore porge loro i menù]

ristoratore: nel frattempo posso portarvi degli antipasti?

Arbitro: perché no! A base di cosa?

ristoratore: [timidamente] avanzi.

Giustino: volentieri ma vorremmo anche qualcosa di sostanzioso.

ristoratore: io intanto vi porto gli antipasti. Voi decidete con calma.

[il cameriere va in cucina. I signori decidono:]

Giustino: A voi cosa andrebbe?

Arbitro: questo piatto mi piace molto! Quindi non lo ordinerò.

Giustino: penso che vogliamo tutti qualcosa di pesante ma leggero.

Arbitro: leggete qui, tra i secondi c'è scritto "cliente, prezzo a peso"

Giustino: per me andrebbe bene ma chi farà da "cliente"?

Giocatore: io lo farei ma chi vi dice che vi piacerò?

: giusta osservazione [commenta il tavolo] molti si offrono come "clienti" ma spesso rimangono delusi. Ho assaggiato molti clienti ma raramente li ho graditi.

Giustino: Ha ragione, meglio non rischiare.

Arbitro: allora cosa ordiniamo?

Giustino: leggete qui, tra i secondi c'è scritto "ristoratore, prezzo su richiesta"

Arbitro: sembra buono, chiediamo che prezzo ci fa.

[torna il ristoratore che serve gli "antipasti"]

ristoratore: eccoci, queste sono delle carote alle melanzane, anatra al coniglio e un paté [il piatto del paté è vuoto]

Giocatore: [assaggia il paté inesistente. Folle]: mi piace molto questo paté! Ma proprio molto! [molto forte, furioso] Mi piace talmente tanto che non mi piace. [tutti osservano indifferenti]

ristoratore: avete deciso cosa ordinare?

Giustino: sì, vorremmo un "ristoratore, prezzo su richiesta"

ristoratore: possiamo farlo bollito, all'acqua pazza, ai ferri, fritto o al vapore, servito su un letto di spinaci.

Arbitro: sembra buono! Che prezzo ci fa?

Ristoratore [espressione folle, tono acuto]: un prezzo.

Giustino [annuendo]: sì, è onesto.

Ristoratore: come mi devo cucinare?

Giustino: [dispettoso] io lo voglio al vapore!

Arbitro: [dispettoso] io fritto!

Giocatore [un occhio guarda sopra e uno sotto, folle]: io lo voglio sia ai ferri che all'acqua pazza

Ristoratore: posso cucinarmi in tutti i modi, se volete. Così ognuno rimarrà soddisfatto.

Giustino: per me va bene.

Arbitro: no, è una soluzione troppo logica e giusta. Si cucinerà in un solo modo!

Giustino: Allora, quanto le dobbiamo?

Ristoratore: il conto alla fine, voglio sincerarmi che il piatto sia di vostro gradimento. Mi volete intero o a pezzi?

Giustino: lei è molto onesto! Meglio intero con una bella mela in bocca.

Ristoratore: perfetto, vado a cucinarmi. [ritira i piatti e va via]

Giustino [con smorfie]: vorrei chiedervi solo un favore. Visto che nessuno di noi fuma, potreste portarci un posacenere?

Ristoratore: [s'inchina] con permesso.

[torna in cucina. Si iniziano a sentire fortissimi rumori]

[arriva il cameriere- una piovra umana- che porta il posacenere]

Giustino: [sorpreso] ah, vero, il posacenere. Lo poggi qui.

[la piovra poggia il posacenere e torna in cucina, dalla quale provengono urla disperate miste a cantici religiosi]

Arbitro [aggressivo]: no, deve stare qua!

[prende il posacenere e lo colloca in un angolo del tavolo, a rischio caduta]

Giustino [ironico-aggressivo]: deve stare là?

Arbitro: Sì!

Giustino [con sorriso diabolico]: e se cade chi lo raccoglie?

Posacenere [serio]: tranquilli, non cado.

[i signori si chetano alle parole del posacenere]

[arriva un cameriere umano con un gigantesco vassoio]:

signori, il piatto è servito.

[poggia sul tavolo un enorme spiedo in cui è infilzato il ristoratore con una mela in bocca. La sua espressione provata lascia intuire che sia stato cucinato vivo]

[i commensali osservano il piatto a braccia conserte, senza assaggiarlo. A un certo punto il giocatore prende il bicchiere di Giustino e beve volgarmente. Lo posa facendo rumore, poi si mette a fissare Giustino con braccia conserte e con sorriso di sfida. Giustino ricambia. Arriva il cameriere umano]

Cameriere: i signori hanno gradito?

[i piatti sono pieni, la "pietanza" è intatta]

Giustino: tantissimo! [il cameriere sparecchia, buttando il ristoratore in un cestino. Quando raccoglie le bottiglie osserva attentamente in controluce se ci sono dei resti d'acqua (davanti ai signori)]

Giustino: la ringrazio, può portarci il conto.

[i tre si alzano]

[alla parola "conto" l'arbitro inizia ad agitarsi e si alza]: scusate ma devo scappare!

[l'arbitro scappa correndo]

[all'improvviso entra una vecchia conoscenza]

Giustino: eh! Da quanto tempo! Come andiamo? [si salutano amichevolmente]

Amico: ti trovo bene! Tu mi trovi bene?

Giustino: benone! I figli come stanno?

Amico: eh, sono morti.

Giustino: quello è l'importante!

Giocatore: vado un momento in bagno. [va in bagno]

Giustino: permettimi d'invitarti a cena a casa mia. Spero solo che non ti dispiaccia sapere che non ci sarà niente da mangiare.

Amico: sì, sì, grazie.

Giocatore [torna dal bagno]: scusate signori, io ho lasciato volontariamente le chiavi in bagno; così potrò dire [folle, con gesti] "ho dimenticato le chiavi in bagno!" [calmo] e tornare a prenderle.

Giustino [cortese]: signori, avviatevi, io vi raggiungo subito!

Amico: ma no, ti aspettiamo.

Giustino [forte, severo]: fuori! Uscite!

[i due escono]

[Giustino avvicina il cameriere umano e gli sussurra con espressione disgustata:]

Cameriere! [il cameriere si avvicina]

Giustino: [sussurrato, con gesti] questo posto... no! Deve chiudere! C'è un limite a tutto e voi l'avete superato ampiamente. Basta! chiudetelo!

Cameriere [domanda minacciosa]: posso offrire da bere?

Giustino: ah sì, grazie. [il cameriere riempie un bicchiere]

Giustino: [beve e arrossisce, chiude gli occhi in un'espressione di sofferenza. Ironico] questo liquore è una vera bomba! [il cameriere sorride annuendo] sembra che abbia lo stomaco in fiamme! [dallo stomaco si levano davvero delle fiamme. Giustino le osserva tranquillo e ridente]

Giustino [folle, ironico]: bè, se la mettiamo così, dammi anche della benzina.

[il cameriere versa della benzina. Giustino fa i gargarismi e sputa nello stesso bicchiere, che rende al cameriere]

: pronto per essere servito al prossimo cliente! [esce]

Amico: hai fatto? [Giustino sorride cordialmente, è ancora in fiamme]

[fuori al ristorante ci sono i tre amici e un triangolo umano di spalle che sta affiggendo un manifesto.]

Giocatore: [si fruga nelle tasche] ho dimenticato le chiavi in bagno! Torno a prenderle. Faccio subito!

[entra e dopo pochi secondi si ode un fortissimo urlo. In quel momento il triangolo finisce di affiggere il manifesto, che viene inquadrato: è il necrologio del malcapitato amico, con fotografia e data di morte. Il triangolo se ne va]

Giustino [guarda il manifesto, ironico]: aè! Guarda qua! Andiamocene, dai.

[i due stanno per entrare in macchina (ferma ma con le ruote che girano) ma l'amico suggerisce:] non sarebbe il caso di domare le fiamme, prima di metterci in macchina?

Giustino: [ironico-violento] non scherziamo, su. In macchina! [entrano]

Amico [con affetto]: non ti devi offendere, io lo dicevo per te. Mi umilia vederti ridotto in quello stato.

Giustino: [ironico-violento] pensi di riuscire a dire qualcosa di sensato? Se riesci a dire solo scempiaggini, ti prego di tacere.

[le fiamme aumentano in modo incivile. I due partono. (le ruote si bloccano) Vengono inquadrati dall'esterno del parabrezza. Giustino guida sportivamente con una sola mano. Ha un sorriso perverso (le fiamme lo stanno assalendo). L'amico è catatonico]

Giustino: [accende la radio] musica! Hahah!

[nell'auto risuona "Nessun dorma". L'auto prosegue. Giustino si volta verso l'amico, mandandogli dei baci, poi si rigira e ride. L'amico è sempre catatonico.]

Giustino: [prende una scatola di latta su cui è raffigurata la faccia di un leone.]: lo vedi questo? [lentamente, quasi scandendo]: leone in scatola! Ahah! Questo scorrazzava nelle savane e adesso… eccolo! [maniaco] troppo divertente! [l'amico guarda fisso davanti a sé] qui cosa abbiamo? [prende un altro barattolo] elefante in scatola! Haha! Loro vorrebbero mettermi in scatola! [fatica a parlare per le risate malate] oh Signore! Non hanno capito proprio niente! non ci riusciranno mai!

[in quel momento, nella corsia accanto, passa un autotreno sulla cui fiancata è stampata la pubblicità di un barattolo cilindrico con la faccia di Giustino, il quale lo osserva indifferente]

Giustino: [ironico aggressivo] è tutto bellissimo! Leone in scatola, elefante in scatola…oddio, Dio, Dio!

[le fiamme divampano sempre di più. La macchina è totalmente invasa]

Giustino: fa un po' caldo qui. Apri i finestrini. [cerca di aprirli ma sono bloccati] bloccati! Ahaha! E va bene! Supereremo anche questo scoglio! [Giustino gira leggermente il volante ma l'auto non risponde. Fa una smorfia imbronciata ironico-seria. Ripete il gesto poi gira al massimo il volante ma senza effetti sull'andatura. Inizia a ridere] volete giocare? E va bene, giochiamo!

[davanti a loro c'è una curva a gomito, che dà su un burrone. L'amico è sempre impassibile. Giustino preme sul freno ma senza effetti. Cerca di nuovo di sterzare ma stavolta gli resta in mano il volante, che gli fa una linguaccia. Ormai sono a pochi metri dal precipizio. In extremis, prova a tirare il freno a mano]

Giustino: [ironico-perverso] O la va o la spacca!

[tira ma il freno gli resta in mano]

Giustino: [ridendo, folle]: non è andata! Hahaha!

[l'auto prende il volo e inizia a precipitare. Quando tocca terra esplode. Vengono ripresi i due signori: l'amico è morto compostamente ad occhi aperti, l'espressione è lievemente delusa, diversissima da quella di Giustino: egli è deceduto in un'espressione di gioia immensa, con la bocca spalancata e storta in una volgare risata perversa, gli occhi sono socchiusi.]

[la scena inizia ad ingrandire su un'indistinta figura che è sull'orlo del precipizio: si scopre essere un uomo identico all'amico morto. Costui osserva la scena immobile, con le braccia distese e sguardo catatonico]

SCENA IV

Siamo nel corridoio dell'istituto scolastico "il parcheggio". Gli alunni sono fuori dall'aula. A un tratto si apre la porta dell'aula e ne esce un uomo di mezza età dai modi allucinatissimi e di alta statura: il professor Goidac. Questi fa un fischio da pastore e batte due volte le mani. È il segnale che la lezione sta iniziando. Gli alunni entrano e prendono posto. Il professore siede alla cattedra. All'improvviso esclama, con vigore]

: interrogati Mino e Tauro!

[i due alunni (due signori di circa trent'anni) si dirigono alla cattedra con un libro in mano. Siedono]

Prof. Goidac: [allucinato] aprite il libro! Analisi del testo!

[all'improvviso si alza un alunno, folle, ironico]: professore, guarda qua!

[sorridendo, s'infila una pistola]

[il professore si alza, forte, confuso] no! No! Aspeta! Aspeta! Non ti uccidere! Aèèèèah! [brandisce una lupara e spara all'alunno che cade dalla finestra]

Prof Goidac: [si siede, calmo] mannaggia! Non ci si può distrarre un secondo!

Alunno Mino: [ragazzo obeso con capelli corti ricci, dispettoso] inizio io!

Prof Goidac: [si alza, sempre allucinato, gesticolando] questo è uno dei capisaldi della letteratura mondiale! studiatelo a memori! ha vinto decine di premi! Un libro la cui profondità intellettuale si evince già dal titolo [viene inquadrato il "libro": è un tomo di centinaia di pagine sulla cui copertina campeggia il titolo: "I LADRI RUBANO". Si siede] andate!

Mino: [apre il libro. Sulla prima pagina vi è scritto solo "Introduzione"]

Qui vediamo l'introduzione all'opera. Non c'è molto da dire. È un'introduzione sintetica, come ci si aspetterebbe da un libro di questo tipo. [l'alunno sfoglia molte pagine, tutte vuote. Arriva al primo capitolo. Esso è composto da una sola frase: "SE RUBI SEI UN LADRO"]

Questo capitolo è un tema con variazioni. Infatti, all'inizio lo scrittore insiste con "se rubi sei un ladro" poi cambia in "sei un ladro se rubi" e quindi in "un ladro sei se rubi". Nelle pagine seguenti l'autore sostiene che "un ladro sei se rubi" ma anche che "rubi se sei un ladro". Fino a giungere alla conclusione definitiva: "se sei un ladro, rubi".

Prof Goidac: [allucinato] continua!

Mino: [sfoglia] nel secondo capitolo abbiamo l'esposizione della tesi: "chi ruba è un ladro" che viene spiegata nel terzo capitolo [sfoglia:] "è impossibile rubare senza essere ladri". Da qui si arriva al finale. [sfoglia] "se non rubi ma stai antipatico al giudice sei comunque un ladro" [si nota che la lettera "q" è stata ritoccata. All'inizio era una "c"] [il professore inizia a piangere] no, scusatemi! Ma è un libro troppo carico di emozioni! Piango sempre quando lo leggo! [torna serio di colpo] allora, sentiamo Tauro! Dimmi… in cosa differisce questo libro da quello che abbiamo studiato ieri?

Tauro [spiazzato]: mah, forse questa è una commedia e l'altro è un romanzo…

Prof Goidac: [severo] sbagliato! Dillo tu, Mino! In cosa differisce?

Mino: dal titolo!

Prof Goidac: [allucinato]: bravo! [con rammarico] Tauro… dimmi almeno qualcosa sull'autore!

Tauro: [sfoglia fino alla biografia, dove c'è solo un'immagine con la scritta AUTORE. Essa raffigura un centenario distinto ma con la mascella destra decomposta (è visibile l'osso e la fila di denti) e con la bocca aperta in un'espressione di dolore contenuto]

Tauro [disperato]: ma cosa devo dire? Non c'è scritto niente?

Mino: [severo, dispettoso] non c'è scritto niente? forse sei tu che non studi!

Prof Goidac: [allucinato] ha ragione Mino! Ti trovo sempre impreparato! Vammi a prendere un caffè! Solo quello sai fare!

[Tauro esce compostamente. Dopo alcuni secondi si alza il professore]

Prof Goidac: [allucinato] scusate, mi vado a prendere un caffè!

[il professore esce e incontra Tauro, che sta prendendo il suo caffè, come da disposizioni. Purtroppo il nostro professore non è abbastanza capace da riconoscere l'alunno che ha interrogato pochi secondi prima; allora lo saluta con un "buongiorno" distaccato, come se non l'avesse *mai* visto prima. L'alunno risponde con un dubbioso "buongiorno". I due si trattengono per un po' vicino alla macchinetta poi Tauro torna in classe. Dopo un po' entra il professore, molto preoccupato, chiede alla classe:

ma dov'è Tauro! Oh Madonna è sparito Tauro! [Tauro è seduto in prima fila, sotto gli occhi del professore che lo fissa]

La classe rimane catatonica

Prof Goidac [rivolgendosi a Mino, che non assomiglia lontanamente a Tauro]: Tauro! Eccoti! Dov'eri finito?

Mino [sorridendo]: mi avevate chiesto di andarvi a prendervi un caffè.

[il professore rimane disorientato. Batte gli occhi due volte e cade di faccia a terra]

La campanella suona. Entra in classe la professoressa Tarlone. Una donna mascolina un po' obesa, dai modi gentili e con il tono leggermente nasale. Nota il cadavere del professore e gli chiede.

: ma devi finire la lezione? [il cadavere, fortunatamente, non risponde ma la professoressa si offende]

: ma perché non mi rispondi? Sei arrabbiato con me?

Un alunno osserva: [ironico] professoressa? Sei in ritardo! sono le 11 e 20!

Prof.ssa Tarlone [risentita]: ma come sono in ritardo? Sono entrata alle 11 e venti e adesso sono le 11 e dieci!

[un rombo umano porta in classe un televisore]

Prof.ssa Tarlone: allora, come sapete oggi vedremo questo film. S'intitola "a corto di idee". Ha vinto sei Oscar.

[commenti meravigliati della classe insieme a qualche imprecazione]

Prof.ssa Tarlone [rivolta a Luca, un ragazzo muto. Con tono severo]: Luca! Modera il linguaggio! [il film inizia.]

-lo splendido cd non riproduce altro che lo schermo nero del televisore. Tutti gli alunni lo guardano interessati. Poi nasce un'accesa discussione-

alunno Mino: [si alza, gesticolando, con molta espressività anche facciale] professoressa, potrebbe gentilmente tornare indietro? Non ho capito bene cosa dicono. Dovrei prendere più appunti.

Prof.ssa Tarlone [orgogliosa]: ma certo! Dov'eri rimasto? [comincia a mandare indietro il "film"]

Mino: [sempre espressivo] ecco, è qui… No, un po' più avanti. Ecco, grazie. [si siede]

[il "film" riprende. Dopo alcuni secondi un alunno proclama:]

[esasperato]: professoressa, questo film non esiste, [crescendo, forte] non esiste! non esiste! non esiste!

Prof.ssa Tarlone [ferma il "video"]: [tono offeso] ma come non esiste?

Mino: [severo] non esiste? Forse sei tu che non segui la lezione!

[la professoressa guarda mino con sguardo amorevole. Il "film" riprende]

Un alunno: [con sorriso da maniaco, semiserio]: professoressa, tu sei un asino!

Prof.ssa Tarlone [ferma il film. Tono maniaco]: se fossi un asino, dovrei avere le orecchie così [le spuntano le orecchie da asino], le mani così, [le spuntano gli zoccoli da asino] la faccia così [le spunta la faccia da asino] e dovrei fare ih oh! Ih oh! Ih oh! [riproduce perfettamente il verso di un asino]. Perciò, non sono un asino.

[il "film" riprende. Dopo pochi secondi, lo stesso alunno ride violentemente per due secondi poi muore, sbattendo la faccia sul banco. La classe rimane indifferente]

[il "film" è finito. La prof.ssa vuole sentire il parere degli alunni]

Prof.ssa Tarlone: allora, ragazzi? Che pensate del film?

Un alunno: b-b-b-b-b-b-b-b-b [pronuncia la lettera "b" dura, scandendo. La testa è rivolta verso l'alto]

Prof.ssa Tarlone: sì ma manca qualcosa. Mino, tu cosa pensi di questo film?

Mino: è un film

Prof.ssa Tarlone: Bravo Mino! È un film!

[si alza un alunno]: posso andare in bagno?

Prof.ssa Tarlone [con tono sdolcinato]: sì, vai caro.

[l'alunno esce dalla classe e chiude la porta. Dopo cinque secondi la professoressa si alza e apre la porta.]

[siamo nel corridoio, per adesso è ripresa solo la prof.ssa di fronte]

Prof.ssa Tarlone: [con tono sdolcinato e moine] fai subito, non ti perdere.

[la professoressa sfodera una rivoltella e continua con le sue smancerie. È sempre inquadrata di fronte con una pistola nella mano sinistra all'altezza del mento e la destra chiusa a pugno su cui appoggia la faccia]

Prof.ssa Tarlone [quasi piangendo]: ti supplico! Torna presto! [tira il grilletto]

[adesso viene inquadrata di spalle con l'alunno in lontananza di spalle. Si sente uno sparo. L'alunno si ferma di scatto, passano quattro secondi poi l'alunno gira la testa di 180°, fissa la professoressa con sguardo spento, sorride e cade a terra.]

[la professoressa (inquadrata di fronte) continua a fissare l'alunno morto, con aria amorevole e commenta con affetto]:

: oh, tesoro. Non farai tardi, vero? Non farmi preoccupare.

-la professoressa rientra in classe e suona la campanella. Con la rivoltella ancora in mano, saluta affettuosamente la classe, che la fissa severamente senza proferire. La professoressa esce e le dà il cambio la collega Pattume. Una donna anziana molto premurosa e preoccupata ma con una tibia umana tra i capelli, che riduce di molto la sua attendibilità-

Prof.ssa Pattume: eccoci, ragazzi. Come state?

-i ragazzi sono sempre catatonici e non proferiscono-

Prof.ssa Pattume: [notando l'alunno morto con la faccia sul banco] ma non ti senti bene? Vuoi andare a casa?

S'intromette l'unico alunno lucido: [ironico] professoressa, nelle due ore precedenti i tuoi eccellenti colleghi ci hanno deliziato con una serie di improvvisazioni. Tu cosa farai?

Prof.ssa Pattume: io volevo proporvi una discussione.

Alunno Mino: [affettato] interessante. Su cosa?

Prof.ssa Pattume: avete sentito che vogliono condannare a morte quel tizio che ha ucciso un bambino sulle strisce pedonali. Secondo voi è giusto?

Alunno Mino: [sempre affettato] secondo me non è giusto. Gesù dice "non fare agli altri ciò che non vuoi sia fatto a te"

-il crocifisso appeso alla parete si stacca e cade a terra-

Prof.ssa Pattume: sei sempre attento. Bravo, Mino. Voi altri che dite?

-la classe rimane sempre catatonica, con le teste rivolte all'insù-

Interviene l'alunno cosciente: io dico che è tutto inutile.

Prof.ssa Pattume: cosa sarebbe inutile?

Alunno: punire il colpevole.

Alunno Mino: [severo] sei pazzo? Vuoi lasciare a piede libero un assassino?

Alunno: [semiserio] sentiamo, tu cosa proponi?

Mino: di sbatterlo in galera!

Alunno: davvero? E cosa credi di ottenere facendo ciò?

Mino: lui ha ucciso e deve pagare!

Alunno: e chi dovrebbe pagare?

Mino: i genitori del bambino!

Alunno: non capisco. I genitori gli hanno forse venduto qualcosa?

Prof.ssa Pattume: come puoi ironizzare su un fatto così drammatico?

Alunno: siete voi che ironizzate. Cosa credete di risolvere mandando quel diseredato in galera o alla forca?

Mino: i genitori devono avere giustizia!

Prof.ssa Pattume: bravo Mino!

Alunno: provate a immedesimarvi in quei poveri genitori. Da cosa pensate che provenga il loro sconforto?

Mino: forse dalla morte del figlio…

Alunno: ecco! E allora in che modo gli si dovrebbe rendere giustizia?

Prof.ssa Pattume: dando due ergastoli a quel maniaco!

Alunno: ah! Brava! E due ergastoli sono sufficienti a riportare in vita il loro figlio?

-Mino e la professoressa fissano l'alunno sconvolti e spaventati-

INTERMEZZO

Siamo nella sede dell'ufficio scolastico. All'ispettore viene recapitato il rapporto sull'istituto scolastico "il parcheggio". Lo legge.

Scuola in ottime condizioni. Cani girano liberi per i corridoi, pavimenti parlano loquacemente, un pennello dà lezioni di geometria, combattimento di galli nell'aula magna, segreteria gestita da lucertole. Incontrato il rettore (un ippopotamo) molto gentile. Numerosi cadaveri nei corridoi, preside assente da due anni.

Nulla da segnalare

P.s. c'è un pazzo che minaccia di buttarsi dalle scale. Incendiarlo oppure offrirgli delle caramelle al limone.

Distinti saluti

Ispettore: [furioso, sconvolto] nulla da segnalare? [si alza e indossa di fretta la giacca] mandate subito una pattuglia! Io mi avvio! [esce e s'incammina verso la scuola]

-l'ispettore è in strada. Mentre cammina s'imbatte in un violinista che suona un violino senza corde. Gli si avvicina e gli getta delle monete-

Violinista: [smette di "suonare"] grazie. È il mio autore preferito. Se solo non fosse morto così giovane…

si sente una voce ironica: sarebbe morto vecchio!

[Viene inquadrato un uomo molto anziano con un mantello nero e uno scettro. Si avvicina ai due] sono il signor Robucone, anch'io sono rimasto colpito dalla musica. [Il violinista s'inchina] ho appena assistito a un suo concerto dal vivo.

Violinista: [interdetto] a un mio concerto?

Sig. Robucone: no, no. Era l'autore in carne ed ossa. E poi? Dopo 200 anni torno qui e cosa trovo? La stessa musica! Che coincidenza!

Ispettore: io penso che lei abbia bisogno di un trattamento sanitario.

Sig. Robucone: non è il primo a dirlo. Ma non dovete credermi sulla parola. Io posso provarlo.

Ispettore: la prego, mi dia retta. Conosco un eccellente psicologo che potrà curarla.

Sig. Robucone: io so badare molto bene a me stesso. E la mia longevità ne è la prova. Signori, sempre lieto di incontrarvi. [l'uomo accenna un inchino e va via]

Violinista: ma chi era?

Ispettore: non ne ho idea. Dovrebbero riaprire i manicomi

[l'ispettore si rincammina]

SCENA V

L'ispettore arriva davanti all'istituto "il parcheggio". Una struttura apparentemente gentile, con molte finestre. L'ispettore bussa

Ispettore: [altezzoso]sono l'ispettore scolastico, mi apra.

Bidello: come faccio ad aprirla? Mi serve una motosega.

Ispettore: [minaccioso] deve aprire la porta, non me!

Bidello: bastava dirlo [apre]

Ispettore: abbiamo ricevuto diverse segnalazioni su questa scuola.

Bidello: quale scuola?

Ispettore: La vostra

Dalla cattedra: questa non è una scuola, non lo capisci?

Ispettore: ma questa cattedra parla!

Bidello: e quindi?

Ispettore: smettetela con questi scherzi! Non abbocco!

[gli passano davanti due triangoli umani]

Ispettore: cosa sono, le vostre mascotte?

Bidello: sono due professori.

Ispettore: basta con questi scherzi! voglio controllare le classi!

Bidello: mi segua

[i due si dirigono verso una classe]

Bidello: [bussa alla porta]

Dalla classe risponde il Professor Goidac: prego [entra solo il bidello]

Bidello: c'è un tizio che vuole parlarvi

Prof. Goidac: fatelo entrare

Bidello [esce fuori, all'ispettore]: prego

[l'ispettore entra, i banchi sono vuoti]

Ispettore: salve, sono l'ispettore scolastico.

Prof. Goidac: piacere, io sono il professor…uffff… [esita, si mette la mano sulla fronte] non mi ricordo.

Ispettore: andiamo bene! Lei pretende di insegnare a una classe e non ricorda nemmeno il suo nome!

Prof. Goidac: mannaggia, mannaggia, chi ero io?

Ispettore: ho visitato tante scuole ma mai ho assistito a una scena così pietosa!

Prof. Goidac: ma io fino a ieri ero morto! Mi hanno scongelato stamattina! Datemi un attimo per riprendermi! [piange] chi sono io?

-la risposta arriva dall'esterno della finestra, dove è comparsa la faccia di una mantide religiosa gigante-

Mantide religiosa: [seducente] tu sei il Goidac, ti ricordi?

Prof. Goidac: [forte] sì! io sono il Goidac! E vai!

-la mantide scompare-

Ispettore: il Goidac? Ma che nome è?

Prof. Goidac: mio padre era un guidac, avete presente… l'animale?

Ispettore: il mollusco?

Prof. Goidac: sì, bravo.

Ispettore: per curiosità, sua madre cos'era?

Prof. Goidac: un pipistrello!

Ispettore: ah. Quindi lei è il risultato di un guidac più un pipistrello. Interessante…

Prof. Goidac: sì, le piace?

Ispettore: [ironico] oh! Altrochè! Ho appena ascoltato una delle frasi più normali che potessi udire e la ringrazio per avermi aperto nuove prospettive! [prende appunti]

Prof. Goidac: non si smette mai d'imparare!

Ispettore: perché la classe è vuota?

Prof. Goidac: quale classe?

Ispettore: *questa* classe

Prof. Goidac: [rivolto alla classe vuota, tono alto]: ragazzi, silenzio

Ispettore: ma con chi parla?

[bussano alla porta, entra un rombo umano]

-mi avete chiamato?

Ispettore: no

[il rombo esce]

Ispettore: Dio santo! E quel mostro chi era?

Prof. Goidac: quello è il supplente.

Ispettore: [prende appunti] un supplente rombo, al posto di un professore… bene. Mi vuole dire perché la classe è vuota?

Prof. Goidac [severo, rivolto alla classe]: volete stare zitti? [forte] non lo vedete che c'è un ispettore?

[bussano alla porta. Entra lo stesso rombo]

-mi avete chiamato?

Ispettore: [forte] nooo!

-il rombo esce-

Ispettore: [severo] faccia il serio, dov'è la classe?

Prof. Goidac: eccola [indica i banchi vuoti]

Ispettore: [severo] glielo chiedo per l'ultima volta, dov'è la classe?

Prof. Goidac: non so che dirvi. La mia classe è questa.

Ispettore: [severo] va bene, ci penserà l'ufficio scolastico.

[l'ispettore esce dalla classe]

[il professore apre furtivamente la porta e spia l'ispettore, facendo uscire solo la testa. l'ispettore se ne accorge e si gira]

Ispettore [nervoso]: che fa, mi spia? [si riavvicina alla porta]

[il professore resta lì immobile continuando a fissare l'uomo]

[l'ispettore gli si avvicina e il professore ritira velocemente la testa e rientra dentro, sbattendo la porta]

Ispettore: la smetta!

[il professore riapre la porta, tira fuori la testa per un secondo e richiude la porta velocemente]

[l'ispettore è davanti alla porta]

Ispettore: adesso vediamo se la riapre!

[il professore apre l'altra porta della classe, situata più dietro, e guarda l'ispettore]

Ispettore: non ho parole!

[il professore richiude la porta]

[si apre una porta alle spalle dell'ispettore ed esce il professore, che la richiude velocemente rientrando nella porta]

Ispettore [nervoso]: ma come…

[si riapre la prima porta della classe e fuoriesce la testa del professore, sempre serio, che la chiude subito rientrando]

Ispettore [nervoso]: adesso mi ha stancato!

[l'ispettore apre la porta della classe, tiene lo sguardo basso]

Ispettore: come si permette di… [alza lo sguardo] aaah! [grido di paura]

[il professore è impiccato al soffitto con un'espressione di sofferenza atroce: occhi chiusi, labbro superiore piegato verso l'interno e inferiore verso l'esterno, è visibile la fila inferiore di denti. Ha le mani legate dietro la schiena. Il corpo dondola lievemente]

Ispettore: ma come ha fatto? Un secondo fa era vivo! Non può essersi impiccato da solo!

[il corpo dondola più velocemente]

Ispettore: c'è qualcosa che non va in questa scuola!

appare una faccia sorridente sul pavimento: solo qualcosa?

[l'ispettore blocca il corpo]

Ispettore: altro che ispettore scolastico, qua ci vuole l'esercito!

[il corpo dondola molto velocemente, l'ispettore viene colpito e cade, si rialza schivando un altro colpo.]

Ispettore: [si ferma ad osservare il corpo che dondola sempre più velocemente] fammi uscire da qui! [esce dalla classe]

Ispettore: ops, ho dimenticato la penna [rientra]

Ispettore: dio santo! [il corpo è sparito, ci sono degli alunni che banchettano. Su un banco è poggiato un grosso prosciutto che un alunno sta affettando]

Ispettore: scusate, avete visto il professor Goidac? [gli alunni ridono mettendosi la mano sulla bocca]

Alunno [semiserio]: il professor Goidac? Mai visto! [indica il prosciutto]

Ispettore: come sarebbe mai visto? È il vostro professore!

Alunno: ah, rilassati. tieni, assaggia questo prosciutto.

Ispettore: mh, vi trattate bene! Dammene ancora!

Alunno: [affetta volgarmente altro prosciutto, l'isp lo mangia altrettanto volgarmente.]

Ispettore: [bocca piena]: mmmmh! Ancora!

Alunno: [scortese] basta! tagliatelo da solo!

[l'ispettore si appresta a tagliare ma l'alunno lo avverte]

Alunno: puoi mangiarlo tutto ma non spostare mai da qui questo tovagliolo! [sulla zampa del prosciutto è poggiato un tovagliolo]

Ispettore: tranquillo! Non lo guardo proprio! [continua a mangiare avidamente]

[a un certo punto prende distrattamente il tovagliolo per pulirsi la bocca ma si blocca e urla: il "prosciutto" indossa una scarpa stringata con calza che arriva fino al ginocchio]

Ispettore: [forte] aaaaaaaahhh! Nooo! Noooo! [si tira i capelli, esprimendo disgusto e terrore. Esce confuso dalla classe]

Ispettore: gentaglia! Dovrebbero vergognarsi [più riflessivo, mano al mento] però non era mica male quel prosciutto… forse potrei prenderne un po' per casa [si rigira verso la classe]. [torna serio] ma che dico! Devo risistemare questa scuola! [si dirige fieramente verso le scale, dove vede un signore fermo sulla prima rampa]

Signore: guarda come sono bravo! [l'ispettore si ferma, il signore si butta dalle scale di faccia tenendo le braccia distese lungo i fianchi. Arriva morto a terra. Si avvicina un uomo di spalle che fotografa il cadavere]

Ispettore [severo]: ma che fa?

[l'uomo si gira: la sua faccia è al contrario. Gli occhi sono al posto della bocca e viceversa. Non proferisce]

Ispettore: aaah [grida a bassa voce tremando, scappa] è solo un incubo! Solo un incubo! Adesso andiamo a cercare il preside! Voglio dirgliene quattro! [vede un bidello nel corridoio] mi scusi, [il bidello si gira con espressione annoiata] sa dirmi dov'è il preside?

Bidello: non te lo dico.

Ispettore: non sono in vena di scherzi; mi dica dov'è il preside!

Bidello: [un po' aggressivo] vuoi sapere dov'è il preside? [forte] aùùùùù! Aùùùù! [ulula tenendo la testa piegata in alto] aùùùù! [l'ispettore, adirato, riprende la scena] vuoi sapere dov'è il preside? Aùùùù! Eccolo qua il preside! Aùùùù! Bravo! Riprendimi più da vicino! Aùùùùùùù! Aùùùùù! Ùàùàùàùàùùùùù!

Ispettore: mostrerò il video all'ufficio scolastico!

Bidello: vai all'ufficio scolastico? Allora digli questo da parte mia: aùùùùùùùùùù! Aùùùùùùùùùùù!

-l'ispettore prosegue per il corridoio, s'imbatte in un peperone rosso che sta scopando, questi porta la targhetta di "bidello"-

Ispettore: mi scusi, [il bidello si volta]

Bidello: mi dica

Ispettore: potrebbe portarmi dal preside?

Bidello: mi spiace, non so dove sia il preside. Ma, se vuole, posso portarla dal vice preside.

Isp [irritato]: mi porti dal vice preside, allora!

Bidello [posa la scopa] mi segua, prego.

-i due s'incamminano uno dietro l'altro. Vanno in avanti, poi si rigirano. Ripetono il movimento. Quindi girano in cerchio. Infine saltano e fanno una capriola. Adesso iniziano a camminare normalmente fino alla stanza del vice preside. Il bidello bussa]: professore, possiamo entrare? [nessuna risposta. Il bidello apre la porta e si scatena un vento fortissimo che quasi uccide l'ispettore, il quale viene compresso contro un muro. Il bidello chiude la porta-

Bidello: [soccorre l'ispettore preoccupato] si sente bene?

[l'ispettore si riprende]

Ispettore: questo posto deve chiudere! [forte, severo] signor vice preside, siete dentro? [nessuna risposta] Signor vice preside? Adesso apro la porta! [apre la porta. Non soffia nessun vento ma lo spettacolo non è dei migliori: il vice preside è impalato con le mani legate dietro la schiena. Ha un'espressione ridente e soddisfatta. Il palo appuntito gli spunta dalla bocca. Il corpo è adornato di nastri di carnevale e ghirlande. Al collo è attaccata una catenella che regge una lettera, l'ispettore la legge:]

Ho fatto tutto da solo!

P.s. ho lasciato un caffè pagato al bar qui di fronte.

P.p.s. nomino mio unico erede il mio criceto. È lui la causa di tutto questo.

In fede

Ispettore: [fa cenno di no con la testa]: non va bene, non va bene! [forte] non va bene per niente! [squilla il telefono del bidello, risponde]

Bidello: sì? ah, signor preside! Proprio lei cercavamo! [il preside parla] Dobbiamo venire? Sì, arriviamo! [il preside parla] Sì, ho capito, dobbiamo venire. [il preside parla] Sì, stavamo cercando lei. [//] Sì, me l'ha detto, dobbiamo venire. [//] Sì, da lei, il preside. [//] Sì, la stavamo cercando. [//] sì, stavamo cercando lei, il preside. Va bene, non si preoccupi, glielo dico a voce. [riattacca] [l'ispettore è esterrefatto] era il preside. Ci aspetta nel suo ufficio.

[l'ispettore sorride compostamente. I due escono. Si dirigono verso l'ufficio del preside. Il bidello sposta un enorme specchio e trova la porta dell'ufficio. C'è una ridicola insegna luminosa carnevalesca, con la scritta sbilenca "preside" . Bussa. Un po' forte] : signor preside? Siamo noi. [nessuna risposta] [bussa di nuovo] signor preside? È lì?

Ispettore [spazientito]: forza, apriamo! [l'ispettore apre la porta, l'ufficio è vuoto. C'è solo una scrivania su cui è poggiata una grossa stampante]

Ispettore [si guarda intorno]: sicuro che sia questo l'ufficio?

Bidello: sicurissimo! [all'improvviso si aziona la stampante. Entrambi si girano verso di essa. Esce un foglio. C'è una sola frase in maiuscolo L'ispettore lo raccoglie e lo legge:] I CANI DOMINERANNO IL MONDO. [la stampante è ancora in azione. Esce un altro foglio:] un covone vincerà le elezioni. [esce un terzo foglio:] prendi un digestivo. [la stampante sembra incepparsi, inizia a vibrare e fumare. Il fumo svanisce, la stampante emette un forte rumore, poi riprende a funzionare normalmente. Dopo pochi secondi inizia a stampare: esce fuori il preside

Ispettore: [raccoglie il foglio] questo è il preside?

Bidello: [timidamente] sì.

-È ridotto a un foglio di carta. Si distinguono gli arti, sono appiattiti e incrociati. il volto ha uno sguardo attento e gli occhi aperti. All'orribile "foglio" è attaccata una lettera con una graffetta. L'ispettore la stacca e la legge:

"Tra due mali estremi si sceglie il minore"

A presto

Ispettore: bene. penso che con questo mi daranno la pensione d'invalidità.

[bussano alla porta: entra un fattorino-tucano con berretto e divisa]

Fattorino: salve, sono della tavola calda. Devo ritirare un ordine.

Bidello: oh, prego. L'accompagno. [si dirigono nella sala del vice preside]

Fattorino: [guardando il corpo]: sì, qualcosa si recupera. Ma le frattaglie sono da buttare.

bidello: potrebbe darle al cane.

Fattorino [sconvolto]: al cane? Se do degli scarti al cane, quello mi denuncia per maltrattamento! Ma dove vive, lei, signore? [attacca il corpo a un gancio sul soffitto (già predisposto) e lo trascina fuori]

[l'ispettore osserva la scena con sguardo sorridente-maniaco]

Ispettore: [maniaco, sorridendo] senti, fattorino, non è che potresti ritirare anche me?

Fattorino: [indifferente] a me non cambia niente.

Ispettore: [folle] allora… ritirami! Ahaha!

[il tucano porge un gancio all'ispettore, che si appende dalla giacca, in verticale dritto. Il tucano spinge il primo carico, che, a sua volta, traina l'altro, come si fa con le mezzene nelle macellerie. L'ispettore è ridente. Il bidello li segue. I carichi arrivano fuori, l'ispettore ride compulsivamente] oggi stufato di ispettore scolastico! [una battuta talmente simpatica che riesce a far ridere persino il vice preside impalato]

[si avvicinano a un furgone fermo ma con le ruote che girano velocissime]

Ispettore: [maniaco-ironico] è fatta! Avete vinto!

[da ogni finestra della scuola è affacciato un alunno che assiste alla scena con sguardo spento. C'è un professore sul tetto.]

[il tucano apre il bagagliaio e carica i due "ordini"]

ispettore [forte, maniaco]: si torna alle origini! Ciao!

-il tucano chiude lo sportello e mette in moto (le ruote si bloccano). Dal lunotto si vede la faccia gaudente dell'ispettore che si allontana-

SCENA VI

DAL GELATAIO

Il giudizioso alunno Mino entra nella gelateria per la merenda.

Mino: buongiorno, vorrei un gelato. Che gusti avete?

Gelataio [uomo magro e quasi calvo] [gentile] -abbiamo tutti i gusti tranne il cocco.

Mino: mi dia il cocco allora

Gelataio: [sconcertato]- non abbiamo il cocco

Mino: [minaccioso] -io infatti ho chiesto il cocco. Lei ha detto di non avere il cocco ma non il cocco [Quando dice la prima volta "cocco "sposta le braccia a sinistra, la seconda volta a destra]

Gelataio - [più sconcertato] ma signore… [indecisione]… non abbiamo il cocco

Mino: questo è troppo! La denuncio! [chiama i carabinieri, che arrivano immediatamente. I due sono un brigadiere umano e un colonnello calabrone]

carabiniere: buonasera [è mezzogiorno]

Mino: il signore si è rifiutato di servirmi un gelato al cocco!

Carabiniere: questo è grave ma se mi fa un gelato al cocco, la perdonerò.

Gelataio [alza il tono, disperato] ma non ho il cocco!

Carabiniere: lei è in arresto!

[Il gelataio è portato in tribunale con una volante. I due carabinieri sono seduti sui sedili anteriori, l'umano guida. il gelataio è dietro. L'auto procede a velocità sostenuta con sirene accese]

Autista [tono serio]: chiedo scusa [apre lo sportello e si butta]

[il calabrone prende i comandi dell'auto e guida fino al tribunale, come se niente fosse successo]

[L'arresto dello spietato gelataio fa il giro del mondo, la notizia è su tutte le tv: "La polizia riesce a scovare il pericoloso individuo e lo consegna alla giustizia. Parla il questore (un gufo): "un'operazione magistrale"]

[arriva la volante con il gelataio. Parcheggia davanti al tribunale investendo numerosi pedoni]

[il gelataio entra in aula, scortato da due guardie che lo tengono sotto braccio. Durante il tragitto una guardia crolla a terra morta. Si ode una risata sommessa]

Giudice [un grillo alto 1,79m vestito con toga ma senza parrucca, in modo da mostrare bene la faccia da grillo] [con tono severo]: si rende conto del crimine cha ha commesso? Vuole almeno porgere le sue scuse?

[il gelataio è sconvolto si guarda intorno]

: È veramente terribile! [dice una noce di cocco dalla giuria, piangendo]

Giudice- bene, sentiamo l'accusa

Avv. De nigro (uno sciacallo) [severo]: chiediamo il massimo della pena!

[si alza un uomo dalla giuria. Meravigliato, alzando la mano:] sono io Massimo della Pena. [Rimane alzato]

Giudice: vuole intervenire il legale dell'Associazione per i diritti delle noci di cocco

[si alza in piedi il legale, una noce di cocco]

Legale [solenne]: chiediamo i danni morali!

Dalla giuria: scusate, io che posso chiedere?

[il giudice sbatte il martello, che assume un'espressione dolorante]

Giudice: Portate il codice penale!

[Tre cubi portano in aula il libro appoggiato sulla loro testa: un volume pesante quanto un ippopotamo. Viene posato sullo scranno del giudice, che lo apre. Le prime pagine d'introduzione sono vuote:]

Giudice [al gelataio, sfogliando le pagine vuote]: guardi che introduzione! È stata scritta dai più grandi giuristi!

Dalla giuria: [tono isterico ridendo] è talmente scritta bene che non è scritta! [ride violentemente]

Giudice- Salto l'introduzione e leggo l'articolo n° 00 del 36/13/61 a.c. in materia di gelati al cocco.

La legge dice **molto chiaramente** nelle prime duecento pagine: [con tono solenne] "chi no gelato cocco, condannato sarà".

La legge è spiegata ancora meglio nel capitolo seguente: "no gelato cocco chi condannato sarà".

[l'accusa annuisce soddisfatta]

Giudice [con enfasi, forte e gesticolando]: cocco chi gelato sarà condannato no; gelato cocco no chi condannato sarà;

se poi leggiamo anche l'ultima pagina non ci sono più dubbi: "sarà cocco no chi condannato gelato". [risate volgari dalla giuria, l'accusa cerca di trattenersi] Ha ancora il coraggio di obiettare? Dalla giuria [si alza in piedi, gesticolando, forte]: io mangio i cani [crescendo] io mangio i cani! [mani a megafono] io mangio i cani! [due cani in divisa da guardia lo portano via]

 [il gelataio è sconvolto]

Giudice: il comma -1 parla chiaro: chi, a causa della mancanza del gusto al cocco, è impossibilitato a servire un gelato al cocco a un uomo di 31 anni, obeso e con molti capelli, a mezzogiorno e in una giornata di giovedì con cielo mediamente nuvoloso, è punito con la reclusione fino a 89 anni e pignoramento degli arti inferiori! [viene inquadrata la giuria: si nota un uomo anziano che guarda il suo vicino prima serenamente poi alza lo sguardo e, dopo un verso di sofferenza, poggia la mano sul cuore e si accascia. Viene quindi inquadrata la giuria e si nota un uomo con il collo alto tre metri accanto al povero signore. Ha un sorriso ironico] Diamo la parola all'avvocato De nigro, rappresentante del signor Mino [il giudice batte il martello]

avv. De nigro: abbiamo diversi testimoni che vorrebbero parlare: [porge il microfono a un testimone, che rimane spiazzato]

Giudice: cosa ha da dire sul signor Mino?

Testimone: il signor Mino? E chi è? [l'avvocato gli mette la mano in tasca e poi la sfila, il testimone osserva il gesto]

Testimone: [forte] aaaah! Il signor Mino? Sìììì! Quello è bravo! [la giuria è completamente addormentata, tranne l'uomo-giraffa]

Giudice: [rivolto alla difesa] avete sentito? Ha detto che il signor mino è bravo! Dove sono i suoi testimoni

Gelataio: ehm… [vengono inquadrati gli espressionisti]

Giudice: si vergogni! Vuole parlare l'avvocato De nigro.

Dalla giuria [si alza un uomo, tono alto]: cocco bello! [si spara. Tutti indifferenti]

Avv. De nigro: signor Mino, quanti gusti diversi aveva il gelataio?

Mino: mah, non saprei. Forse erano cinque… o quattrocento

Giudice: bene. Ma tra questi mancava il cocco. Signor gelataio, il suo avvocato vuole dire qualcosa?

Gelataio: ehm… [viene inquadrato il suo avvocato: ha la bocca cucita]

Giudice: [severo] si vergogni! Da dove è uscito fuori questo fenomeno?

Gelataio: [ansioso] non lo so… è l'avvocato d'ufficio.

Giudice: dovrebbe imparare la legge! Lei è condannato a 89 anni di carcere. Voglio essere indulgente, Le evito il pignoramento delle gambe!

[sbatte il martello, che lo fissa con un'espressione infuriata]

Giudice: portate via l'imputato! [un cane e un gatto portano via il gelataio]

[l'avvocato De nigro e Mino si stringono la mano, l'aula si svuota. Rimane solo il giudice. Bussano alla porta]

Giudice: avanti! [entrano due signori: un triangolo messicano e una noce umana, la noce si presenta:] Buongiorno, siamo i rappresentanti della "paghi 3, prendi 2", vorremmo proporle uno strumento di ultima generazione, che potrà aiutarla nel suo lavoro.

Giudice: [annoiato] di che si tratta?

Noce: è una macchina della verità.

Giudice: [balza dalla sedia, stupito-spaventato] una macchina della verità?

Noce: eh sì, la Signora lati ha colpito ancora!

Giudice: [esitando] pensandoci bene, non mi serve una macchina della verità. Io sono già una macchina della verità!

Noce: nessuno lo mette in dubbio. Ma, la prego, mi consenta di testare la macchina su di me. Se sarò accusato, mi arresterò da solo.

Giudice: l'accontento. [la noce si punta la macchina, che emette la sentenza: innocente]

Noce: [ironico-composto] sono innocente!

Giudice: buon per lei! Il nostro carcere è tra i più duri!

Noce: adesso, mi conceda una proposta più ardita. Vorrei testare la macchina sui carcerati.

Giudice: [forte, balza dalla sedia] che cosa? Non potete! State mettendo in dubbio le mie sentenze!

Noce: tutt'altro. Noi siamo certi delle sue sentenze come lo è lei. Quindi, perché non verificarle? O forse ha paura di una povera macchina?

Giudice: [orgoglioso] io paura? puah! Guardia! Accompagnaci!

[un uomo senza volto accompagna per le scale i tre al piano di sotto.]

Giudice: questo è il primo piano. Qui abbiamo alcuni dei peggiori criminali.

Noce: sono curioso di sentire cosa ci dirà la macchina!

[si fermano davanti a una cella, dove "riposano" due anziani sui 100 anni, visibilmente provati e senza denti]

Noce: perché sono qui?

Giudice: hanno rubato le mele a un albero

[la noce punta la macchina contro i due, sentenza: furto di mele ai danni di un albero]

Giudice [orgoglioso] come vedete, non ho bisogno di una macchina per il mio lavoro!

Noce: la prego, proviamola su un altro carcerato.

Giudice: se proprio insiste…

[si avvicinano a un'altra cella, c'è un carcerato]

Noce: lui perché è qui?

Giudice: ha tentato di tagliare in due un cocomero. [la noce punta la macchina, sentenza: tentato omicidio ai danni di un cocomero]

Giudice: bene, credo che sarete soddisfatti.

Noce: non ancora, manca la prova più difficile. Adesso testeremo la macchina sugli ergastolani.

Giudice: [forte, spaventato] sugli ergastolani? No! No! [cerca di calmarsi] io non voglio approfittare della vostra gentilezza.

Noce: oh, la prego, faremo subito.

Giudice: no! Non ve lo permetto!

Noce: va bene, non insisto. [si fruga nelle tasche] dove sono?

Giudice: cosa cerca?

Noce: i miei sigari.

Giudice: [avidamente, forte] sigari?

Noce: sì, ero sicuro di averli con me ma… ah, ecco! Li ho lasciati al piano degli ergastolani!

Giudice: andiamoci subito, allora!

Noce: oh, no, non voglio approfittare di voi!

Giudice: insisto!

Noce: come volete. [scendono dagli ergastolani. Per le scale ci sono diversi impiccati]

Giudice: [apre la porta (ha un'espressione giocosa)] Dopo di voi! [i due rappresentanti entrano]

Noce: ecco i miei sigari! [raccoglie una scatola di sigari, la porge al giudice, che ne prende uno]

Noce: proviamo la macchina su questo ergastolano. [l'ergastolano è in piedi con espressione fissa al vuoto] Lui perché è qui?

Giudice [getta il sigaro a terra e lo schiaccia]: che domande! Avrà ucciso qualcuno! [la noce punta la macchina, sentenza: innocente]

Noce: cosa? Ha sentito? [il giudice trema leggermente]

Giudice [esitando] io…sì… è sicuramente un errore, della macchina naturalmente.

Noce]: proviamo su un altro [la noce punta la macchina su un altro ergastolano che è in piedi con sorriso folle a bocca spalancata] lui perché è finito qui?

Giudice: forse ha mangiato la sua famiglia [la macchina emette la sentenza: innocente]

Giudice: basta! questa macchina è rotta! [colpisce la macchina, che cade puntando contro di lui, sentenza: piromane, comportamenti osceni, atti di cannibalismo, omicidio plurimo, furto ai danni di cadaveri, parcheggio dentro casa di estranei, cattivo pagatore, scrittore di lettere minatorie, volete che continui?

Giudice [forte] fermate quella macchina!

Noce [ferma la macchina, un po' severo] signor giudice, vuole spiegarci?

Giudice: non devo spiegare niente! tanto non avete testimoni!

[in quel momento entra il Martello]: sicuro che non abbiano testimoni?

Hai abusato di me per anni! Ormai sei in trappola!

[il giudice si guarda intorno. Tutte le uscite sono bloccate, tranne quella del bagno, dove entra saltellando. Lo seguono. Il giudice entra in piedi nel water e saluta i signori]

: [forte, solenne] torno da dove sono venuto! [il giudice scarica e viene risucchiato]

SCENA VII

HOTEL CREMATORIO

I religiosissimi coniugi De Predati arrivano all'hotel crematorio per la loro settimana di penitenza. La signora indossa al collo un crocifisso strettissimo che la soffoca quasi e ha in mano un rosario.

I coniugi sono in macchina, arrivano davanti all'hotel e parcheggiano. Si avviano verso l'entrata con una valigia ciascuno. Visto da fuori, l'hotel ha un'espressione tra lo sconvolto e il terrorizzato. Ha solo due finestre che sembrano due occhi e una porta che sembra una bocca spalancata da cui pende una fila di stalattiti di ferro, come denti canini.

Sig.ra De Predati [guarda compiaciuta la struttura]: questo hotel "crematorio" sembra rispettabile, vediamo se hanno una camera.

[i due entrano nella hall, un'enorme stanza piena di muffa sulle pareti, con una vergine di Norimberga aperta come unico mobile. Notano un uomo che cammina sulle mani]

Sig. De Predati [all'uomo]: perché cammina sulle mani?

Uomo: per non dare nell'occhio [l'uomo se ne va]

[il sig. De Predati lo osserva in un'espressione di dubbio]

[si apre una botola e compare un gentiluomo di alta statura, con una cupola di vetro al posto della calotta cranica] [l'uomo si avvicina ai signori]: signori, benvenuti! Sono Pino Serafino, il gestore dell'albergo. [s'inchina, togliendosi la cupola come fosse un cappello. Si rialza e rimette a posto la cupola]

Signori [insieme]: grazie.

Pino: quale camera preferite?

Sig.ra //: mi dia la peggiore

Pino [sorride]: prego, seguitemi. [prende le due valigie dei signori] molto leggeri i vostri bagagli.

Sig. //: ho sempre paura di dimenticare qualcosa quando parto, quindi stavolta ho deciso di non portare niente.

[il signore nota che Pino è leggermente sollevato da terra, cammina senza toccare il pavimento]

[i tre salgono per le scale fino al sesto piano. Si fermano davanti alla camera. Ci sono tre porte, a simboleggiare la Sacra trinità. Sulla porta di sinistra vi è l'immagine della Madonna, ritratta decorosamente; su quella di destra vi è l'icona di Giuseppe, anch'egli ritratto degnamente. Riguardo alla porta centrale, sopra di essa è raffigurato il Cristo ma con una variazione che solo una mente frustrata potrebbe ideare: il suo volto presenta una fisionomia Down. Pino spiega:]

Pino: la vostra stanza ha tre entrate, vi consiglio di usare sempre quella centrale perché fate molto prima. [apre la porta centrale]

[i tre entrano nella porta, percorrono un breve corridoio a forma di imbuto e arrivano nella stanza: è completamente vuota e non ha finestre. C'è solo un letto in verticale e una porta. Dal soffitto pende un cappio]

Pino [poggia le valigie]: vi piace?

Sig.ra: [emozionata] è proprio come la volevo!

[il Signor De Predati osserva titubante la stanza]

Sig.: mah, una stanza senza finestre… non è molto salutare.

Sig.ra: [irritata] oh! Come sei pesante!

Pino: bene, signori, vi lascio. [ripete il gesto dell'inchino togliendosi la cupola. Sta per uscire dalla stanza ma si ferma]

- Dimenticavo, non dormite su questo letto! Provvederemo a farvene avere un altro. [i signori annuiscono sorridendo. Pino Esce dalla stanza]

Sig.ra: [fissa il suo orologio]: che strano!

Sig.: cosa?

Sig.ra: siamo arrivati alle dieci ma l'orologio segna già le sette di sera!

Sig.: si sarà fermato. [il signore inizia a perquisire la stanza]

Sig.ra: [irritata] ma la smetti? Cosa vai cercando?

Sig: niente, è solo che questa stanza non mi convince.

Sig.ra: uff! ma che ti cambia se stiamo in un forno crematorio o in una camera di lusso. Tanto se viene un terremoto oriamo comunque.

Sig: sì,sì. [apre un cassetto e trova una sgradita sorpresa: al suo interno c'è un braccio umano] Dio santo!

Sig.ra: adesso che c'è?

[il signore apre un armadio e trova due gambe appese come dei pantaloni]

Sig: ma qua c'è un cadavere smembrato! Dobbiamo avvertire la polizia!

Sig.ra: [irritata] oooh! Devi sempre trovare il pelo nell'uovo!

Sig: e va bene. Anche tu hai ragione, in fondo siamo in vacanza. [va verso la porta nella stanza. Ironico] E questa porta dove porta? Ahahah!

[apre la porta. Forte] oddio! [la porta dà sul vuoto]

Sig.ra [severa]: ma non leggi? C'è scritto uscita di emergenza!

Sig.: un'uscita di emergenza nel vuoto? Roba da pazzi! Andrò a riferirlo al gestore!

Sig.ra: [irritata] ooh! Non ti va mai bene niente!

[la signora guarda fuori dalla porta d'emergenza]

Sig.ra: uh, guarda! C'è anche la piscina! [si affacciano dalla porta e vedono una gigantesca piscina con dei trampolini altissimi]

Sig.: però! In effetti non è così male questo hotel! Andiamo a vederla.

[i signori stanno uscendo dalla stanza ma, distrattamente, il signore apre la porta di sinistra. La porta dà su un corridoio buio che curva a destra]

Sig.ra: aspetta, dobbiamo uscire dalla porta centrale.

Sig.: tu esci di lì, vediamo chi fa prima.

[i due escono]

Sig.ra: lo sapevo! Ho fatto prima io!

[la signora aspetta, passano molti minuti]

Sig.ra: dove si sarà cacciato?

[si apre la porta di destra, esce il signore]

Sig.ra: finalmente! Credevo fossi morto!

Sig.: qua sono tutti pazzi! Ho incontrato un bambino che diceva di essere mio nonno!

[scendono le scale]

Sig.: ah, volevo dirti che il proprietario cammina senza toccare terra!

Sig.ra: ma come ti viene? Il signor Pino è un uomo d'altri tempi!

Sig.: te lo giuro, adesso lo vedrai con i tuoi occhi!

[arrivano al piano terra e incontrano Pino. La vergine di Norimberga stavolta è chiusa]

Pino: Signori, posso aiutarvi?

Sig.ra: vorremmo vedere la piscina.

Pino: da questa parte [i due seguono Pino]

Sig. [sottovoce]: lo vedi? Non tocca terra!

Sig.ra: [infastidita] smettila! Non m'interessa!

[arrivano davanti alla piscina, una vasca profondissima. Notano che non c'è acqua ma vedono un uomo in costume intero sul trampolino più alto]

[l'uomo salta tre volte sul trampolino e si tuffa a candela.]

Sig.ra: uh, com'è bravo! Ci vuole coraggio per tuffarsi da lassù!

[l'uomo continua a cadere]

Sig. [forte]: è impazzito! La piscina è vuota!

Sig.ra [infastidita] devi sempre criticare!

[L'uomo tocca terra. I due si affacciano dal bordo piscina. Lo spettacolo non facilita la digestione: il poveretto è frantumato in mille pezzi, come un vaso di porcellana. Si distingue il volto: è tranquillo è ha gli occhi aperti]

Sig.ra [rivolta all'uomo]: si è fatto male? Mi sente?

Sig.: altro che male, quello è morto!

Sig.ra: ha fatto un sacrificio e adesso è in paradiso. Dai, tuffati anche tu!

Sig.: tuffarmi? In una piscina senz'acqua?

Sig.ra: [irritata] ooh! Non ti si può mai chiedere niente!

Sig.: e va bene! Mi tuffo! Ma dal trampolino più basso.

[il signore sale sul trampolino più basso]

Sig.ra: vai! Sei forte!

[il signore salta tre volte e si tuffa di pancia. Tocca terra.]

Sig.ra: com'è andata?

Sig. [forte]: ahahahah!

[la signora si affaccia]

Sig.ra: tutto bene?

Sig. [ironico]: benissimo! [il signore ha gli avambracci piegati al contrario. È inquadrato fino al bacino]

Sig. [ironico-aggressivo]: mi dici come faccio a risalire? [guardando gli avambracci]

Sig.ra. [severa-ironica]: mica ti mancano le gambe?

[il signore guarda in alto sorridendo, la signora segue il suo sguardo]

[le gambe del poveretto sono appese a una colonna-motosega del trampolino. Pino spiega:]

Pino: dal trampolino più alto il sacrificio è assicurato, da quello più basso si sacrificano solo le braccia. È un'ingiustizia. Perciò Dio ci ha suggerito di installare una motosega.

Sig. [semiserio]: scusate, potete aiutarmi?

Sig.ra: hai cinquant'anni e non sai ancora camminare! [la signora parla con Pino, a bordo piscina]: la vostra struttura ci sta piacendo moltissimo!

Pino: siamo sempre al vostro servizio!

Sig.ra: credo che rimarremo a cenare qui stasera.

[ricompare il marito. È in piedi, inquadrato fino al bacino. Sorride follemente.]

Sig.ra: [ironico-cinica] finalmente! Credevo non volessi più tornare!

Sig. [perverso, sorridente]: e perdermi le meraviglie che questa struttura offre? Sarei veramente stupido anche solo a pensarlo.

Pino [gentile]: il signore necessita forse di un ausilio?

Sig.: [maniaco ma più serio] niente affatto! Sono nel pieno delle mie capacità! [il signore viene inquadrato per intero. Al posto delle gambe sono montati due trampoli di legno, piuttosto sottili]

Pino: ottimo! Allora vi lascio visitare la struttura. Ci vediamo a cena.

Sig.: [folle, sorridendo] mh! A cena? Credo di sapere cosa servirete!

Pino: faremo in modo che sia di vostro gradimento! [va via]

Sig.ra: [felice] oh, caro! Com'è bello vederti sorridere! Quando siamo arrivati eri così triste!

Sig.: [ironico-perverso] ero triste? Davvero? [si dà uno schiaffo sulla fronte, sorride] che sciocco! Essere tristi in un luogo così incantevole!

Sig.ra: andiamo a vedere cosa c'è lì! [i due s'incamminano]

Sig.: [folle, sorridendo] avevi proprio ragione! Quel tuffo in piscina mi ha aperto un nuovo mondo. [folle, con sguardo dolorante, piangente] prima era tutto buio [folle, sorridendo] e adesso vedo il sole ovunque!

Sig.ra: [felice] oh, caro! Non puoi sapere come sono felice! hei, guarda lì. [i due si voltano verso una colonna sulla cui cima c'è un uomo serio che sta per lanciarsi nel vuoto aggrappato a una corda. L'uomo si lancia, andando a sbattere di faccia contro una parete, dove rimane attaccato per alcuni secondi. Poi si stacca e cade davanti ai signori, che gli si avvicinano]

Sig.ra: [stupefatta, guardando il cadavere] dev'essere proprio divertente lanciarsi da lassù! Guarda come sorride! [il cadavere sorride in modo innaturale, ha gli occhi socchiusi]

Sig.: [maniaco] ehehe! A quanto pare oggi faremo una cena abbondante! [manda dei baci al cadavere] forza! Andiamo a fare la pappa! [il signore si avvia verso il ristorante saltellando sui trampoli]

[ridendo, perverso] chi arriva per ultimo non mangia! Hahaha!

[La signora lo raggiunge, felice, ridendo] quando vuoi, sai essere simpatico!

[i signori entrano nel ristorante. Una stanza cupa con centinaia di tavoli apparecchiati tutti vuoti. Pino li accoglie]

Pino: signori, accomodatevi! [i signori siedono]

Sig.: [sorridendo, folle] l'uccellino mi ha detto che oggi c'è un piatto speciale!

Pino: [gentile] haha! Le ha detto bene! Cosa gradite da bere?

Sig.: [maniaco, sorridendo] quelle bottiglie m'intrigano molto! Me ne porti una.

[pino poggia sul tavolo la bottiglia. Al suo interno vi è un uomo compresso. Si distinguono due brillanti occhi sereni]

Sig.: [folle, ironico] sì, è un'ottima bottiglia! Allora, ordiniamo!

Pino: [serio, dispiaciuto] signori, mi dispiace informarvi che stasera il ristorante è chiuso. Il nostro cuoco ha avuto un imprevisto.

Sig.: [serio, dispiaciuto] oh! Ha avuto un imprevisto… [folle, sorridendo] che genere di imprevisto?

Pino: non saprei, non ce l'ha comunicato.

Sig.: [semiserio] eh bè… anche oggi digiuno! Chissà per quanto potremo resistere… [i signori si alzano]

Sig.: [folle] è stata un'ottima cena! [saluta l'uomo nella bottiglia] ciao!

[i due arrivano nella hall. La vergine di Norimberga è chiusa. Accanto ad essa, per terra, c'è un cappello da cuoco. Dal pacifico soprammobile provengono versi di godimento]

Sig.: [folle, si avvicina alla vergine] uhuh! Al cuoco birichino piace giocare! [bussa sulla vergine, ironico] pronto? [con voce robotica] qui torre di controllo chiama cuoco! Rispondi!

Sig.ra: dai, non disturbarlo. Il cuoco è stanco e deve riposare. Giocherete domani. [si sentono altri versi di godimento]

Sig.: [folle, sorridendo] hai ragione, giocheremo domani [ammicca guardando la vergine]

[i due prendono le scale verso la camera. Arrivano al primo piano. Gli passa davanti un uomo che va di fretta.]

Uomo: buonasera. [l'uomo apre una porta che dà sul vuoto e cade]

[i due osservano compiaciuti. Il signore sorride, con le mani dietro la schiena. Continuano a salire. A un tratto sentono delle urla acute disperate.]

: aèèèèaaaaaa! Iaaaèèèèaaaa!)]

Sig.: [ironico, folle] senti qua! Questi ci danno sotto!

[i signori arrivano davanti alla loro camera. La signora apre la porta ma le si para davanti un uomo impiccato al soffitto con un'espressione che trasuda felicità]

Sig.ra: oddio, mi scusi! Ho sbagliato stanza. Accidenti a me! Spero di non averla svegliata! La saluto.

[sullo sfondo, fermo sull'uscio della porta, rimane il signore con il suo sorriso diabolico. I due escono. La signora apre la porta giusta ed entrano]

Sig.: [folle, sorridendo] ah! Quante cose possono cambiare in un giorno! [guarda i due avambracci piegati al contrario, sorridendo] stamane ero un [gemendo] uomo triste [euforico] e adesso sono un uomo felice!

Sig.ra: oh, caro! Che gioia vederti sorridere! Vorrei che fossi sempre così allegro!

Sig.: [folle] è tutto un grande gioco! [si stende sul letto supino]

[la signora spegne le luci e si corica, la stanza resta nella penombra. I due giacciono supini uno accanto all'altro. La signora tiene in mano il rosario. Ha gli occhi chiusi e il volto tranquillo. Il signore è sveglio, con un sorriso demoniaco. Passano alcuni secondi poi si sente un rumore e la stanza inizia a vibrare]

Sig.ra: [si sveglia] che succede?

Sig.: [folle] tesoro, guarda! La parete ci sta venendo contro!

[la parete di fronte al letto si sta avvicinando ai signori]

Sig.: [folle, ironico] ecco qui! Facciamo un piccolo sacrificio!

Sig.ra: [sorridente] finalmente ti sei convertito! Non mi sembra vero!

[la parete arriva ai piedi del letto. Prova ad avanzare ma viene bloccata dai trampoli del signore]

Sig.: [serio, forte] i trampoli hanno bloccato la parete! [si alza]

Sig.ra: [urlando] hai rovinato tutto! E io che mi fidavo di te! [si alza]

Sig.: [folle, iroso] io ho rovinato tutto? È colpa tua se sono ridotto in questo stato! Guardami! Ti sembra rispettoso?

Sig.ra: [irosa] nessuno ti ha chiesto di venire!

Sig.: [folle, iroso. Si avvicina alla porta centrale] mi hai stancato con i tuoi sacrifici! Io me ne vado! [apre la porta ma cade a terra un cadavere serio in giacca e cravatta. Il signore trattiene una risata poi torna aggressivo e apre la porta destra. Esce. La signora lo segue. I due scendono fino al piano terra ed escono dall'albergo. Il signore si mette al volante dell'auto, nonostante la ridicola condizione fisica. Mette in moto e abbassa il finestrino per congedarsi dalla moglie]:

[iroso, forte] io me ne vado!

Sig.ra: [dispettosa, forte] e allora? Pensi di essere indispensabile?

[l'uomo ingrana la marcia afferrando il cambio con la bocca; poi parte tenendo il volante con i trampoli e premendo sui pedali con gli avambracci. Una scena veramente patetica, che suscita il riso della signora. L'uomo parte ma, appena s'immette in strada, viene travolto da un camion, che prosegue a velocità elevatissima. La signora si avvicina alla macchina. Il marito è deceduto con un sorriso diabolico e occhi aperti.]

[severo, gesticolando]: chi sacrifici non fa, all'inferno andrà!

[la signora si rigira verso l'albergo (è di spalle), fa alcuni passi poi inizia a ballare. Agita le braccia e fa delle piroette, appoggiando una mano in testa e l'altra sul fianco. Continua per diversi secondi poi sfodera un volgare fucile e lo carica. Continuando a ballare s'infila la lunga canna in bocca con grande disinvoltura. Accenna un sorriso e spara. Si sfila il fucile e lo getta a terra. Fa altri passi di danza poi si ferma di scatto]:

 Sig.ra [con tono semi-felice]: mi sa che sto morendo. [con tono molto felice] sì! Sto morendo! Finalmente andrò in paradiso! [commossa] Grazie! Grazie! [nei secondi antecedenti la morte tossisce, annaspa, abbaia poi, come atto finale, emette un forte ululato. Muore rimanendo in piedi.]

[La Signora si avvicina al paradiso. Per adesso si vede solo una nebbia indefinita]: eccolo! È il paradiso!

[la nebbia si dissolve e la signora scopre, con suo grande rammarico, che il paradiso altro non è che l'hotel crematorio. La reazione non è delle migliori: le spariscono le pupille, urla come un'assatanata, strappa il crocifisso che ha al collo e comincia a roteare in aria il rosario come una frusta. Inizia a correre urlando verso l'albergo, fino a scomparire]

SCENA VIII

Siamo nella sede della prefettura, un palazzo dall'espressione seria. Si avvicina alle guardie un signore un po'anziano e appesantito. Una specie di cowboy ripulito. Indossa degli occhiali da sole molto scuri e dei grossi tappi alle orecchie. Si rivolge alle due guardie (un facocero e un rombo).

: buongiorno. Sono qui per la richiesta di invalidità.

Facocero: l'accompagna il mio collega. [il signore entra scortato dal rombo. Si fermano al banco accettazioni, dove sta dormendo un addetto, sbracato in poltrona. Ci sono poi due uomini, immobili uno di fronte all'altro, a distanza di molti metri]

Signore: [un po' forte] mi scusi. [l'addetto apre un solo occhio, mantenendo un'espressione annoiata]

Signore: [con modi e toni allucinati] sono qui per la pensione d'invalidità. [l'addetto apre l'altro occhio e si siede più compostamente]:

addetto: deve andare qui accanto [l'addetto indica una scrivania vuota]

signore: ma lì non c'è nessuno.

Addetto: lei vada, poi sicuramente arriverà qualcuno. [l'uomo va alla scrivania e lo stesso fa l'addetto, sedendosi dall'altro lato]

Signore: mi manda il suo collega, mi ha detto di venire qui.

Addetto: per cosa?

Signore: è per la pensione d'invalidità.

Addetto: le hanno già dato il modulo?

Signore: no

Addetto: deve tornare dal collega.

Signore: quello di prima? [l'addetto annuisce e indica l'altra scrivania]

Signore: ma se n'è andato!

Addetto: lei intanto vada. [l'uomo va, l'addetto lo segue]

Signore: rieccoci. Mi serve il modulo. [L'Addetto gli porge un modulo vuoto]

Sig. ah, grazie. Torno dal vostro collega.

Addetto: no, no. lasciatelo stare quello. Non capisce niente.

Signore: [sorride annuendo] allora, io devo fare richiesta per la pensione d'invalidità.

Addetto [labiale scoordinato] per quale motivo?

Signore: [esita, frugandosi nelle tasche]: eh, allora… [estrae un foglietto, lo legge]: sono sordocieco e tetraplegico.

Addetto: [scrive al computer, indifferente] ci è nato o lo è diventato?

Signore: [convinto, un po' forte] tutti e due! Prima ero un rispettabile becchino ma la signora lati non ha risparmiato nemmeno noi.

Addetto: [prende ancora nota]: per prima cosa deve andare dal Professor Scorpione ['uomo ascolta annuendo]. Vi dirà lui cosa fare.

Signore: vado subito! È stato gentilissimo, signor… [all'improvviso si spalanca una porta dalla quale esce correndo e urlando un signore, che lascia cadere un paio di stampelle. Sulla porta c'è un'insegna: Prof. Scorpione]: suppongo sia quello l'ufficio.

Addetto: sì, può andare. Dica che la manda il signor… aaarghhh! [il povero addetto muore improvvisamente in una smorfia di dolore disumano. l'uomo entra nell'ufficio, una stanza ben arredata. Su una poltrona è seduto un uomo anziano distinto, che tiene le mani sotto alla scrivania]

Signore: lei è il professor scorpione?

Prof [cortese]: in persona. Si accomodi. Lei è qui per la pensione di invalidità, giusto?

Signore: giusto, giusto!

Prof: avrei bisogno delle sue generalità. Come si chiama?

Signore: [confuso]: eh, non mi ricordo… [sorride]

Prof: indirizzo?

Signore: [sorridendo e alzando le mani, fa cenno di no]: buio totale.

Prof: non è un problema. Si ricorda quanti giorni ha?

Signore: [perplesso]: quanti giorni ho? Ma non facciamo prima se le dico quanti anni ho?

Prof [desolato]: la legge mi impone di chiederle quanti giorni ha…

Signore: ehm, allora… [esitando] io sono del mille…

Si sente una voce: se aspettiamo te, qua si fa notte. [interviene un canarino dalla sua gabbia, posta accanto alla scrivania] Te lo dico io, hai 23.000 giorni.

Signore: ci sono! Ho 23.000 giorni. Domani ne compierò 23 mila e uno, se vi interessa.

Prof: perfetto. Con me ha finito. Adesso deve andare qui accanto e dire di mettere una firma a nome mio.

Sig.: e quanto può volerci?

Prof: non più di nove giorni.

Signore: [cortesemente] senta, professor Scorpione, io non voglio disturbarla ulteriormente ma… non potrebbe metterla lei la sua firma?

Prof: [rammaricato] oh, lo farei volentieri ma per me è un po' difficile. [il professore solleva le "mani": sono due chele di scorpione]

Signore: [sorridendo] Tranquillo, non si preoccupi. La saluto. [esce]

[si dirige nell'ufficio accanto, bussa:]

Dall'ufficio [tono annoiato e irritato] : avanti! [entra]

Signore: salve. Mi manda il professor scorpione. Dovrebbe mettere una firma a nome suo.

Addetto [annoiato- irritato]: io non metto proprio nessuna firma! Andate dal collega qui accanto che non fa mai niente! ve la metterà lui.

Signore: [con rammarico] mi scusi se le ho chiesto di fare il suo dovere….

Addetto: no, lei non c'entra niente. ma qua ci sono dei soggetti che non lavorano mai. Questo qui accanto non lo vedo da un mese. Se ne sta sempre chiuso nella sua stanza. [con sarcasmo] se continua così rischia di ammuffire!

Signore: [sorride benevolmente] ahaha! Bè, in tal caso, andrò a controllare.

[i due si salutano cordialmente. L'uomo esce e si dirige nell'ufficio attiguo. Apre senza bussare:] [forte]: permesso! [forte ma cortese] Oh! Mi scusi! [l'addetto è impiccato a una forca appositamente adibita per l'occasione. Il volto è abbastanza provato e il corpo pullula di muffa. Attorno alla forca vi sono tavoli e sedie per bambini, come quelli che si trovano negli asili. Su un tavolo c'è un disegno che richiama l'attenzione del signore: esso raffigura l'uomo impiccato nella stanza. Il titolo recita: "oggi imparo a disegnare". In un angolo del foglio si legge il giudizio dell'insegnante: "Bravissimo! Sei riuscito a ricopiare perfettamente un paesaggio molto difficile, osservandolo dal vivo".]

[il signore lascia la stanza. Appena uscito gli passa davanti un funzionario il signore lo chiama:] mi scusi, potrebbe mettere una firma?

Funzionario: [annoiato] per cosa vi serve?

Signore: devo chiedere la pensione di invalidità.

Funzionario: [forte] cioè dovrei contribuire al tuo successo? Non sia mai! piuttosto mi risucchio vivo! [il funzionario inizia ad aspirare dalla bocca. Il corpo comincia a comprimersi dalle gambe. Il funzionario aspira sempre più forte, sembra stia patendo le peggiori pene. Viene risucchiato anche il busto, rimane solo il collo e la testa. Il funzionario fa testamento]: la tua fortuna è la mia disgrazia! [aspira un'ultima volta e sparisce]

Signore: bè, se la mettiamo così, la farò io questa firma! [firma il modulo con una x] ottimo! Adesso vediamo che dicono. [rientra nell'ufficio accanto]: ecco! Il professore ha firmato. [porge il modulo all'addetto, che lo esamina sorridendo]

: [ironico] sicché il professor scorpione ha cambiato di nuovo firma! La cambia ogni giorno! [il signore risponde con un sorriso] bene, adesso può salire al terzo piano. Deve parlare con il signor Inchiodato. [rende il modulo]

Signore: la ringrazio, vado subito.

Addetto: buona fortuna! [il signore esce e sale le scale, arriva al secondo piano e, sul pianerottolo, incontra una donna anziana obesa che cammina china, barcollando da una porta all'altra con le braccia che penzolano in avanti. Il signore prosegue fino al terzo piano, fa appena in tempo ad accorgersi che mancano due gradini, con un balzo supera la trappola e arriva sul pianerottolo dove gli appare la stessa donna. Bussa a una porta con l'insegna "dipartimento per la sicurezza", gli apre un uomo, con aria annoiatissima]

Signore: niente, volevo solo dirvi che mancano due gradini. Fateli riparare, qualcuno potrebbe rimanerci!

 Addetto: [irritato] ma lei lo sa qui che fila avremmo se non facessimo una cernita?

Signore: ah! Giusto, giusto! Però copritelo almeno con un tappeto!

[dal quarto piano scende un uomo con una borsa, arrivato sul pianerottolo saluta i due e precipita dal buco]

Signore: eh! Vedete? Vabbè, non importa. Io cercavo il signor Inchiodato.

Uomo [molto annoiato, con disprezzo] uuh! Quello là? Uuff!

Dovete andare lì. [indica la porta di fronte]

signore: oh, bene! La saluto [l'uomo rientra senza salutare. Il signore bussa alla porta del sig. Inchiodato e la apre] [forte] Signor Inchiodato? Faccio subito! [entra nell'ufficio e gli si para davanti il signor Inchiodato: è crocifisso con molti chiodi, la maggior parte dei quali è stata aggiunta per puro sfregio. Le tasche sono tutte rivoltate all'esterno. Ha gli occhi socchiusi e la bocca aperta, con la fila di denti inferiore visibile. La croce è appesa alla parete a mezzo metro da terra. Sopra di essa c'è un'insegna: DIEDE TROPPO

Signore: [irritato] ma ce l'avete con me oggi? [esce] [forte, irritato] in questo maledetto tugurio c'è qualcuno in grado di aiutarmi?

[dall'altra porta esce un pellicano]: signore, perché urla tanto?

Signore: sto solo chiedendo ciò che mi spetta ma qua sono tutti in ferie!

Pellicano: ha ragione. Mi dica, cosa le occorre?

Signore: devo chiedere la pensione d'invalidità.

Pellicano: [sorride cordialmente] Vincenzo! [accorre un rombo] accompagna il signore dal presidente emerito. [il rombo è accanto al signore, che lo osserva dal baso verso l'alto, sussurrando]: santo cielo!

Pellicano [stringe la mano al signore:] il presidente è un gentiluomo, risolverà subito la questione.

Signore: la ringrazio molto signor Pellicano. Ma ritiene davvero necessaria la presenza del suo… [voltandosi verso il rombo] attendente?

Pellicano[cortese]: oh, se preferisce, le mando il mio segretario personale.

Signore: sì, forse è meglio.

Pellicano: Vincenzo puoi andare. [il rombo va via] [un po' forte] Alfredo! [arriva un cubo con un'espressione diversa per ogni faccia]

Signore: [sottovoce]: Dio santissimo! [più forte, sorridendo]: pensandoci meglio, credo che andrò da solo. Non voglio rubare tempo ai suoi preziosi assistenti.

Pellicano. Come preferisce. È stato un piacere signor…

Signore: eh, non mi ricordo.

Pellicano: non importa. Buona giornata. [il signore sale al quarto piano. C'è una sola porta con la scritta "Presidente emerito". Bussa ed entra. Si sente russare fortemente. Il signore entra nella sala del presidente e lo trova nel sonno profondo. Sull'altra scrivania c'è un uomo molto anziano, anch'egli immerso nel "sonno", che però continua a dormire]: [forte] presidente? [il presidente sobbalza]

Presidente [molto confuso] ah! Sì? chi è?

Signore: buongiorno, presidente!

Presidente: [gioioso] ah, sì! lei è dell'enoteca, giusto? La stavo aspettando]

Signore: [sorridendo] no, io sono per la pensione!

Presidente: [l'espressione diventa molto dispiaciuta, quasi piangente] per la pensione? E io che c'entro?

Signore: questo è l'ufficio pensioni. [il presidente è confuso, esce dalla stanza e va a leggere la targa che recita "ufficio pensioni". Rientra]

Presidente: ah, sì! sì! questo è l'ufficio pensioni! Ah! Sì! adesso ricordo! Io sono incaricato di verificare la [sforzandosi] vericità… la varidità… no, la veridicità delle vostre menomazioni.

Signore: sì, vi seguo.

Presidente: [legge il modulo] dunque, voi siete sordocieco e… [con molto sforzo e con smorfie] trito… trita… t-t-tr.. insomma, quella cosa lì.

Signore: sì, è corretto.

Presidente: allora, per quanto riguarda la [con molta fatica, lentamente] *trotaplugia*, essa è dimostrabile al di là di ogni ragionevole dubbio. Non si può dire lo stesso per la sordità.

Signore [serio, annuendo] : aspetti, mi tolgo i tappi, sennò non sento [si toglie i tappi dalle orecchie]

Presidente: ho bisogno di una prova inconfutabile della sua sordità. Non posso dare la pensione al primo che mi viene a raccontare di essere sordo…

Signore: continui, l'ascolto. [il presidente prende uno spiedo]

Presidente: [dà lo spiedo al signore] ecco, provi a infilarsi questo spiedo nell'orecchio. Se esce dall'altra parte, significa che lei è davvero sordo, perché non ci sono i timpani in mezzo che bloccano il passaggio.

Signore: mi sembra molto sensato. Posso?

Presidente: quando vuole. [il signore s'infila lo spiedo nell'orecchio destro, lo spiedo entra senza sforzi. Il signore non riesce a contenere il godimento, sembra andare in estasi. Lo spiedo esce dall'altro orecchio.]: bene, allora lei dice la verità.

Signore: [si estrae lo spiedo] sono contento di aver guadagnato la sua fiducia.

Presidente: adesso c'è l'ultimo passo. Deve andare dal Presidente Emerito [gli scappa una risata] mi scusi.

Signore: ma non è lei il presidente emerito?

Presidente: [sconvolto] sono io? Aspetti. [esce fuori e legge la targa "Presidente emerito". Rientra] ah, sì, sì! sono io. Allora lei deve andare dal direttore emerito. Adesso lo chiamo e la faccio ricevere subito. [chiama] pronto? Sei il direttore emerito? [parla] Senti, ti devo mandare uno che deve chiedere la pozione, no! la pensione. [parla] sì, sei tu che te ne occupi [parla] [allegro] sì, questo signore diventerà ricco grazie a te! [parla] [dubbioso] cosa? E perché mai dovrei mandarti un tagliaboschi? [parla] va bene, ti mando un tagliaboschi [parla] sì, gli dico di sbrigarsi. [riattacca] il direttore emerito l'aspetta.

Signore: correrò da lui! [entra un attendente molto annoiato che spinge una sedia a rotelle vuota]

Presidente: vuole un passaggio?

Signore: no, per carità! Che ci faccio di una sedia a rotelle?

Presidente: ah, giusto! Lei è troteplugico! porta via la sedia! [l'attendente esce con la sedia]

Signore: io la ringrazio molto. [si stringono la mano ma uno porge la destra e l'altro la sinistra. Ci riprovano ma succede il contrario. Al terzo tentativo ci riescono]

Presidente: sono certo che mi manderà una buona cassa di vino e, perché no, anche di candeggina! Io non mi formalizzo! [i due sorridono cordialmente]

Signore: è il minimo che possa fare! Mi saluti il signore appena si sveglia! (si riferisce al vecchio seduto in poltrona)

[Il signore esce, gli passa davanti un attendente con l'ombrello aperto] mi scusi, sa dirmi dov'è il...

[l'attendente inizia a urlare selvaggiamente in risposta. Poi si allontana. Il signore prosegue indifferente. Nel corridoio c'è un uomo immobile che fissa il vuoto, sopra. il signore prende le scale fino al piano di sopra. Mentre sale, gli passa accanto un tagliaboschi (identico a lui) con una grossa motosega. Il signore arriva all'ultimo piano. C'è un uomo immobile che fissa una porta con l'insegna "Direttore emerito". Il signore è colpito dalla presenza di uno scivolo che conduce nel vuoto della tromba delle scale, un salto di 15 metri. Ride e bussa alla porta. Nessuno risponde. Il signore nota un foglio sulla porta: "orari di ricevimento: dal lunedì al venerdì dalle 9:00 alle 14:00, rifarsi all'orologio qui di fronte, per favore. Il signore si gira verso l'orologio ma questo non ha le lancette, allora perde le staffe e apre la porta]: mi avete stancato con la vostra insolenza! [il signore è sbalordito nel vedere che l'ufficio è vuoto. C'è la scrivania del direttore e alcuni banchi con sedie. Il signore siede a uno di questi. C'è un enorme schermo accanto alla scrivania, si accende: è ripreso il direttore emerito, seduto alla scrivania. Inizia a spiegare.]

"Cari signori, ho deciso di registrare questo filmato perché non ho tempo per scrivere un testamento regolare. Poco fa un gentiluomo ha richiesto la pensione d'invalidità. Non so grazie a quali artifici sia riuscito a superare i miei addetti e tutte le trappole diligentemente posizionate. Questo gentiluomo sta per sta per arrivare nel mio ufficio; se mi trova io non avrò più scuse, sarò costretto a riconoscergli la pensione. [con rabbia] egli diventerà ricco grazie a me! È un'idea, questa, che non riesco a sopportare! [si alza] signori, siete stati molto gentili. Auguro a tutti voi una morte rapida e indolore. [la scena s'interrompe]

[dopo alcuni secondi la scena riprende. Siamo sempre al Distretto. Viene inquadrata un'altissima sequoia dalla chioma. In sottofondo si sente una motosega. La visuale scende. C'è il tagliaboschi intento ad abbattere l'albero. Sulla traiettoria della caduta è steso a terra, supino, il direttore emerito. È serio.]

Direttore emerito: [forte, solenne] è questo il destino che spetta a un uomo onesto? Vergognatevi! La colpa è di chi vedrà il video per primo! [l'albero inizia a cadere] Alla prossima!

[l'albero cade, schiacciando il direttore emerito e il suo volto impassibile. il video finisce. Si torna nella stanza]

Signore: [dubbioso]: e chi l'avrebbe mai detto… io volevo solo la mia pensione.

[irrompe un carabiniere. Tono un po' nasale]: Ho sentito tutto! Lei è in arresto!

Signore: [sconvolto] io? E che ho fatto?

Carabiniere [nasale]: lei è stato il primo a sentire il filmato!

Signore: io? Ma se sono sordocieco!

Carabiniere: [dimesso]: sordocieco? Allora sono stato io il primo a sentire il video!

Signore: eh, penso di sì…

-il carabiniere inizia a ridere compulsivamente, ad occhi chiusi.]: è troppo bello! Sono stato io! [continua a ridere istericamente poi piange singhiozzando] sono stato io! [singhiozza gemendo poi ride di nuovo istericamente] è troppo bello! [avvicina la pistola al mento, ridendo, tono folle]: grazie di tutto! [spara e cade all'indietro, con la bocca aperta in un'espressione di sforzo e dolore-

ATTO III

LA CADUTA DEL DOGMA

SCENA I

Contromano in autostrada

Tenaglia sta passeggiando, quando incontra un vecchio amico, Micghele. Questi indossa una bombetta da cui fuoriescono dei lunghi capelli castani

Tenaglia vede l'amico sull'altro lato della strada, lo chiama:

Tenaglia: Micghele!

[l'amico si gira]

Micghele: Tenaglia!

[l'uomo attraversa, una macchina guidata da una zebra si ferma con le ruote che girano a una velocità elevatissima. L'amico attraversa. La macchina riparte con le ruote immobili]

[i due si salutano dandosi una coltellata nello stomaco a vicenda. Rimettono in tasca i coltelli:]

Tenaglia: amico caro, dove stai andando?

Micghele: dal parrucchiere. Io ci tengo ai capelli

Tenaglia: ti accompagno

[s'incamminano]

INTERMEZZO

all'improvviso sbuca un uomo con una pistola in mano, ferma Micghele-

Uomo: scusa, posso truffarti?

Micghele [roteando le braccia in aria e curvandosi in avanti]: mah, se proprio devi…

[l'uomo si spara in testa]

[i due riprendono a camminare]

Tenaglia [al'amico]: hai detto di chiamarti…

Micghele: Micghele

Tenaglia: perché questo nome?

Micghele: perché sennò avrei un altro nome.

[mentre camminano, si spalanca violentemente una saracinesca, dalla quale fuoriesce un uomo che fissa i due, reggendo con una mano la saracinesca. arrivano davanti al parrucchiere]

Micghele: non voglio approfittare della tua gentilezza, vai a casa.

Tenaglia: ma no, è un piacere!

Micghele [forte]: vai a casa!

Tenaglia [a Micghele]: scusate, avete visto Micghele?

Micghele: sì, è a casa, potete andare a trovarlo.

Tenaglia: bene, grazie per l'informazione. [tenaglia si rigira. Micghele entra nel salone]

Parrucchiere [un alce]: signor Micghele, prego [lo fa accomodare su una poltrona e gli toglie il cappello. Micghele sfoggia una foltissima chioma. Si siede e c'è un colpo di scena]

Alce: come li tagliamo?

Micghele: li tagliamo [l'alce toglie la parrucca a Micghele e la poggia sul tavolo. Il signor Micghele è calvo.]

Alce [comincia a tagliare il niente]: capelli molto nutriti, complimenti!

[Micghele sorride soddisfatto] più corti a sinistra per favore

[l'alce taglia il nulla. Micghele si guarda soddisfatto]

Micghele: mi metta la lacca, per favore.

[l'alce spruzza la lacca]

Alce: le piacciono?

Micghele [guarda nello specchio girando la testa]: vorrei vedermi dietro.

[l'alce porge uno specchietto a Micghele, che si guarda orgoglioso]

Micghele: li hai fatti proprio bene! [l'alce s'inchina]

[Micghele si alza e indossa la parrucca, poi il cappello. Apre la porta, senza aver pagato.]

Alce [lo richiama]: ehem…

Micghele [urlando]: io ho già pagato! Ho già pagato!

Alce: ma signore, lei…

Micghele [acuto]: ho già pagato! [esce senza pagare sbattendo la porta]

Alce: …ha dimenticato il telefono [l'alce rimane con il telefono in mano]

SCENA II

AL GOVERNO

Siamo nella sede del Governo, dove viene trattata la Discussione del giorno: nel mare c'è l'acqua?

A rendere ancor più drammatica la scena, vi è il fatto che il palazzo del governo è situato davanti all'oceano e le onde spesso arrivano sino alle finestre. Al centro della struttura vi è lo scranno del presidente, un uomo molto anziano che "riposa" –per usare un eufemismo- accasciato su una poltrona. La sala è divisa in due schieramenti: la Stamberga uno e la Stamberga due. I senatori umani sono quasi tutti in sedia a rotelle. Vi sono poi diversi senatori-ortaggi e degli animali. È importante notare che buona parte dei sentori sono legati a dei fili trasparenti, come fossero marionette. Lo spettacolo è ripreso in diretta.

Moderatore (un iguana con gli occhiali appoggiati sul naso): signori, iniziamo con l'ordine del giorno: nel mare c'è l'acqua? Diamo la parola al senatore Castoris.

Senatore Castoris (un castoro) [si alza] - È un oltraggio! Nel mare non c'è *traccia* di acqua! [un'onda altissima sbatte contro la finestra] **Non a caso**, io costruisco dighe per controllare la direzione dell'acqua. [con tono convintissimo e annuendo] [s'inchina agli applausi dei colleghi]

Senatore Squaloni (uno squalo): vivo da tanti anni nel mare e vi posso assicurare che non ho mai visto l'acqua.

Moderatore: signori, scusate, il tappeto chiede di parlare.

Tappeto: la volete smettere di calpestarmi? Mi avete preso per uno zerbino?

[tutti i governanti in piedi sul tappeto si allontanano spaventati]

[fanno seguito applausi insensati dei senatori, si sente anche uno sparo]

Moderatore: Presidente, lei cosa ne pensa?

Presidente: beeeee!

[emette un belato, piegando la testa verso l'alto]

-Dai, fai il bravo! [gli dice la badante, pulendogli la bocca]

Moderatore: Governatore, a lei la parola.

Governatore [vecchio sorridente in sedia a rotelle]: ehehehhe! [risata lenta e stupida]

Moderatore: la parola al Dirigente superiore.

Dirigente superiore [si alza, legge da un foglio in mano, tutto il corpo trema]: ebbene, vorrei dimostrare a voi tutti perchè è impossibile che nel mare ci sia l'acqua. In primo luogo uòf! Uòf! [inizia improvvisamente a emettere versi animali, si tappa la bocca, vergognato. Il pubblico ride].

Volevo dire che… mùùùùù! [si sforza di parlare] ììììhhhh! [ci riprova] crof! Crof! (grugnito).

[si tappa la bocca, quando la riapre ne esce un piccione. Crolla a terra]

Moderatore: chiude la discussione il Presidente della Repubblica.

[viene inquadrato il Presidente. È un uomo molto vecchio e provato, seduto su una sedia a rotelle. Gli sono attaccati decine di macchinari per il sostentamento. È accudito da una badante e un attendente]

Presidente: [con molto sforzo] io voglio dire…

[si blocca con la bocca aperta. L'attendente manovra i macchinari, preme alcuni pulsanti e il presidente riparte.]

Presidente: [con sforzo] io volevo dire che… [si blocca di nuovo]

Attendente: forse sono le batterie.

[l'attendente apre uno sportellino situato sulla tempia del presidente e cambia due batterie. Il presidente riparte]

Presidente: [forte ma con sforzo] io volevo dire che oggi è il mio compleanno.

Badante: [sorridendo] non è vero, dice sempre così. Quand'è il tuo compleanno?

[il presidente si guarda intorno, girando solo il collo, lentamente]

Moderatore: Presidente, attendiamo il suo commento.

[il presidente accenna una parola ma si blocca di nuovo. L'attendente esegue altre manovre e il presidente rinviene]

Presidente: [forte ma con sforzo] siete stupidi e ignoranti. E ignoranti e stupidi.

-nell'aula scoppia un fragoroso applauso, che viene subito domato dal moderatore-

Moderatore: Prego, la parola al senatore a vita.

Senatore a vita: [un centenario in sedia a rotelle assistito da una badante. Forte, aggressivo] che è? Che è?

Badante: ti hanno solo chiesto di intervenire.

Senatore a vita: [forte, dispettoso] io non intervengo nemmeno se mi ammazzano! E basta!

Badante: oggi è stanco. Magari più tardi…

Moderatore: bene. Adesso sentiamo il ministro dell'economia.

Ministro dell'economia: [un altro centenario in sedia a rotelle, affiancato da una badante] [forte, aggressivo] che volete? Chi siete?

Badante: ti hanno chiesto di intervenire. Ti ricordi? Quando ti chiamano devi parlare.

Ministro: [con molto sforzo, gesticolando, si aiuta a contare con le mani] allora: 5+1… 7. 7-4… 5 e si torna al punto di partenza. No!   È inutile! Togliete! Togliete!

Moderatore: grazie, ministro. Vuole forse intervenire il ministro dell'istruzione?

[viene inquadrato il ministro dell'istruzione. È lo stesso gentiluomo con il completo arcobaleno che era al funerale di Rat. Egli si guarda intorno sorridendo e con le braccia conserte. Non proferisce]

Moderatore: ministro? Vuole parlare?

[il ministro mantiene lo stesso comportamento; finché il suo vicino lo scuote. Allora il ministro si toglie i tappi dalle orecchie]

Ministro: [sorridente, gentile] perché mi disturbate?

Moderatore: bene, allora siamo tutti d'accordo: nel mare non c'è l'acqua. Adesso è il turno delle votazioni.

[si alza un senatore, accanto a lui c'è un altro senatore, morto]: aspettate! avrei prima un impegno da sbrigare, poi potremo votare!

[dall'altra parte rispondono] vergogna! Volete solo perdere tempo!

: guarda che lo sappiamo cosa fai! Vai a giocare a carte con i soldi degli elettori! Vergogna!

[il senatore risponde]: io gioco a carte? Quando mai! [dalla manica cade un intero mazzo di carte]

Dall'altra parte: dopo questo non ti voterà più nessuno!

Dall'altra parte: basta! io vado! [il senatore si alza]

Dall'altra parte: vergogna! Vergogna! [i due oppositori si incrociano. Uno mette la mano sulla spalla dell'altro amichevolmente poi dice:]

Caffè?

Senatore: volentieri! [vanno al bar]

Ministro: due caffè! [il barista- un triangolo- prepara i caffè]

Senatore: io non offro [alzando le mani]

Ministro: nemmeno io! [bevono il caffè]

Senatore: adesso vado. Faccio subito!

SCENA III

Viene inquadrato il senatore che esce dal governo. Sull'altro marciapiede c'è un uomo immobile che fissa il vuoto. Per strada sono affissi cartelli "regalasi" su tutti gli immobili. Ce n'è uno che richiama l'attenzione del senatore: "regalasi casa+ proprietario". Il senatore continua fino alla sua mèta; si ferma davanti a un falegname ed entra.

Senatore: salve. Avevo preso un appuntamento.

Fabbro [uomo anziano con berretto]: sì, mi ricordo. Per cos'era?

Senatore: devo segarmi in due.

Fabbro: ah, sì. Prego.

[entrano in una stanza]

Fabbro: preferisce stare in piedi o seduto?

Senatore: in piedi andrà bene, grazie.

Fabbro: [un po' forte] cara, mi porti la motosega?

[si sente il rumore di un peso che tocca terra]

Fabbro: arriva subito.

Senatore [folle, gesticolando]: mi può chiedere perché voglio segarmi in due?

Fabbro: perché vuole segarsi in due?

Senatore: [folle] perché ci sono le elezioni ma io sono solo uno e posso sedermi su una sola poltrona. Se la mia stamberga perde niente più stipendio! Invece, se mi siedo su entrambi i lati, vincerò sicuramente!

Fabbro: ragionamento molto perspicace! Mi domando come mai non ci abbiano pensato prima!

[viene inquadrato dal basso verso l'alto un corpo estremamente muscoloso che tiene mano una motosega. Indossa una canottiera nera e ha un numero tatuato sul braccio. Si arriva al volto: è una signora sui 100 anni, con una cicatrice lungo tutto il collo. Consegna la motosega al fabbro]

Fabbro: oh, grazie.

[la signora ruggisce e va via gonfiando i pettorali]

Fabbro: allora, iniziamo!

[accende la motosega, con espressione violenta]

Senatore: cominci dal basso, per favore.

[il fabbro inizia a segare, il senatore accenna un'espressione di rilassamento e piacere, chiudendo gli occhi. Il lavoro finisce]

Senatore: [deluso] già finito?

Fabbro: ecco, abbiamo fatto.

Senatore: proprio come lo volevo!

[il senatore è diviso verticalmente in due parti uguali]

Fabbro: felice che vi piaccia!

 Senatore: io devo proprio andare. Vi lascio il mio portafoglio; sono sicuro che prenderete solo quello che vi spetta. Mi raccomando! Non conservate lo scontrino! Torno dopo a prendere il portafoglio.

[il senatore esce. Il fabbro apre il portafoglio, lo scuote, lo rovescia ma non esce niente. Scoppia a piangere gemendo e singhiozzando]

SCENA IV

Il senatore torna al governo. Le due parti siedono su due poltrone opposte, tra la totale indifferenza dei chiassosi colleghi, occupati in un combattimento tra galli. Il moderatore li richiama all'ordine.

Moderatore: signori, procediamo con la campagna elettorale.

[i senatori riprendono posto. I galli vanno via.]

Moderatore: chi vuole iniziare?

[si alza un senatore, che parla tremando]:

sì, voglio dire che votare è un diritto-dovere! Dovete votare tutti! È nel vostro interesse!

[dall'altra parte ribatte un senatore]:

mi hai tolto le parole di bocca!

[apre la bocca e ne fuoriescono le parole. Stramazza a terra]

Moderatore: chiede di intervenire il ministro, prego.

Ministro: [si alza in piedi, legge da un foglio, tremando] volevo dire che se ci votate, restituiremo tutti i soldi che vi abbiamo rubato.

[alle sue parole, il senatore seduto accanto esprime la sua incredulità agitando le mani. Egli estrae una bottiglia di vino e un imbuto. Si alza e inserisce l'imbuto nella bocca del ministro (è in piedi) quindi gli versa il vino. Il brillo ministro inizia a ridere e confessa con voce nasale]

: io non restituisco proprio niente! ih! ih! [singhiozza] i vostri soldi li ha già mangiati il mio cane! [ride e singhiozza]

Moderatore: grazie per la precisazione. Facciamo parlare il presidente del consiglio.

[viene inquadrato il Presidente del Consiglio. È un ultra centenario in sedia a rotelle. Assistito da una badante]

Presidente: [si guarda intorno confuso]

Badante: [benevola] ti hanno chiamato.

[il Presidente del consiglio ignora le voci e continua a fissare il vuoto con sguardo serio e battendo gli occhi lentamente a intervalli regolari]

Badante: allora?

[il Presidente mantiene lo stesso atteggiamento]

Badante: oggi fa così, non so perché.

Moderatore: puntuale come sempre! Grazie Presidente! Chiede la parola il Presidente della Camera.

[viene inquadrato il Presidente della Camera: un altro ultra centenario, affiancato da una badante e un attendente]

Presidente: [con sforzo e rabbia] adesso mi dovete ascoltare!

[il pubblico tace e viene inquadrato: alcuni dormono, altri sono immobili e sorridenti o piangenti. Si vede anche il senatore diviso in due. Si torna dal Presidente]

Presidente: [con sforzo e rabbia] io vi sto parlando e voi dovete stare zitti!

Badante: ti sei dimenticato cosa volevi dire?

Presidente: [con sforzo] eeehhhh… sì. [pausa] allora, io devo dire che…

[all'improvviso gli si stacca la mandibola, che cade a terra. Interviene subito l'attendente]

Attendente: accidenti a me! Ho dimenticato di registrare le viti! Mi scusi signor Presidente. La riaggiusto subito.

[raccoglie la mandibola e la riavvita]

Moderatore: bene, signori. Procediamo con le votazioni. Ho il piacere di presentarvi i candidati. Per la Stamberga uno, con il codice zero zero, abbiamo il professor… [cerca il nome tra i fogli] il professor… non importa. Eccolo!

[viene inquadrato il professore: è un vecchio che sta immobile in piedi con la testa storta e la bocca aperta. Le due stamberghe lo applaudono e lo fischiano alternativamente.]

Moderatore: per la Stamberga due, con il codice zero uno, abbiamo il dottor Covone, che ha scelto di rimanere anonimo.

[viene inquadrato il dottor Covone: è accanto al professore, coperto da una tenda.]

Moderatore: diamo il via al televuoto.

INTERMEZZO- DIRITTO DI V(U)OTO

La scena si sposta nella topaia di Tata. Sul divano sono seduti Tata e Tenaglia, che assistono alle elezioni. Accanto a loro, gli tengono compagnia gli espressionisti, sempre in sedia a rotelle. Tata prende il telecomando per votare.

Tata: [con rabbia] come si fa? come si fa?

Tenaglia: [con indecisione] devi premere il pulsante per votare.

Tata: [con rabbia] chi è? Chi devo votare?

Tenaglia: [giudizioso] devi decidere da solo!

Tata: [con rabbia] io non decido!

Tenaglia: allora fai pari o dispari.

Tata: [con rabbia] io non faccio proprio niente! [mette le braccia conserte, faccia offesa]

Tenaglia: [preoccupato] il tempo sta per scadere!

Tata: [con rabbia] non m'interessa!

Tenaglia: [preoccupato] poi ti arrabbi e fai bum come l'altra volta!

Tata: [con rabbia] quale altra volta?

Tenaglia: quando c'erano le elezioni.

Tata: [più calmo] ma perché? Queste sono le elezioni?

Tenaglia: sì!

Tata: [con rabbia] e non me lo vuoi dire?

[inizia a premere alla rinfusa sul telecomando, spegnendo e riaccendendo il televisore di continuo]

Tenaglia: [preoccupato] non credo che stai facendo bene!

Tata: [con rabbia] io faccio bene! [continua a spegnere e riaccendere]

Tenaglia: [guardando i due candidati sullo schermo] questi sono i candidati. Tu chi scegli?

Tata: [con rabbia] mi vuoi dire come si fa?

Tenaglia: eeehhh… non lo so. Non dicono niente. [sullo schermo sono riportati chiaramente i codici dei candidati oltre alla scritta "istruzioni"]

Tata: forse bisogna premere tutti i tasti!

Tenaglia: e ma come si fa? noi abbiamo solo nove dita. [mostrando le mani con dieci dita]

Tata: bisogna fare così! [butta a terra il telecomando e inizia a saltarci sopra]

Tata: sta funzionando! [la televisione va in tilt e comincia a fumare]

Tenaglia: sì, sì! sta funzionando!

Tata: [sempre saltando] forse ci vuole un po' d'acqua!

Tenaglia: devo prendere l'acqua?

Tata: no! Prendi l'acqua!

[tenaglia riempie una brocca d'acqua]

Tata: versala sulla televisione! Veloce!

[tenaglia versa l'acqua sulla televisione, che esplode]

Tata: [continua a saltare] ci siamo quasi! Serve altra acqua!

[tenaglia riempie di nuovo la brocca]

Tata: sbrigati! Sta per finire il tempo!

[Tenaglia versa altra acqua sulla televisione, che prende fuoco]

Tata: [smette di saltare, con rabbia] ma che hai fatto? Vai a riempire la vasca!

[Tenaglia riempie il lavandino. Tata prende in braccio il televisore che scintilla e va verso il lavandino]

Tata: togliti! Togliti! [getta il televisore nel lavandino, dal quale si leva una violenta scarica elettrica]

Tenaglia: ce l'abbiamo fatta!

Tata: l'altra volta è stato più facile!

SCENA V

Si torna al governo. I senatori hanno votato e riprendono posto, spingendosi sulle loro sedie a rotelle. Una volta tornati al posto, piomba il silenzio e i senatori vengono manovrati da mani ignote grazie ai fili che sono attaccati ai loro arti: tutti insieme aprono la bocca e alzano le braccia come fossero ali. Poi tornano a fare baccano.

Moderatore: cari elettori, stop al televoto! [accanto al moderatore è posta un'urna. Il moderatore la apre e versa le schede in un calcolatore che inizia a contarle. All'improvviso si alza un senatore]

: scusate, ho una cosa da dirvi. [estrae una pistola e si spara in bocca tra l'indifferenza e le risate sommesse dei colleghi]

[il conteggio finisce, il moderatore comunica il risultato]

Moderatore: incredibile! Signori, ecco a voi il nostro nuovo Presidente della Camera!

[il moderatore alza la tenda che copriva il secondo candidato. Ne esce fuori un covone di paglia di forma piramidale. I senatori applaudono e fischiano. Un maggiordomo-calamaro inserisce l'ex presidente (il vecchio morto) in un sacco dell'immondizia e lo affida al camion della nettezza urbana, guidato da un coyote. Il camion esce. Il neo presidente viene seduto su un piedistallo, al centro della camera. La scena si sposta brevemente sul candidato sconfitto, il quale ha pensato bene di impiccarsi con un gioioso quanto stupido sorriso]

-adesso viene inquadrato il camino (ha un'espressione dolorante). Il Ministro all'ambiente sta accendendo il fuoco ma incontra delle difficoltà-

Ministro: [tiene in mano un attizzatoio a soffio] maledizione! Possibile che sia così difficile?

[interviene un maggiordomo-formichiere in frac]: Ministro, le occorre una mano?

Ministro [serio]: no, no, ne ho già due di mani. Mi servirebbe soltanto un aiuto.

Formichiere: proviamo con della carta.

[il formichiere poggia una fascetta banconote nel camino e le incendia con un fiammifero]

: adesso ci vogliono dei ramoscelli ben secchi.

[il ministro osserva stupefatto]

Ministro: [prende dei ramoscelli e li porge al tapiro]

Tapiro: grazie.

[li posiziona sopra la carta. I ramoscelli iniziano a prendere fuoco] bene, adesso bisogna soffiare.

Ministro: [prepotente] faccio io!

[impugna l'attizzatoio e si sforza fino a diventare paonazzo, è quasi in punto di morte. Il fuoco si spegne]

Tapiro: che strano! Il fuoco si è spento.

Ministro: lo vedi? Allora non sono io!

Tapiro: non me lo spiego!

[il tapiro contempla l'attizzatoio, con espressione dubbiosa, poi lo rende al Ministro]

Ministro: tapiro, dimmi una cosa. Ma con questo [agita l'attizzatoio] bisogna fare così [soffia fortemente nell'attizzatoio, alzando la cenere] oppure così? [inspira fortemente dall'attizzatoio, risucchiando la cenere]

Tapiro: no, bisogna fare così [soffia]

Ministro: [un po' forte,] aaaaah! Ecco perché! [il tapiro annuisce compostamente] in effetti mi sentivo un po' bruciare!

[il governatore si sbottona la camicia: del torace è rimasto solo lo scheletro. Si osserva un po' preoccupato e si riabbottona]

Ministro: formichiere, dimmi un'altra cosa.

Formichiere: la ascolto.

Ministro: [gesticolando] ma se tu metti quel liquido che si compra dal benzinaio sul pavimento e poi ci va il fuoco, che succede?

Formichiere: è molto pericoloso, potrebbe scoppiare un incendio.

Ministro: [forte] aaaahh! Ecco perché!

[il ministro stende il braccio e si volta. Dietro di lui c'è un incendio sul pavimento, che si espande rapidamente. Il ministro lo osserva tranquillo]

Formichiere: a fuoco! A fuoco!

[attiva l'allarme antincendio. Nell'aula scoppia il panico. Il fuoco divampa sempre di più. Il ministro, sempre tranquillo, prende fuoco ma ignora le fiamme e prova a spegnere l'incendio soffiando con la bocca. I senatori cercano di fuggire correndo- a piedi o in sedia a rotelle- e strepitando. Il senatore con il completo arcobaleno rimane seduto immobile e giulivo, nonostante le fiamme che lo assalgono. Un altro senatore seduto ride istericamente, sebbene anch'egli stia ardendo. Il palazzo è completamente in fiamme. Dal mare non si alza più nessuna onda. Tutti i senatori prendono fuoco, reagendo in modo diverso: una parte corre urlando con le braccia alzate. Qualcuno coglie l'occasione per soddisfare la propria pirofilia: costoro camminano lentamente in mezzo alle fiamme, con un'espressione di profondo piacere ed emettendo versi di apprezzamento. Il presidente del consiglio prende fuoco ma rimane ancora catatonico e continua a battere gli occhi. Anche il Presidente della repubblica prende fuoco ma rimane tranquillo e cerca di riportare l'ordine]

: [con sforzo] dovete sedervi! Credete di stare [forte] al mercato?

[il ministro all'ambiente, parzialmente carbonizzato, sta ancora provando a domare il fuoco, soffiando sul camino. Chiede ai colleghi]

:mi potete aiutare? Sto facendo tutto io! [continua a soffiare]

[il senatore Squaloni, capendo che non c'è via di scampo, decide di abiurare]

: e va bene! Lo ammetto! Nel mare c'è l'acqua! Adesso aprite i rubinetti, per favore!

[ma il senatore Castoris è più che mai convinto delle sue tesi]

: [solenne] mai! Io non sono come voi! Mi avete preso per un voltagabbana? Io non mi rimangio mai quello che dico!

Senatore Squaloni: per favore! Moriremo tutti! Apri il rubinetto!

Senatore Castoris: [solenne] mi stai chiedendo di confessare la mia stupidità? Mai! Meglio morire che riconoscere i propri errori!

[il senatore si lega al rubinetto con una catena, bloccando entrambi]

[il palazzo è prossimo al collasso. Curiosamente, l'unico individuo che non è stato colpito dalle fiamme è il covone di paglia. Questi rimane indisturbato sul suo piedistallo, circondato dalle fiamme. Il Senatore Squaloni fa un ultimo appello]

: acqua! Acqua! Pietà!

[Castoris lo ignora e rimane impassibile, appeso al rubinetto, con le fiamme che lo sconfiggono]

Senatore Castoris: non si torna più indietro! buona serata!

[molti senatori giacciono a terra carbonizzati, alcuni fin troppo sorridenti, altri provati dal dolore. Quelli ancora in vita continuano a correre in cerchio, con le braccia alzate ma senza urlare. Il ministro all'ambiente- di cui rimane solo un occhio e mezza guancia- sta ancora cercando di spegnere l'incendio. A un tratto cade il soffitto, schiacciando il ministro e diversi senatori, che ricominciano ad urlare o a ridere. Infine cede anche il pavimento e il palazzo implode completamente. Le urla cessano. Del palazzo rimane solo nube di fumo che si dirada lentamente rivelando uno spettacolo inatteso: il covone è resistito all'incendio. Si erge indenne sul suo piedistallo, l'unico reperto rimasto del palazzo.]

SCENA VI

L'EREDITÀ

Rat ha lasciato un'ingente eredità. La famiglia si reca dal notaio per leggere il testamento.

Notaio [un'anguria]: signori, vi aspettavo. [entrano Tata, accompagnato dagli espressionisti, e Liliano]

Notaio: prego. [entrano tutti nella stanza e si siedono]

Tata [allegro]: testamento, testamento! Hahah!

Notaio: è lei il signor tata?

Tata: dipende

Notaio: è per l'eredità

Tata: allora sì, sono io.

Notaio- leggo il testamento

Tata [aggressivo]: no, leggi il testamento!

Notaio [timoroso]- io, Rat, nomino miei eredi: mio cugino Tata, a cui spetterà l'1% dei beni, ossia: una porta sfondata e una gallina che non depone uova.

Tata: [allegro] sì! Ricco! Ricco!

Notaio: Nomino secondo erede il mio amato amico Liliano, a cui spetterà il restante 99% dell'eredità, ossia: la mia topaia e una gallina dalle uova d'oro. Al notaio che leggerà il testamento lascio il testamento. [il notaio guarda dubbioso i clienti]

Liliano: sono commosso! Rat era un uomo così generoso!

Notaio: [gira il foglio] aspettate, c'è una clausola. L'eredità potrà essere riscattata dai signori novantasette giorni dopo l'apertura del testamento. Se durante tale periodo uno degli eredi dovesse accidentalmente ingoiare un nido di calabroni, riuscendo ad arrivare vivo al novantasettesimo giorno, egli spodesterà l'altro erede.

Tata: buono a sapersi.

Liliano: io penso che siamo tutti soddisfatti di quello che Pat ci ha lasciato. Mi sbaglio?

Tata: no, no. È un compromesso sostenibile. Voi che ne pensate? [si gira verso gli espressionisti che rimangono immobili nelle loro espressioni]

Tata: lo prendo come un sì. [si alzano]

Liliano: notaio, la ringrazio. Abbia cura del testamento!

Notaio: [confuso] ah, sì! il testamento… certo!

Tata: buona giornata a voi e a chi verrà! [escono. Il notaio li accompagna fuori allo studio]

INTERMEZZO- Il mestiere del futuro.

[i signori escono dallo studio. Mentre si congedano compare un gentiluomo con una padella in testa. Egli inizia a urlare]

: Questo notaio è il peggior notaio del mondo! Mi ha distrutto!

[i due eredi osservano, il notaio-anguria è spiazzato. L'uomo incalza]:

:se ci tenete alla vostra vita non andate mai da questo notaio! Lui vi distruggerà!

Notaio: [gentile] ma signore… io non l'ho mai vista.

Uomo: [forte] dicono tutti così! Io intanto ho perso la casa! E tu stai ancora qua!

Notaio: [intimorito] ma signore…

Uomo: [aggressivo] come fai a tenere aperto? Quanto hai rubato questo mese? Rispondi!

Notaio: [agli eredi] signori, sono spiacente…

Uomo: tu sei il peggiore! Chi ti dà il permesso di lavorare ancora? Quanta altra gente vuoi rovinare?

[dalle finestre si affacciano delle persone]

Uomo: ve lo dico per il vostro bene! non venite mai da questo notaio!

Notaio: la prego! Se continua perderò la mia reputazione!

Uomo: io continuo finché mi pare! Ascoltatemi bene! Non venite mai da questo notaio! Mi sentite?

Notaio: [disperato] la supplico! Mi dica quanto vuole ma la smetta di diffamarmi! Perderò tutta la clientela!

Uomo: [serio, piano] se è così gentile da consegnarmi un assegno circolare, ritirerò tutto quello che ho detto e girerò subito l'angolo.

Notaio: tutto purché se ne vada! [stacca un assegno]

Uomo: [forte] venite! Venite! Questo è il miglior notaio del mondo! Solo di lui vi dovete fidare! Buona vita!

[va via correndo, gira l'angolo]

[i signori si salutano. Evitano per poco un'auto che sfreccia a massima velocità. È guidata da un uomo morto serio. Essa va a schiantarsi contro un muro. Tata va via insieme agli espressionisti.]

SCENA VII

Liliano torna a casa. Lo accoglie la moglie. una signora abbastanza anziana.

Moglie: [avidamente] allora, come è andata?

Liliano: diciamo bene…

Moglie: che diceva il testamento?

Liliano: ho avuto il 99% dell'eredità.

Moglie: [con rabbia] e no! E no! Chi ha preso l'un percento?

Liliano: il cugino.

Moglie: e che c'era in questo un percento?

Liliano: una porta sfondata e una gallina che non depone uova.

Moglie: e tu te li sei fatti rubare sotto gli occhi?

Liliano: [con rabbia] e che dovevo fare? Così? [batte sul torace come i gorilla] dovevo fare così? [ripete il gesto]

Moglie: tu hai fallito! E lo sai benissimo!

Liliano: [più calmo] no, abbiamo ancora una speranza.

Moglie: [avidamente] quale?

Liliano: non te lo dico!

Moglie: [urlando] dimmelo subito! Prima che faccio tremare la casa!

Liliano: c'era una clausola sul testamento…

Moglie: parla!

Liliano: [piange per pochi secondi poi torna di colpo serio] è troppo complicato! Ci scopriranno!

Moglie: tu parla, io sono la mente!

Liliano: [con rabbia] tu sei la mente? [piange poi torna rabbioso] tu ci farai finire all'ergastolo!

Moglie: chi ti ha portato fin qui? Io! Forza, parla!

Liliano: [calmo] devo trovare un nido di calabroni.

Moglie: [sorridendo] questa è buona! Tuo figlio è appena morto per la puntura di un calabrone.

Liliano: [stupito] neanche a farlo apposta!

Moglie: e il caso ha voluto che io conservassi il nido. Anche perché non c'è niente per cena.

Liliano: sì, ma nel testamento dicevano che l'erede avrebbe dovuto ingoiare il nido *accidentalmente*, capisci?

Moglie: Dio, quanto sei ingenuo! Come si può mai ingoiare un nido di calabroni per sbaglio? È solo un deterrente per scoraggiare l'erede. L'hanno scritto per questo.

Liliano: tu dici?

Moglie: se ingoi- diciamo anche per sbaglio- questo nido, il cugino perde tutto?

Liliano: sì, va tutto a noi.

Moglie: cosa aspetti allora? Andiamo a prendere il nido!

[i due vanno in una stanza dove giace a terra il cadavere sorridente del figlio. La moglie raccoglie uno splendido nido di calabroni gremito di simpatici insetti]

Moglie: [porgendo il nido al marito] vai! Tutto in un boccone!

Liliano: in un boccone? Sei sicura?

Moglie: assolutamente! Mio padre lo tagliò in piccoli pezzi e non gli andò molto bene. Coraggio!

[Liliano prende un respiro, accenna un'espressione di disgusto e ingoia il nido, tra enormi sforzi]

Liliano: è andata! [ironico] chissà che nottata passerò!

Moglie: chi ben comincia è già a metà dell'opera! Adesso a letto!

[i due si coricano. La moglie è girata di lato; Liliano è supino e sveglissimo]

Liliano: stavo pensando che tra poco il nido si aprirà e la verità verrà fuori. [ironico] credo che passeremo qualche nottata in bianco!

Moglie: tu pensa all'eredità…

Liliano: questo mi allieta molto. Ma non posso ignorare lo sciame di calabroni che ho nello stomaco.

Moglie: [con rabbia] sei un lamento continuo!

[si ode uno scricchiolio]

Liliano: ops! Il nido si è aperto! Ci siamo! A noi due!

[assume un'espressione dolorante e inizia a urlare acutamente]
:haaaaaaaaa!

Moglie: devi avere rispetto per chi vuole dormire!

Liliano: yaaaaaahaaaaaaaaaaaaaa!

[la moglie mette la testa sotto il cuscino. Liliano continua a urlare. La scena si interrompe e riprende.]

"Dopo 96 giorni"

[i due sono sempre a letto, entrambi supini. Liliano sta urlando ancora. La moglie è visibilmente provata da 96 giorni di privazione del sonno. Ha il volto scavato, quasi cadaverico]

Liliano: [tra il sofferente e il voluttuoso] uaaaahahah! Sì! sì! Ancora! aaaaah!

[La moglie si alza dal letto e va in cucina. Apre il frigorifero e prende un fucile. Bussano alla porta; la moglie va ad aprire con il fucile in spalla. Trova la vicina, una signora anziana]

Vicina: [sorridente] ciao, scusami ma è da un po' di tempo che sentiamo delle urla bestiali dalla mattina alla sera.

Moglie: [seria, severa] davvero? Io non sento niente.

[in sottofondo si sentono le grida di Liliano]

Vicina: [con angoscia] sembrano provenire da casa vostra. Ci stiamo preoccupando.

Moglie: non so che dirti. Noi stiamo benissimo.

[si sentono di nuovo le urla di Liliano]: iaaah! Vi prego! Lalalalaaah! Oddio!

Vicina: [ride sommessamente] ma sei sicura? Ti vedo sciupata…

Moglie: [scortese] ti ripeto che sto benissimo. Adesso torna a casa!

Vicina: permettimi almeno di entrare.

Moglie: non vedo il motivo.

Vicina: solo un secondo. Mi sentirei più tranquilla.

[di nuovo le urla di Liliano]: uaaaaaah! Dio santissimo!

Moglie: torna a dormire.

Vicina: [con angoscia] ma quelle urla… e poi perché hai un fucile in mano?

Moglie: [con rabbia, sottovoce e digrignando i denti] torna a dormire!

[la vicina va via. Chiude la porta]

Liliano: [ride] hahaha! [urla] haaaaa!

[la moglie torna in camera con il fucile]

Liliano: è quasi fatta! Aaaaaah!

[la moglie carica il fucile e punta contro Liliano.]

Liliano: no! Aspetta! Non è ancora…

-la moglie spara e Liliano decede in un'espressione di insopportabile dolore. Proprio in quel momento l'orologio batte la mezzanotte. La moglie realizza allora di aver ucciso Liliano un secondo prima del novantasettesimo giorno, quando sarebbe diventato unico erede-

Moglie: [ride, ironico-demenziale] hahahah! Mancato per un secondo!

[fatica a parlare per le risate] un secondo! Oddio come rideranno! mancato… [ride] per… [ride] un secondo! [ride istericamente] ahahah!

Potrebbero farci un film! [torna seria] quindi tutta l'eredità andrà al cugino. E no, dobbiamo porre rimedio! [pausa] [furiosa, agitandosi] un secondo! Un maledetto secondo! [rivolta al cadavere di Liliano] e tu non mi hai detto niente! è questo il modo di ringraziarmi?

[punta il dito contro un pubblico immaginario]

: Vigliacchi! Non vi darò la gioia di ridermi in faccia!

[si afferra il collo con una mano. Con uno sforzo disumano si stacca la testa, che mantiene per i capelli. Cammina con mirabile disinvoltura verso la finestra e la apre. Agita la testa come un lazo e la scaraventa fuori. Chiude la finestra e fa alcuni passi. Infine cade a terra.]

SCENA VIII

UN'INTERPRETAZIONE TROPPO LETTERALE

Casa di Tata, bussano alla porta. Tata va ad aprire e trova il notaio.

Tata: perché sei qui?

Notaio: per darvi buone notizie. Liliano è passato a miglior vita. Tutta l'eredità di Rat adesso è vostra.

Tata: anche la topaia?

Notaio: sì.

Tata: anche la gallina dalle uova d'oro?

Notaio: sì.

Tata: di cosa è morto Liliano?

Notaio: ha ingoiato un nido di calabroni. Poverino, ha urlato per novantasei giorni…

Tata: tanto è durato il calvario?

Notaio: no, ha continuato a urlare da morto.

Tata: ah, sì. succede spesso.

Notaio: queste sono le chiavi della topaia di Rat. [porge le chiavi]

Tata: grazie, arrederò la topaia seguendo le orme di Rat.

Notaio: io la saluto.

Tata: io no. [chiude la porta]

Siamo nel quartiere di Rat.

Tata ha acquistato un enorme e orrendo cubo di cemento per "arredare" la topaia di Rat. L'abitazione è costruita su un monte. Viene assoldata una ditta specializzata in trasporti pesanti. Il cubo è caricato pericolosamente a bordo di un vecchio camion guidato da un toro. Durante il tragitto vengono travolti diversi pedoni

[Il camion si ferma davanti alla scalinata e il cubo viene scaricato dal camion]

Capomastro (una lucertola) [si saluta con Tata]: salve, può dirci dov'è l'ascensore?

Tata [titubante]: è qui, seguitemi.

[gli operai lo seguono, lasciando dietro il cubo]

[arrivano davanti all'ascensore. Uno splendido montacarichi in grado di accogliere il cubo e trasportarlo comodamente fino alla porta di casa]

Tata: eccolo.

Capomastro: [fa una smorfia d'indecisione, continua con tono indeciso]

È un po' troppo comodo, le scale andrebbero meglio

Tata: è quello che pensavo ma mi pareva giusto farvelo vedere, siete voi gli esperti.

Capomastro: perché usare l'ascensore quando possiamo usare le scale? Sarà tutto più facile.

Tata [annuendo]: giusto!

[tornano dove hanno lasciato il cubo]

Capomastro: [rivolto agli operai] signori, si comincia. Oh… issa!

[il cubo viene caricato a mano con immane sforzo e fatto salire per le 602 scale. Dopo due giorni il cubo arriva davanti la porta di casa. C'è un colpo di scena. La casa ha due entrate: una principale- un largo portone a due ante in grado di contenere due volte la "statua"- e una secondaria, poco più grande della porta di "Alice nel paese delle meraviglie"]

Capomastro: bene, prendiamo la misura della porta.

[un operaio prende le misure della porta principale:]

Operaio: [con un certo rammarico]: è troppo grande, proviamo l'altra.

[l'operaio prende le misure della porta secondaria]

Operaio: [con voce nasale] - questa è perfetta!

[Tata annuisce soddisfatto]

Tata: state facendo un ottimo lavoro!

Capomastro: [a Tata] può aprire la porta? [indicando la secondaria]

[Tata. Apre la porta]

Capomastro: grazie. Signori, forza, facciamo entrare la statua!

[gli operai cercano di far entrare la "statua" nella minuscola porta]

Operaio [meravigliato]: ma come? Non ci va!

Capomastro: riprovate!

[Gli operai insistono ma, dopo nove ore, si arrendono. Il capomastro va da Tata]

[sconsolato]: signore, non so cosa dirle. La statua non entra nella porta.

Tata: [adirato]: non è possibile! Come fa a non entrarci? Che operai siete?

Capomastro: ho un'idea. Proviamo a chiamare un gruppo di geometri. Sono sicuro che loro potranno aiutarci.

Tata: Ottima idea! Chiamerò i migliori geometri!

[vengono convocati i più eminenti geometri del panorama mondiale: due ippopotami, un cavallo, un lupo e tre zucche, tutti vestiti in giacca e cravatta o papillon. Un ippopotamo indossa una bombetta e un lupo ha un elegante bastone da passeggio]

[I geometri arrivano]

Geometri [in coro] – salve, è questa la casa?

Tata: sì. Come vedete la statua non entra nella porta. Cosa possiamo fare?

Zucca [con tono serissimo di proposta] - potreste buttare la statua.

Tata: bè, preferirei tenerla. Avete altri consigli?

Ippopotamo [serio, proposta]: potreste uccidervi.

Tata- [con tono serio] mah, pensavo a qualcos'altro…

Cavallo: signori, con permesso vorrei fare un sopralluogo della casa.

Tata: prego. Faccia pure.

[il cavallo prende le misure delle due entrate, poi entra dentro la casa e riesce dopo aver fatto un altro sopralluogo ed esclama:]

: signori, credo di aver trovato la soluzione: dobbiamo abbattere la casa. Non c'è altro modo di far entrare la statua. Abbatteremo la casa, faremo entrare la statua e poi la ricostruiremo. È la soluzione più logica.

[la decisione viene accolta all'unanimità e fa seguito un lungo applauso]

[gli operai cominciano a demolire la casa, guidati dai geometri. Dopo un'ora i lavori sono terminati. Adesso devono far entrare la "statua"]

Capomastro: [rivolto ai geometri] signori, è giunto il momento. Preferirei lasciare a voi esperti il compito di sistemare la statua. Potete usare la nostra gru.

Lupo: me ne occuperò io.

[il lupo prende i comandi della gru e colloca la statua in mezzo alle macerie, poi chiede a Tata]: Va bene qui?

Tata: no, la voglio a faccia in giù [il lupo ruota la statua su un lato identico]

Tata: [aggressivo] mi volete ingannare? Credete che non sappia riconoscere il lato giusto? Mettete bene quella statua!

[il lupo rigira ancora la statua e scende dalla gru]

[Tata congeda i lavoratori calorosamente ed entra nella topaia, lo accoglie Tenaglia, che guarda dubbioso il cubo]

Tenaglia: perché hai comprato questo coso?

Tata: bisogna investire nel mattone!

Tenaglia: [preoccupato, con mani congiunte] ma sei sicuro che stai facendo bene?

Tata: sicurissimo. È quello che Rat avrebbe voluto! [prende la gallina dalle uova d'oro] questa è la gallina che depone le uova d'oro! Lei è la nostra unica fonte di vita! Prenditene cura!

[porge la gallina a Tenaglia]

Adesso esco!

[esce dalla topaia]

SCENA IX

UN'IDEA VINCENTE

Tata torna alla topaia: una costruzione ormai inesistente, priva di mura e ogni altra edificazione ma con una porta in mezzo al nulla che la delimita dalla strada. Davanti alla porta si accorge che la sua memoria gli ha giocato un altro brutto tiro]:

[si fruga nelle tasche prima con calma poi con agitazione e commenta ad alta voce:]

:nah! Nah! Com'è possibile? Ho dimenticato le chiavi! Dovrò chiamare il fabbro per forzare la porta, maledizione!

Passante [con tono un po' preoccupato]: signore, ma non c'è bisogno di forzare la porta. Non ci sono pareti.

Tata [aggressivo]: non ci sono pareti? E secondo te se non ci fossero le pareti non sarei già entrato? [espressioni orrende]

Passante: signore, lei ha bisogno di aiuto

Tata [labiale scoordinato]: via! Via!

[il passante scappa terrorizzato]

Tata [al telefono] - pronto, fabbro? Ho dimenticato le chiavi a casa, dobbiamo forzare la porta

[dopo cinque secondi arriva il fabbro]

Fabbro [una carota con ciuffo verde]: salve, è qui la casa?

Tata- sì, ho lasciato le chiavi a casa. Vede? Sono lì. [indica le chiavi]

[le chiavi sono visibili dall'esterno. Sono appoggiate su una sedia e si trovano a meno di un metro dai signori.]

Fabbro- nessun problema, mi metto all'opera.

[il fabbro comincia a forzare la porta, passano cinque secondi poi i due iniziano una discussione]

Tata: posso sapere come vi chiamate?

Fabbro: mi chiamo Francesco, detto anche Giovanni.

Tata: io mi chiamo Frank ma voi potete chiamarmi Frank.

[il fabbro continua a forzare]

Fabbro: è un brutto danno, vi costerà molto.

Tata [forte, mettendosi una mano in faccia]: Madonna bella! Solo questo ci mancava!

Passante: scusate, ma che state facendo?

Tata [quasi piangente]: ho dimenticato le chiavi a casa e adesso devo forzare la porta. Ah signore!

Passante: qua diamo i numeri!

Tata [aggressivo]: che numeri! Che numeri! Qua devo sfondare la porta

[passano dei numeri umani dallo 0 al 9 che fissano i due che rimangono sconvolti per alcuni secondi.]

Passante [aggressivo]: ma tu mi dici perché devi sfondare la porta se non ci sono le pareti?

Tata [forte]: perchè si entra dalla porta, non dalle pareti!

Passante [sguardo maniaco]: ma se le pareti non ci sono…

Tata [in risposta]: le pareti non ci sono!

Passante: qua finisce male!

Tata: [il labiale si muove violentemente ma non parla]

Passante: [gli scatta una foto, la guarda:] pazzesco! Qua ci sono dei soggetti da rinchiudere!

Fabbro [apre la porta]: signori, scusate se interrompo il vostro appassionante discorso ma ho finito e vorrei essere pagato.

Tata [apre il portafogli. Tono alto]: ah dio! Ho finito i soldi!

Fabbro: [allarga le braccia con sguardo al cielo]

Passante [forte]: ahahah! Oh signore! Che scenetta! Una carota che scassina una porta e questo che non ha soldi per pagarla! Ahahaha!

Tata: aspetta, ho una cosa per te!

Fabbro: basta che mi paghi.

[Tata entra in casa]: gallina? Dove sei? [si dirige verso la gabbia della gallina ma questa è vuota]

[giunto al piano di sopra, trova la gallina.]

Tata: gallina, mi dispiace ma ti ho promesso al fabbro. [scende con la gallina che schiamazza]

[scende le scale]: ma tu guarda! Io fino a ieri le carote le mettevo nel brodo! Adesso una carota pretende che io la paghi! Maledetta signora lati!

Tata: ecco! Questa è una gallina dalle uova d'oro! [gli porge la gallina]

Fabbro: questo è solo un pupazzo! [trova un interruttore e lo spegne, il pupazzo smette di schiamazzare]

Tata: ma come? è uguale alla mia gallina!

Fabbro: io ho lavorato e merito di essere pagato! Invitatemi almeno a cena!

Tata [fa accomodare il fabbro. In cucina ci sono anche gli espressionisti]: Tenaglia! Il signore è nostro ospite! Cosa c'è per cena?

Tenaglia: Gallina al forno.

Fabbro: mh! Ottimo!

Tata: oggi le galline ci perseguitano! [si siedono a tavola]

Fabbro: ben detto!

Tonino: perché vi perseguitano?

Tata: prima ho cercato di pagare il signore con la mia gallina ma l'ho confusa con un pupazzo. E adesso eccoci a mangiare una gallina!

Tenaglia: Buon appetito! [posa sul tavolo una splendida gallina intera.]

Tata: [si guarda intorno con fare perverso. Poi dice con tono folle:] Tenaglia, [pausa]Dov'è la gallina dalle uova d'oro?

Tenaglia [un po' perplesso]: La uova gallina oro dalle?

Tata:[maniaco]: sì, proprio quella!

Tenaglia [interdetto] : eeeh, forse è questa. [indica la gallina cotta]

Tata: [maniaco] ah, è questa! Ahaha! [risata folle contenuta. Poco dopo scoppia a piangere con il labbro inferiore estroflesso, geme e singhiozza, poi si alza in piedi, disperato, mano sugli occhi] [forte] perché mi date questo dolore? è un dolore infinito! [acuto] è infiniiitooo! Oddio il dolore! È un dolore sordo! Non lo capisco questo dolore!

[il fabbro-carota si alza e va via esprimendo il suo malcontento]

SCENA X

[all'improvviso accorre Pannocchia, amico di famiglia, sembra molto eccitato, ha un foglio in mano]: [forte, allegro] ragazzi! Non ci crederete! È morto mio figlio! Siamo ricchi!

Tata: [si calma] non sapevo che avessi un figlio!

Pannocchia: [sempre felice] nemmeno io! Ma il bello è che è morto in un scontro tra due treni! E sono morti tutti i passeggeri! Tutti!

Tata: va bene, ma come saremmo ricchi?

Pannocchia: [legge il foglio] sentite qua! È l'assicurazione! Allora… se l'assicurato morirà in uno scontro tra due treni e non vi sarà alcun sopravvissuto, il premio è aumentato di cento volte!

Tata: [eccitato] no! E me lo vieni a dire così?

Pannocchia: è fatta! Siamo ricchi!

[bussano alla porta, entra il figlio di Pannocchia, un uomo giovane.]

Figlio: l'ho scampata! Per poco!

Pannocchia: [disperato] no! No! Tu sei morto!

Figlio: [ironico] e invece sono vivo! Per la gioia delle pompe funebri!

Pannocchia: [mano sulla faccia, forte] perché? Perché? Sono morti tutti!

Figlio: no, io sono l'unico sopravvissuto.

Tata: [inizia a ridere] unico sopravvissuto! Heheheh! È bello vivere!

Pannocchia: non è possibile! È una maledizione!

Figlio: [ironico] signori, a cosa devo questo caloroso benvenuto?

Pannocchia: [piangendo] abbiamo perso il premio! E tu infili il dito nella piaga! Ma come ti ho educato? [Il figlio prende il foglio]

Tata: [disperato, forte] ti dobbiamo anche benvenutare? Ci hai distrutto! Distruttoooo!

Figlio: [ironico] mi spiace ma non sono al vostro livello intellettuale. Dovrete essere più espliciti.

Panocchia: [disperato, aggressivo] ma non sai leggere? Lo capisci che la tua morte è la nostra fortuna! E sennò a che servono i figli?

Figlio: vi riferite all'assicurazione? [mostrando il foglio]

Pannocchia: [disorientato] l'assicurazione? Si chiama così?

Tata: [aggressivo] ci riferiamo a quel foglio che hai in mano! È inutile che fai vedere!

Figlio: [leggendo il foglio] allora ho buone notizie per voi!

Tata: [disperato] l'unica buona notizia era la tua morte!

Figlio: [serio] questo è assodato, non dovete ripeterlo.

Tata: [ironico] bravo, bravo!

Figlio: Siete sicuri di aver letto il contratto?

Pannocchia: eccome! È l'unica cosa che ho mai letto!

Figlio: e siete sicuri di capire quello che leggete?

Tata: [irritato, forte] io legge solo quello che capisco!

Figlio: e si vede! Voi avete letto il foglio al contrario! Guardate qui! [mostra il foglio ai due, capovolgendolo] avete saltato questa clausola: *"se l'assicurato risulterà l'unico sopravvissuto all'incidente, gli spetterà un premio moltiplicato di cento volte"*.

Tata: e che vuol dire?

Figlio: che siamo ricchi!

Tata: allora siamo ricchi!

Figlio: non ci resta che andare all'agenzia.

SCENA XI

All'agenzia

[i tre arrivano all'agenzia. Vengono accolti dal direttore, uno scoiattolo]

Direttore: carissimi, a cosa devo la vostra visita?

[si salutano e siedono]

Pannocchia: vedete il nostro contratto? Ebbene, si dà il caso che il mio amato figliolo sia l'unico sopravvissuto a un tragico incidente.

Direttore: ah! Quindi vi spetta un lauto premio!

Pannocchia: [eccitato] eh sì! il buon Dio ha avuto un occhio di riguardo per noi!

Tata: [allegro] forza! Vogliamo il premio!

Direttore: [legge il contratto con la lente d'ingrandimento] dunque… il cliente è l'unico sopravvissuto, quindi il primo criterio è soddisfatto. Per quanto riguarda il secondo criterio… [illumina il foglio con una torcia] sì, ho bisogno di sapere le vostre età.

Pannocchia: [annoiato] ah, sempre questa benedetta età! Prima o poi la dovrò imparare a memoria, o scriverla da qualche parte.

[porge la carta d'identità al direttore, il figlio fa lo stesso]

Direttore: [esamina i documenti. Con rammarico e sguardo in basso]

Signori, ho lo scomodo dovere di raccontarvi la verità.

Tata: [allegro] racconta, racconta! Tanto siamo ricchi!

Direttore: [sospira] purtroppo il secondo criterio non è soddisfatto.

Pannocchia: [serio, aggressivo] come sarebbe a dire?

Direttore: [illumina il foglio con la torcia] nella seconda clausola è scritto che il premio può essere riscattato solo se il figlio, al momento della disgrazia, è più vecchio del padre.

Pannocchia: e lui non è più vecchio di me?

Direttore: mi addolora rispondere di no

Pannocchia: [inizia a ridere istericamente, capo chino in avanti] eheheheh! Icchìcchì! [folle] sicché lui è più giovane di me?

Direttore: [sguardo in basso] io davvero non so cosa dire

Pannocchia: [folle, ironico] e che vuoi dire? C'è solo da ridere! Fate come me! 3,2,1… ridiamo! Haaahah! 3,2,1… ridiamo hahahha! È bellissimo!

Direttore: sono affranto. Tutti i nostri clienti sono riusciti a riscattare il premio. Voi siete l'unico caso.

Tata: [con rabbia, gesticolando] io voglio sapere di chi è la colpa!

Pannocchia: [ironico] è così che funziona! [nasale] niente premio! [ironico] haha! Che futuro ingrato ci attende!

Tata: [aggressivo] io non me ne vado finché non mi dite di chi è la colpa!

Pannocchia: [folle, ironico] stiamo messi molto male!

Tata: [aggressivo] finché non mi dite di chi è la colpa io non me ne vado!

Figlio: [semiserio] per favore, ditegli di chi è la colpa, sennò non ce ne andiamo più da qua.

Pannocchia: [maniaco] vuoi sapere di chi è la colpa? [aggressivo] E di chi può essere se non sua! [si gira verso il figlio]

Figlio: [ironico] mia? Haha! [aggressivo, urlando] come fa a essere mia la colpa?

Pannocchia: [urlando] sei entrato in casa senza bussare!

Tata: [urlando] è vero!

Figlio: [urlando] e ti credo! La porta era sfondata!

Tata: [urlando] è vero!

Figlio: [urlando] e poi io sono tuo figlio!

Tata: [urlando] è vero!

Pannocchia: [urlando] ma se fino a ieri non ci conoscevamo neanche!

Tata: [urlando] è vero!

Pannocchia: [sempre urlando] la tua morte era la nostra ultima speranza!

[davanti alla vetrina si accalca una schiera di curiosi che osservano la scena]

Figlio: [sempre urlando] ma voi l'avete sentito quel contratto che dice?

Tata: sì, siamo stupidi ma sordi no!

Figlio: e allora di chi pensate che sia la colpa?

Tata: [più piano, aggressivo] te lo dico io come stanno le cose! Lui è d'accordo con l'agenzia!

Pannocchia: ma certo! Come ho fatto a non pensarci! Ha falsificato i documenti per risultare più giovane di me!

Figlio: voi state impazzendo! Quella clausola era invisibile! Non l'avete vista nemmeno voi!

Pannocchia: tu ti sei preso tutti i soldi!

Figlio: ma come posso mai essere più vecchio di te?

Tata: ridacci i soldi, vigliacco!

[la folla fuori all'agenzia incita]: vogliamo i soldi! Fuori i soldi!

Tata: se entro ieri non vediamo i soldi ti denuncio!

Folla: ridacci i soldi!

[il figlio si guarda intorno confuso, il direttore si nasconde in un cassetto]

Pannocchia: hai rubato i nostri soldi! Ladro!

Folla: tira fuori i soldi!

[la folla è sempre più numerosa. La prima fila viene schiacciata contro la vetrina. Muoiono asfissiati, mostrando espressioni che spaziano dal furioso al divertito]

Pannocchia: lo vedi? Lo sanno tutti che sei un ladro! Fuori i soldi!

Tata: confessa! Dove hai nascosto i soldi?

Figlio: [puntando il dito, forte] bugiardi! Non vi permetterò di abusare del mio cadavere! Di me rimarrà solo polvere!

[estrae un rotolo di carta vetrata e inizia a demolirsi energicamente, partendo dal busto. Tutti rimangono ad osservare indifferenti. Il figlio continua con rabbia, il busto è ormai in polvere, passa alle gambe. Rimangono la testa e il braccio sinistro. Si ferma per fare testamento]: arrivederci!

[demolisce anche la testa. Rimane solo il braccio destro che si scartavetra da solo. Dell'uomo rimane un cumulo di polvere bianca, che viene prontamente spazzata via dall'addetto alle pulizie: un tricheco]

SCENA XII

UN CANE FILOSOFO

Glorione e un cane umano in giacca e cravatta si recano in una concessionaria per acquistare una macchina. Vengono accolti dal proprietario, un rombo umano a quattro facce.

Glorione: salve vorrei provare una macchina

Rombo: [parla dalla prima faccia] venga, le faccio vedere tutti i modelli

[i tre entrano in un'ampia sala dove sono parcheggiati centinaia di modelli. Tutti identici e tutti di colore verde]

Rombo: si accomodi. Quale modello vuole provare?

Glorione [compiaciuto]: bè, c'è l'imbarazzo della scelta. Lei quale mi consiglia?

Rombo: provi questo, è un modello nuovo.

Glorione [entra in macchina]: molto bello ma ce l'ha solo di colore verde?

Rombo: no, se vuole ce l'ho anche verde.

Glorione: me lo faccia vedere. [vanno verso un'altra macchina identica]

Rombo: ecco, questa è di colore verde.

Glorione [rivolto al cane]: tu la preferisci verde o verde?

Cane: sono indeciso.

Glorione: andrà bene il verde, grazie. Ma vorrei un modello a cinque porte [il modello che sta vedendo ha cinque porte], ce l'avrebbe?

Rombo: ma certo!

[si avvicinano a un'altra macchina identica]

Glorione: sì, molto meglio. Però io la vorrei sia verde che nera.

Rombo: ma signore, tutte le auto verdi sono nere. Basta spegnere la luce.

Glorione: è vero! Che sciocco! Però io vorrei una cabrio, non una berlina.

Rombo: ma signore, tutte le berline sono cabrio. Basta rompere il tetto.

Glorione: oh! Certo! Però vede qui? [indica la fiancata] mi sembra che la vernice sia sbiadita.

Rombo: no, è una caratteristica del modello.

Glorione: [sospettoso] lei dice?

Rombo: [parla con tutte le facce] assolutamente!

Glorione: [dispettoso] e io invece dico che è sbiadita!

Rombo: se lo dice lei è senz'altro così. Rimedio subito.

[l'astuto rombo prende una bomboletta di vernice a spray e si avvicina alla fiancata. Glorione lo osserva orgoglioso. Il rombo finge di spruzzare la vernice, riproducendo con la bocca il rumore dello spray. Il cane se ne accorge e ride]

Rombo: le piace?

Glorione: [osservando la fiancata, che è rimasta identica] sì, adesso è perfetta. Menomale che me ne intendo! Sono stato direttore dell'Accademia delle belle arti per più di novant'anni!

[il cane ride ancora]

Rombo: [gentile] ah, ecco perché.

Glorione: [indicando un'altra macchina identica] e invece questa?

[prova ad avvicinarsi alla macchina ma sbatte la testa contro uno specchio]

Glorione: [forte] aaah!

Rombo: oh, mi perdoni! Non le ho detto che questi sono tutti riflessi. Le auto vere sono solo queste tre.

Glorione: [con rabbia, si tocca la testa] ma per Dio! Perché mai ha dovuto mettere questi maledetti specchi?

Rombo: [parla dalla faccia di sotto] perché la legge impone alle concessionarie di tenere in esposizione almeno duecento modelli di macchine identiche, pena la requisizione dell'attività. Ma io sono un umile rivenditore di provincia, quindi mi sono reinventato montando degli specchi, in modo da avere centinaia di macchine al costo di tre.

Glorione: ah sì? e il tribunale che ne pensa?

Rombo: hanno mandato due melanzane a controllare e hanno detto che la mia concessionaria rispetta appieno il regolamento.

Glorione: ammetto che è una soluzione scaltra ma potreste almeno mettere un cartello che avvisi i clienti di fare attenzione alla testa.

Rombo: l'ho messo proprio il giorno del controllo, eccolo lì. Ops!

[al posto del cartello c'è un uomo impiccato sorridente]

Rombo: prima stava lì, non lo so che è successo…

Glorione: avrei un'ultima domanda. Questa macchina è da uomo o è da donna?

Rombo: lei è uomo o è donna?

Glorione: uomo

Rombo: allora è da uomo

-fanno seguito molti secondi di sguardi intensi tra i due-

Glorione: [orgoglioso] è quello che volevo sentire!

[il cane ride e fa cenno di no con la testa, poi sale in macchina accanto al Glorione, che è al volante]

Glorione: è un piacere acquistare da lei.

Rombo: [si inchina] il piacere è mio.

[il cane accende una sigaretta con bocchino e fuma. Glorione esce dalla concessionaria, inseguito da un branco di lupi non umani]

SCENA XIII

UN SOGNO NEL CASSETTO

Tata, ormai ridotto in povertà, è alla topaia di Rat, insieme a Pannocchia.

Tata: non ce la faccio più. Dobbiamo vendere la topaia!

Pannocchia: scusa, ma tu non eri ricco?

Tata: *ero* ricco. Avevo ereditato tutto da Rat. Ma poi, un bel giorno, ho scoperto che la moglie aveva speso tutta l'eredità. A me è rimasta solo la topaia.

Pannocchia: e dove l'ha spesa tutta l'eredità?

Tata: ha chiamato un investigatore per scoprire se Rat aveva vinto. [ironico] e sai che hanno scoperto?

Pannocchia: no.

Tata: [ridendo] che non era proprio andato a giocare!

Panocchia: immagino la tua reazione…

Tata: ho riso tutto il giorno.

Pannocchia: ti credo!

Tata: [ironico] adesso si vende la topaia! E vai!

[Bussano alla porta. Tata apre e si trova davanti Glorione. È molto cambiato. Sembra essersi sottoposto a un cambio di sesso andato male. Dietro di lui è parcheggiata la sua cabrio verde]

Tata: [aggressivo] chi sei?

Glorione: sono Glorione. Conoscevo molto bene Rat. Ho sentito che vendete la Topaia.

Tata: sì, la vendiamo. [Glorione varca la soglia]

Tata: [a Pannocchia] tu vattene.

Pannocchia: sei sicuro? Forse è meglio se resto.

Tata: [urlando e tirandosi i capelli] vattene! Vattene!

[Pannocchia esce sorridendo]

Glorione: mi piace molto questa topaia. È così… essenziale!

Tata: sì, ho fatto togliere tutte le pareti per far entrare la statua.

Glorione: e poi non le avete rimesse?

Tata: no, no. Tanto c'è la porta per chiudere. [chiude la porta]

Glorione: signor Tata, io vi offro due milioni per questa topaia

Tata: io accetterei la vostra offerta ma è sicuro di voler acquistare la mia topaia?

Glorione: certamente!

Tata: può dimostrarlo?

Glorione [confuso]: cosa intende?

Tata: non posso vendere la mia topaia a una persona che non la vuole.

Glorione: ma signore, io le offro due milioni. Cosa le importa?

Tata: Innanzitutto, come può garantirmi che questa topaia è bella?

Glorione: intanto posso dirle che mi piace molto.

[si sente un urlo di dolore, l'offerente si guarda intorno]

Tata: non basta; ci vogliono garanzie solide.

Glorione: che tipo di garanzie?

[vanno in una stanza dove c'è un uomo immobile che fissa il vuoto]

Tata: vede, questa è una casa piena di vita.

Glorione: oh, lo vedo. È molto luminosa, spaziosa…

[si sente lo stesso urlo di dolore, ancora più forte. L'offerente si guarda intorno confuso]

Glorione: veniva da fuori?

Tata: fuori e dentro sono la stessa cosa. Io posso stare fuori ma posso stare anche dentro [con espressività, sorridendo]

Glorione: [tono accattivante] sentite, alzo l'offerta a cinque milioni.

Tata: [con espressione gravemente offesa] me ne vado! [s'incammina verso l'uscita ma viene fermato da Glorione.]

Glorione: ma cosa fa? Aspettate! Non mi avete nemmeno fatto visitare la casa.

Tata: se è solo per questo, l'accontento. [salgono le scale uno dietro l'altro]

Tata [volta il capo e fissa l'offer con sguardo disgustato]

Glorione: [sottovoce] è pazzo.

[arrivano al primo piano]

Tata: questa è una camera da letto [entrano]

Glorione: stupenda! I mobili sono inclusi nel prezzo?

Tata: lo chieda a loro.

Glorione [interdetto]: scusi?

Tata: niente, niente. Questo è il bagno [entrano]

Glorione: splendido!

[il coperchio del gabinetto si solleva leggermente e si ode una risata]

Glorione: È uno scherzo, spero.

Tata: sì, della natura.

Tata [meravigliato]: aaaaah, ma tu vuoi comprare la topaia?

Glorione: [sbigottito] sì

Tata [alzando il braccio, forte e duraturo] aaaaaaaaaaaaaah! E non me lo potevi dire prima?

Glorione: l'importante è che ci siamo capiti. Allora, quanto vi devo?

Tata: [molto offese] adesso avete veramente esagerato! No,no! Voi vi volete prendervi gioco di me! Sì! è proprio vero! Voi volete prendervi gioco di me e volete giocarvi di prendere me! Vi farò causa! [esce e se ne va]

Glorione: aspetti, non l'ho ancora pagata! Ma… è scomparso. Poco male, la casa è mia. [rientra e chiude la porta. La porta si riapre]

Glorione: ops! [richiude la porta, si dirige in cucina. Sui fornelli è poggiata un'enorme pentola-vaporiera] [bussano alla porta. Apre: è tata]

Tata: [cortese]: scusate, ho dimenticato il fucile! [prende il fucile] arrivederci!

Glorione: [confuso]: arrivederci [chiude la porta e va in cucina]

Glorione: [osservando la pentola] mai vista una pentola così grande! Chissà che mangiavano!

Glorione: ho una certa sete [prende un bicchiere dalla credenza e apre il rubinetto. Cerca di bere ma si accorge che il bicchiere ha il fondo bucato.]

Glorione: cosa? Mah, ne prendo un altro [prende un altro bicchiere ma anche questo ha il fondo bucato. Ritenta ma scopre che tutti i bicchieri hanno il fondo bucato]

Glorione: ma come bevevano questi? [su uno scaffale trova un bicchiere integro, lo riempie]

Glorione: ah, finalmente! [avvicina il bicchiere alla bocca ma, girandolo, nota che il bicchiere ha una faccia dispiaciuta. Terrorizzato la lascia cadere, frantumandolo]

Glorione [irritato] : ma qui tutti i bicchieri sono pazzi? Pazienza! Vorrà dire che berrò direttamente dal rubinetto. Al diavolo il galateo!

[cerca di aprire il rubinetto ma questi non è d'accordo. Prova con tutte le forze ma senza successo.]

Glorione: fino a un minuto fa funzionava!

Glorione: chiamerò l'idraulico. [allegro] adesso un bel pinzimonio! [apre il frigorifero: il sedano e il finocchio lo osservano con un'espressione aggressiva di sfida.] ripensandoci meglio, non credo di desiderare un pinzimonio! [chiude il frigo ed esce dalla cucina]

Glorione: adesso ho tutto! Potrò finalmente realizzare il mio sogno!

Non mi resta che chiamare i cinque! [prende il telefono e chiama. Con modi e tono effeminati] ciao, perché non venite da me? Facciamo una festa tutti insieme! Vi aspetto! [riattacca]

[Dopo un secondo bussano alla porta. Glorione apre. Sono i suoi cinque "amici". Hanno un'espressione sorridente. Uno di loro ha in braccio una chitarra. Non proferiscono.]

Glorione: [sempre effeminato] oh, eccovi! Avete trovato traffico? Accomodatevi!

[i cinque entrano e improvvisamente la loro espressione diventa severa]

Glorione: venite! La festa è di sopra!

[i cinque salgono le scale. Glorione è dietro di loro.]

Glorione: [si ferma, appoggia la mano accanto alla bocca, sottovoce] io questi li odio! E loro lo sanno bene!

[i cinque si girano e notano Glorione che confabula. Lo fissano seri e senza mai proferire]

Glorione: oh! Tesori miei! Un'altra rampa e siamo arrivati.

[Salgono ancora fino al salotto. È una sala molto ampia, alquanto elegante. Glorione e l'amico con la chitarra siedono su un divano. Accanto al divano c'è una poltrona, su cui siede un altro amico. Il terzo rimane in piedi girato di spalle a fissare fuori dalla finestra. Gli altri due siedono su un divano davanti a Glorione e al chitarrista. I quattro amici sui divani si fissano seri per diversi secondi. Poi Glorione rompe il ghiaccio]

Glorione: dai, cantiamo! Che fai tu, davanti alla finestra?

[l'amico continua a guardare fuori e risponde, con tono spento]: controllo la mia macchina. Sai, l'ho appena comprata. È molto bella. È una cabrio verde.

Glorione: [aggrottando la fronte] una cabrio verde? Ma dai! Anch'io ho appena comprato una cabrio vere! [sorride furbescamente]

[interviene l'amico seduto sul divano di fronte, con sguardo e tono grevi]: io metto in carica il telefono ma mi dimentico di attaccare la spina. Così avrò qualcosa di cui lamentarmi. [esegue il folle gesto. Tra la noncuranza di tutti]

Glorione: [effeminato e con moine] dai, suonaci qualcosa!

[il chitarrista inizia a suonare e canta]: *"il diavolo fa le pentole ma non i coperchi..."* [suono di chitarra]

-l'uomo seduto in poltrona si addormenta russando, con le mani conserte sull'addome. Il chitarrista viene infastidito e smette di cantare. Anche l'uomo smette di dormire. Il chitarrista accenna un'espressione offesa e riprende a suonare. Sulle prime note, il simpatico signore si riaddormenta russando. Il chitarrista cerca di ignorarlo. Allora l'uomo russa più forte. Il chitarrista erompe e si alza in piedi offeso-

Chitarrista: se qua la gente dorme, io me ne vado! [l'uomo in poltrona sogghigna a occhi chiusi. Gli altri tre amici rimangono serissimi, senza aprire bocca.]

Glorione: [sempre effeminato] ma dai! Torna qui! Suonaci qualcosa!

[il chitarrista torna a sedersi sospirando. L'uomo in poltrona si sveglia]

Chitarrista: [severo] posso suonare?

Glorione: sì, ti prego! suona per noi!

[i due sul divano continuano a fissarli. Il terzo è sempre in piedi davanti alla finestra. L'uomo in poltrona è ancora sveglio. Un'atmosfera per niente idilliaca!]

Chitarrista: [inizia a suonare e canta] *"il diavolo fa le pentole ma non…*

[l'uomo in poltrona si riaddormenta e russa. Il chitarrista perde le staffe e si alza in piedi.]

Chitarrista: e no! Non si può lavorare in queste condizioni!

[l'uomo in poltrona apre un occhio e sogghigna, poi richiude l'occhio.

[Interviene l'amico che aveva lasciato la spina staccata, aggressivo]:

nessuno di voi si è accorto che non avevo attaccato la spina? Che razza di amici siete? Non voglio stare con voi.

-i quattro "amici" seduti si alzano. Il quinto continua a fissare la macchina fuori dalla finestra. Glorione accompagna all'uscita i quattro-

Chitarrista: [solenne e severo] se questa è una festa, io sono un topo!

[a queste offensive parole, il chitarrista inizia ad assumere strane sembianze: gli spunta la coda e il corpo viene ricoperto da una folta pelliccia grigia. Terrorizzato, lascia cadere la chitarra.]

Chitarrista: [terrorizzato, forte] noo! Noooo! [si afferra la coda] perché a me? Dio, cosa ti ho fatto? [squittisce] no! Ti prego! come farò a tornare a casa? Cosa dirò ai miei figli? [squittisce] Che penserà mia madre?

[il chitarrista si trasforma definitivamente in un topo obeso lungo un metro e mezzo. Squittisce e sgattaiola via. Gli altri tre lo osservano sorridendo. Glorione lo saluta]

Glorione: oh! Vai tesoro, se hai fretta! Ciao!

[Glorione e i tre scendono le scale. Arrivano all'ingresso.]

Amico: [aggressivo] io dimentico di attaccare la spina e voi non mi dite nulla? Mi fate pena!

Glorione: [apre la porta] dobbiamo vederci più spesso!

[i tre escono seri e senza proferire]

Glorione: [con moine] ciao!

[manda dei baci ai tre amici e chiude la porta. Torna al piano di sopra. L'amico è sempre immobile davanti alla finestra. Sta osservando gli altri tre che entrano nelle loro macchine, parcheggiate accanto alla sua cabrio verde. Inutile dire che le auto sono ferme ma le ruote girano.]

Glorione: [si avvicina all'amico. Guardano insieme i loro "amici" che vanno via con le loro macchine. I tre "amici" in macchina si girano verso la finestra. I signori si fissano intensamente a vicenda, con sguardo greve, per diversi secondi, finché le macchine non si allontanano. Glorione e l'amico rimangono a guardare fuori]

Amico: [atono] la vedi? Quella è la mia cabrio verde.

Glorione: la *tua* cabrio verde… ne sei sicuro?

Amico: perché lo chiedi?

Glorione: si dà il caso che anch'io sono il proprietario di una cabrio verde.

Amico: non l'avrei mai detto.

Glorione: forse potremmo scambiarci delle opinioni sull'automobile.

Amico: perché no…

Glorione: [sorridendo perversamente] ho un'idea. Tu ti fai un giro sulla mia cabrio e io mi faccio un giro sulla tua cabrio! Non è divertente?

Amico: [inizia ad agitarsi e a sudare] e va bene, hai vinto! Quella non è la mia cabrio! È la tua! Io non ho nessuna cabrio!

[Glorione sorride orribilmente]

Amico: [con rabbia] tu lo sapevi!

Glorione: almeno ti ho risparmiato una brutta figura!

[l'amico sospira continuando a guardare dalla finestra la cabrio ferma ma con le ruote che girano]

Glorione: hai avuto ciò che volevi. Hai fatto credere ai tuoi amici che eri il proprietario della macchina. Puoi dirti soddisfatto.

Amico: ho un ultimo desiderio.

Glorione: ti ascolto.

Amico: io ho sempre sognato di essere investito da un cabrio verde. Non è che…

Glorione: al tuo servizio! Per i miei amici questo ed altro!

[estrae un taccuino]

Amico: [eccitato, sudando] davvero?

Glorione: ma scherzi? Per così poco…

Amico: allora… io mi lego a un albero e tu mi domini con la macchina!

Posso offrirti dieci soldi, in contanti!

Glorione: [offeso] soldi in contanti? E mica sono raffreddato! Mandami a casa due casse di anacardi, andrà molto meglio!

Amico: affare fatto.

Glorione: ecco la ricevuta. [stacca una ricevuta e la porge all'amico]

Amico: finalmente la mia vita avrà un senso!

[i due escono e si dirigono verso la macchina.]

Amico: io inizio a legarmi all'albero. Tu intanto metti in moto.

Glorione: scusa, ma che bisogno c'è di legarsi se sei consenziente?

Amico: [risentito] che vorresti dire? Che non sono in grado di ragionare?

Glorione: oh, no! No! Vengo subito a legarti!

[si avvicinano a un albero posto in traiettoria della cabrio verde. Glorione lega l'amico all'altezza della vita, bloccando le braccia.]

Amico: stringi forte. Così non potrò ripensarci!

Glorione: mi sembra stretto. [si avvia verso la macchina]

Amico: aspetta! Voglio essere condito!

Glorione: [sbuffa] pure? Oohh!

Amico: mettimi un limone in bocca e dei rametti di rosmarino intorno al bacino.

[Glorione condisce l'amico come ordinatogli]

Glorione: ecco, così sei pronto! [si allontana]

[l'amico, con la bocca tappata dal limone, emette un verso]

Glorione: [rimuove il limone] cos'altro vuoi?

Amico: dammi anche una spruzzata di pepe. Mi eccito di più!

Glorione: [spazientito] oooh! Neanche mio padre fu così pedante!

[macina del pepe sull'amico e gli rimette il limone in bocca]

Glorione: abbiamo finito con queste scenate? Possiamo passare all'atto finale?

[l'amico annuisce. Glorione va verso la macchina ferma ma con le ruote in movimento. Si mette al volante e mette in moto. Le ruote si bloccano.

Glorione punta verso l'amico e inizia a sfollare per alcuni secondi, poi parte. L'amico è visibilmente eccitato: si agita ed emette versi di piacere. L'auto si avvicina a tutta velocità fino a travolgere l'amico, che muore in un'espressione di infinita soddisfazione. Glorione scende gaudente dalla macchina e rientra nella topaia. Il corpo dell'amico viene notato da un suo conoscente, che lo riconosce e lo stuzzica con sarcasmo]

Conoscente: eh, chi si vede! Ti trovo bene!

[il conoscente fruga nelle tasche alla ricerca di preziosi ma si allontana contrariato.]

[Glorione è tornato nella topaia di Rat. Sembra molto soddisfatto. Sospira in preda all'estasi; con la testa all'indietro e gli occhi chiusi. Sale all'ultimo piano, parlando da solo]

Glorione: adesso sei un uomo libero. Puoi finalmente realizzare il tuo sogno!

[arriva in salotto e inizia a ballare, sempre in preda all'estasi.]

Glorione: [quasi sussurrando] nessuno ti può fermare! Corri verso il tuo sogno! Hai combattuto tanto, adesso ti meriti di vincere!

[continua a ballare. Esegue una piroetta e quindi una capriola]

Glorione: oh sì! non ascoltare questi falliti! Va' dove ti porta il cuore!

[ballando, si avvicina a un armadio e ne apre l'anta. Continua a ballare, agitando lentamente le braccia. Infine entra nell'armadio, lasciando l'anta aperta.]

SCENA XIV

[Tata torna alla topaia per concludere la compravendita.]

Tata: [bussa alla porta. Nessuna risposta] allora? Hai deciso?

[bussa di nuovo. Nessuna risposta. Apre la porta ed entra.]

Tata: dove stai? Non ti nascondere! [brandisce il fucile] stai là?

[spara alla porta del bagno] stai qua? [spara alle tende della finestra e le alza per controllare] no, non ci sta. [lascia a terra il fucile e va in salotto, dove lo accoglie una scena curiosa: c'è l'espressionista sordomuto che si è alzato dalla sedia a rotelle (che è dietro di lui). L'espressionista è immobile sull'attenti e sta fissando l'armadio aperto, dove era entrato Glorione, ridendo compulsivamente]

Espressionista: [nasale] ehehe! Ehehe!

Tata: [severo] che fai in piedi? Tu non ti devi alzare!

[Tata si avvicina all'espressionista e guarda nell'armadio, ammirando uno spettacolo sorprendente: c'è il cadavere di Glorione con le gambe al posto delle braccia e le braccia al posto delle gambe. Ha un sorriso perverso del tutto anomalo e fuori luogo. La bocca è aperta con le labbra protese, come a voler dare un bacio, e gli occhi socchiusi.]

Tata: [severo, rivolto al cadavere] ma io non lo so! Ti sembra modo di comportarsi? Io ti presto la mia casa e tu mi ringrazi così?

[entra Pannocchia]

Pannocchia: che succede?

Tata: questo qua mi ha offeso! [indica verso l'armadio]

Pannocchia: [guarda nell'armadio. Sottovoce] Dio santo!

Tata: già mi aveva insultato prima, alzando l'offerta, e io avevo sorvolato, ma questo è troppo!

Pannocchia: non penso che servirà a molto denunciarlo.

[l'espressionista ride di nuovo, tata lo siede sulla sedia a rotelle e lo allontana di pochi metri]

Tata: lui ha offeso me e Rat! Deve pagare!

[i due scendono all'ingresso]

Tata: basta! io vado a denunciarlo!

Pannocchia: ti conviene giocare i numeri, ascoltami.

Tata: io non ho più soldi! Non ho più soldi! Lui si è comportato in modo indegno e io esigo un risarcimento!

[bussano alla porta, Tata apre. C'è uno sconosciuto]

Sconosciuto: scusate, volevo solo dirvi che questa casa non mi piace per niente! [estrae una pistola e si spara in bocca.]

Tata: [chiude la porta] dici che devo giocare i numeri?

Pannocchia: sì, credimi. Sentiamo l'oroscopo cosa dice.

SCENA XV

La (S)Fortuna

Tata, Tenaglia, Pannocchia e gli espressionisti sono davanti alla televisione, per ascoltare l'oroscopo del giorno. Il programma è diretto da una volpe con un mantello.

Volpe: [agitando un ciondolo] oggi è una giornata particolarmente fortunata per le persone il cui nome inizia con la T.

Tata: Perfetto! È quello che volevo sentire! [si alza] ragazzi, io esco! Vado a giocare i numeri!

Volpe: Per avere ancora più fortuna, vi consiglio di acquistare questi amuleti [la volpe prende un corno e un ferro di cavallo. Gli amuleti fuoriescono dallo schermo, tata li afferra e paga]

Tata: [indossa al collo il ferro di cavallo e il corno rosso] questi mi porteranno fortuna! [va in cucina e prende un grosso spiedo di metallo, accende la fiamma e lo arroventa. Entra Tenaglia]

Tenaglia: [severo] che fai con quello?

Tata [ridendo]: bisogna toccare ferro per avere fortuna! [tira fuori la lingua e vi appoggia lo spiedo rovente. La lingua sfrigola, Tenaglia accenna un sorriso perverso. Tata lo osserva con sguardo irritato. Mette a posto lo spiedo]

Tata [ridendo]: adesso sono fortunato, la fortuna mi accompagnerà! [esce]

[arriva in strada. All'improvviso un gatto nero (animale) gli taglia la strada.]: [forte] No! NO! Proprio oggi che ero fortunato! [amareggiato, rincasa]

INTERMEZZO

Tata cammina. All'improvviso lo ferma un uomo che si punta una pistola alla testa

Uomo: [urlando, acuto] dammi i soldi o *mi* ammazzo

Tata: [calmo] aspetta, adesso vado a casa, prendo i soldi e ti pago.

Uomo: [tenendo la pistola puntata alla tempia, urlando]: no, no, tu me li dai adesso o *mi* ammazzo.

Tata: guarda che ci metto u minuto, io abito proprio qui, puoi seguirmi, se vuoi.

Uomo: no, no, io mi ammazzo: [spara e cade a terra, muore con l'espressione tranquilla di chi dorme. Su un lato della strada viene ripresa una vecchia affacciata tranquillamente al balcone. Fissa la scena per altri secondi e poi rientra in casa]

-Tata rincasa-

Tenaglia [labiale scoordinato]: allora? Hai giocato?

Tata: [dispiaciuto] nah! Un gatto nero mi è passato davanti e per colpa sua sono diventato sfortunato. proprio oggi che ero fortunato!

Pannocchia: venite, ci sono le estrazioni! [alla tv un ananas umano estrae i numeri vincenti. Tata, Tenaglia e Pannocchia sono seduti sul divano, Tenaglia si alza e si piazza davanti alla tv, precludendo la vista a Tata]

Tata: [ironico]: sì, stai proprio bene là!

Ananas: i numeri vincenti di oggi sono: 5;9;0 e sette!
[contemporaneamente all'estrazione, Tata verifica il suo biglietto, su cui è scritta la combinazione vincente (5-9-0-7), inizia a ridere:]

Tata: Ihihihi!

Tenaglia: che numeri avevi giocato?

Tata: [ironico demenziale]: cinque! Nove! Zero! E.. sette! Ihihihi! Grazie gatto! Ihì! Ho perso! E quando perdi non vinci! Ahaha! [si alza dal divano. cammina spingendosi con i pugni e mantenendo le gambe tese in avanti, come un gorilla]

Tata: [ironico demenziale:] hai perso, Tata! Adesso si fa dura! Meglio andare a dormire! Aspetta, mi devo prima preparare! [mentre si dirige in bagno si vede un impiccato] [entra in bagno e ne esce vestito in frac]

[continua a parlare a sé stesso, cammina come un gorilla] Adesso sei proprio vestito bene! [torna un attimo in salotto] ragazzi, io vado a dormire, sperando che la morte mi colga nel sonno! Altrimenti, domani sarò costretto a ricorrere a rimedi estremi! [gli espressionisti sono immobili, c'è un morto per terra. Tenaglia legge un "giornale" fatto di fogli bianchi. Un triangolo è immobile]

Tata: [maniaco, forte]: buonanotte! Pregate i santi! Ahahah! aspetta! Bisogna prima lavarsi i denti! Ahah! [entra in bagno, nella doccia c'è un impiccato, con espressione mediamente dolorante] [prende uno spazzolino] questo è uno spazzolino? E invece no! *Questo* è uno spazzolino! [prende lo spazzolone del water] i denti si puliscono così! [s'infila la spazzola in bocca e pulisce, mantenendo un sorriso idiota] bisogna insistere sulla lingua! [pulisce la lingua] ahaha! Tu te li lavi i denti? [all'impiccato] [esce e va in camera camminando come un gorilla.] ti stai comportando molto bene, Tata! Non devi temere niente, nemmeno la mano nera della morte!

-Bussa alla porta

[tono idiota]: permesso? Ahaha!

[entra ma Il letto è dispettoso: è in verticale e in una mano stringe una falce e nell''altra un forcone. Ha un sorriso demoniaco]

Tata: letto! Fai il bravo! Voglio dormire! [il letto non obbedisce]
[maniaco] e va bene! Dormirò per terra! Voglio che sia subito mattina!
[prende una chiave e gira in avanti le lancette dell'orologio. Mentre gira,
sorge il sole. Si stende per terra]:

è già mattina? Ah! Oggi voglio iniziare bene la giornata! [il letto adesso
indossa un berretto e degli occhiali tondi, sta leggendo. Tata indossa il frac
ma senza niente sotto, spalanca la finestra] guarda che bel sole! [il sole è
un mezzobusto in giacca e cravatta, ha un'espressione seria e indossa degli
occhiali da sole rettangolari] andiamo a fare colazione! [esce con un fucile
in mano, camminando come un gorilla]

letto: potresti chiudere la porta? [Tata accenna un sorriso idiota al letto e
chiude la porta]

Tata: [tono ironico-idiota] è tutto bellissimo! [si dirige in cucina]

[prende una grossa pentola, la riempie d'acqua e la mette a bollire, arriva
Nicotera]: ma che ci fai con tutta quell'acqua? [tata sta osservando la
pentola con sorriso idiota]

Tata: oggi voglio cominciare bene la giornata! [l'acqua bolle]

Nicotera: e ti serve tutta quell'acqua? [tata alza la pentola oltre la sua testa,
tono e sorriso folli:]

Tata: Addio ai monti! [si rovescia l'acqua bollente in faccia, senza
proferire ma tremando leggermente (è di spalle) la pentola passa in una
sola mano, poi la lascia cadere. Rimane immobile, quindi crolla a terra
supino] [viene inquadrato il volto: è abbastanza sorridente. L'occhio destro
punta in alto e quello sinistro in basso. Il volto fuma ancora]

SCENA XVI

LA SINCERITÀ PREMIA SEMPRE

Un distinto gentiluomo si reca al distretto pieno di buone intenzioni.

L'uomo entra e si avvicina al banco informazioni, dove parla con l'impiegato: un fungo porcino.

Impiegato: salve, posso aiutarla?

Uomo [serio]: sì, dovrei uccidere il direttore

Impiegato [ancora più serio]: al momento è impegnato, può accomodarsi in sala d'attesa al piano di sopra.

Uomo: grazie

Impiegato: solo due domande. lei conosce già il direttore?

Uomo: [sorridendo e allargando le braccia]: mai visto prima!

Impiegato: [prendendo appunti] e perché vuole ucciderlo?

Uomo: [serio, imbronciato] per farmi pubblicità…

Impiegato: [annoiato] va bene. Prenda l'ascensore qui a destra.

Uomo: a che piano devo andare?

Impiegato: glielo sapranno dire i miei superiori.

Uomo: e dove li trovo?

Impiegato: [in risposta ovvia] al piano superiore.

Uomo: e il piano superiore dove lo trovo?

Impiegato: al piano superiore.

Uomo: cioè… lei sa dov'è il piano superiore ma non sa dove sono i suoi superiori?

Impiegato: esattamente.

Uomo: e allora a che serve la sua figura?

Impiegato: eh, me lo chiedo anch'io…

-l'uomo si avvia e arriva davanti all'ascensore dove trova un signore e un gobbo-

Signore: [rivolto all'uomo]: buongiorno

Uomo: [inchina il capo sorridendo compostamente]

[il gobbo si avvicina all'uomo, con tono affettuoso]: eh, ma guarda chi si vede!

[i due si danno una pacca amichevole]

Uomo: non ci credo! Lavori qui?

gobbo: sì, tu perché sei venuto?

Uomo: devo uccidere il direttore

gobbo: ah, ho capito. Se posso aiutarti sono a disposizione.

Uomo [sorriso composto]: Prego [dà la precedenza ai due uomini per entrare nell'ascensore poi entra lui]

[l'ascensore parte]

[vengono inquadrati i tre signori: l'uomo e il signore sono in primo piano, il gobbo è dietro. All'improvviso il gobbo fa una smorfia di dolore e crolla a terra morto, tra l'indifferenza dei due signori]

Uomo [come se niente fosse successo, con tono amichevole]: mi fa sempre piacere incontrarlo.

Signore: vi conoscete da molto tempo?

Uomo [serio]- non ci conosciamo

-cinque secondi di silenzio poi l'ascensore arriva al 2° piano. I due si salutano. Il signore si allontana dando le spalle all'uomo il quale digrigna orrendamente i denti e, sfoderando una lupara, spara al signore provocandogli un grosso buco nello stomaco. (si può vedere attraverso). Il signore si volta verso l'uomo con un sorriso idiota, facendo cenno di "grazie" poi si rigira e continua sul suo percorso. L'uomo risponde con un sorriso; poi preme il pulsante per il secondo piano. L'ascensore arriva, l'uomo esce. Il primo piano è un lungo corridoio vuoto, alla cui fine c'è una figura immobile in piedi che fissa il nulla. L'uomo la nota ma non se ne cura e bussa sulla porta dell'ufficio informazioni. Non ottiene risposta. Allora apre ed entra, trovando uno spettacolo allucinante:

nella stanza c'è un uomo impiccato al soffitto, con una smorfia abbastanza rammaricata. Ci sono poi quattro persone identiche che fissano il corpo con la testa verso l'alto, restando mute e immobili. L'uomo esprime il suo dissenso e chiude la porta. Bussa all'ufficio di fronte, gli apre un gabbiano-

Gabbiano: posso aiutarla?

Uomo: sì, dovrei incontrare il direttore.

Gabbiano: è al piano superiore.

Uomo: e il piano superiore dov'è?

Gabbiano: al piano superiore.

Uomo: [irritato] ancora con questo piano superiore? Non sapete dirmi altro?

Gabbiano: vada al piano superiore.

Uomo: [forte] ma in questa caverna non c'è un umano in grado di aiutarmi?

Gabbiano: un umano? Signore, noi siamo un'azienda all'avanguardia. Non assumiamo umani dal 2024.

Uomo: [irritato] però è rimasto un direttore umano. È lui che voglio incontrare.

Gabbiano: provi ad andare al secondo piano. Di solito riceve lì.

Uomo: spero che possa bastare. Per oggi ho visto abbastanza squallore. La saluto.

Gabbiano: sempre a disposizione.

-il gabbiano richiude la porta. L'uomo rientra nell'ascensore e cerca il pulsante del secondo piano ma scopre che tutti i pulsanti hanno il numero 2. Abbagliato dall'ira, spara sulla tastiera. Le porte si chiudono. Su di esse compare una faccia burlesca che fa la linguaccia all'uomo-

Uomo: [guardando la faccia, con rabbia] ma tu guarda cosa devo sopportare!

-l'ascensore si ferma al secondo piano. L'uomo scende e legge la scritta "piano superiore"-

Uomo: bene, questo è il piano superiore.

-l'uomo si avvia verso la sala d'attesa, dove viene accolto da un teschio in smoking-

Teschio: buongiorno, deve incontrare il direttore?

Uomo: sì, lei è il segretario? [la lupara è sotto la giacca, ben visibile]

Teschio: sì. il direttore sarà da lei a breve. Sta concludendo un affare con un cliente importante. Si sieda pure [non ci sono sedie]

Uomo: grazie. Molto comoda questa sedia! [è in piedi]

Teschio [compiaciuto]: lo dicono tutti

Uomo [con sguardo e tono allucinati]: ma lo sa che è proprio comoda?

[il teschio annuisce]

Uomo: [più minaccioso, tono alto] Mi sente? Ho detto che è comoda!

[in quel momento esce il cliente: un procione umano con ventiquattr'ore e molto elegante. Saluta e ringrazia il direttore, che è sull'uscio della porta. Poi saluta anche il segretario e l'uomo che non rispondono]

Direttore: [rivolto all'uomo, gentilmente] si accomodi.

[l'uomo si siede, stavolta su una vera sedia]

Direttore: il mio segretario mi ha accennato del suo progetto, vuole approfondire?

Uomo [serio]: sì, vorrei ucciderl…

Direttore: potrebbe spiegarsi meglio?

Uomo: sì, vorrei uccider…

Direttore [serio]: come, esattamente?

Uomo: [sfodera la lupara] la vede questa? [porge l'arma al direttore]

Direttore: [la afferra, dubbioso] e funziona?

Uomo: certo!

Direttore: non posso crederle sulla parola, avrei bisogno di prove.

Uomo: ho appena trafitto un suo impiegato.

Direttore: ahaha! E dovrei crederle? Una volta un cliente mi ha detto di aver dormito a occhi chiusi!

Uomo: era chiaramente un bugiardo, non si può dormire a occhi chiusi. Ma io posso provarlo, faccia venire il signore che ho colpito.

Uomo [entra all'improvviso. Ironico]: cercate me?

Direttore [guarda il buco]: Però!

Direttore: va bene. E quanto chiede per questo lavoro?

Uomo: un compenso modesto: due materassi, otto tulipani e un criceto

Direttore: è una cifra onesta, aggiudicato! Segretario!

Teschio: mi dica.

Direttore: prepari il contratto al signore. Rimanga nella stanza, abbiamo bisogno di un testimone.

Uomo: posso avere una penna?

[il teschio porge all'uomo una penna. Questi la esamina poi dice, con tono severo:]

-le ho chiesto una penna

[il teschio dà all'uomo una penna identica]:

uomo: ah, grazie [tappa la penna]

 [il direttore nota:]

-vedo che lei è mancino

Uomo: io sono destro, infatti scrivo con la sinistra. [inizia a firmare con la penna tappata]

Direttore: un momento, la legge impone che i contratti siano firmati al buio. Spenga la luce. [il teschio spegne la luce]

[passano quattro secondi, la luce si riaccende. l'uomo è in primo piano; fissa il direttore con un sorriso maniaco e mani conserte sulla scrivania]

Uomo [ironico-aggressivo]: avete finito con le vostre idiozie? Possiamo concludere?

Direttore: oh, ma certo! Per dimostrarvi la mia gratitudine, voglio omaggiarvi con un regalo che sono certo che gradirete!

[il direttore prende un enorme pacco molto pesante con fiocco rosso e lo porge all'uomo]

Uomo: oh, no, mi basta la paga, non deve preoccuparsi.

Direttore: Insisto

[l'uomo allarga le braccia e manda lo sguardo al cielo in modo annoiato e inizia a scartare. Scarta il pacco ed esce fuori un altro pacco uguale, più piccolo. L'uomo fissa i due-

Direttore: continui

-l'uomo riprende a scartare. Apre il secondo pacco ed esce un terzo pacco, uguale ma più piccolo-

Uomo [composto]: ahaha! Credete che sia scemo?

Direttore [serio]: non lo penserei mai! La prego, continui a scartare.

-l'uomo riprende a scartare. Compare un altro pacco, identico ma più piccolo-

Uomo [arrossisce, forte, digrigna i denti]: aaaaah! [L'uomo perde la pazienza e comincia a scartare violentemente. Ogni pacco contiene un altro pacco, sempre più piccolo. Arriva all'ultimo pacco, un cubo alto mezzo centimetro. Lo apre]

Uomo: [guarda dentro il pacco: è vuoto. Lo capovolge e lo scuote poi lo getta a terra]

Direttore: l'importante è il pensiero

[l'uomo sembra imbestialirsi, arrossisce, stringe i pugni, digrigna i denti] io non permetto che mi si tratti in questo modo! Io sono un uomo con la testa sulle spalle! l'uomo inizia a spogliarsi freneticamente. Si toglie la giacca, quindi il gilet e la camicia. lo spettacolo non è all'ordine del giorno: il busto dell'uomo è un manico di scopa che congiunge la testa al bacino. Egli rimane immobile per alcuni secondi poi crolla a terra]

Teschio: credo che il signore si sia offeso.

Direttore: volevo solo fargli un regalo!

SCENA XVII

TRA I DUE LITIGANTI IL TERZO RUBA

Nicotera sta passeggiando con le mani in tasca e una spiga di grano in bocca. Passando vicino a un negozio, sente delle urla: il gestore, un uomo molto nervoso e già brizzolato, sta litigando selvaggiamente con la moglie, una signora in sovrappeso dai modi poco cortesi.

Dal negozio: [aggressivo] ma tu mi dici che vuoi ancora?

Nicotera: [ironico] uahaha! Qua si fanno soldi facili!

[entra nel negozio, dove trova i due, intenti a litigare]

Nicotera: [forte, ironico] buongiorno!

[Nicotera passa davanti ai due signori, che però sono troppo presi dal litigio per accorgersi di lui.]

Moglie: [con voce leggermente nasale, aggressiva] tu mi devi dare quello che mi spetta!

Gestore: [piano ma aggressivo, gesticolando] mannaggia a Dio, mannaggia! Che cosa mi passava per la testa quando ti ho sposata!

Nicotera: [ironico, agitando la mano] buongiorno! No, eh?

[i signori non si accorgono della sua presenza e continuano a litigare. Accanto a loro è posizionato un orribile settimanile tarlato. Accanto ad esso, steso per terra, "riposa" un uomo con una sega in mano.]

Moglie: [severa] tu mi devi dare la metà dei beni!

Gestore: [sempre piano ma aggressivo] ma tu mi spieghi come faccio a tagliare a metà un settimanile?

Moglie: questo è un problema tuo! Io voglio la metà dei beni!

Nicotera: [ironico] io do un'occhiata in giro.

[inizia a rubare qua e là, sotto gli occhi dei due.]

Gestore: ma secondo te si può dividere un mobile che ha sette cassetti tra due persone? Ci sei andata a scuola?

Moglie: non mi interessa! Questo è un problema tuo! Chiama un falegname e fallo dividere!

Gestore: un altro falegname? Vuoi far impazzire un altro falegname? Non ti bastano questi?

[indica un cumulo di cadaveri e un uomo impiccato.]

Moglie: se non sanno lavorare non è colpa mia! Chiamane un altro!

Gestore: io chiamo per l'ultima volta! [prende il telefono] pronto, falegname? Devi venire!

[dopo un secondo entra il falegname, un uomo mediamente anziano]

Falegname: buongiorno, avete chiamato voi?

Gestore: [più calmo] sì, dobbiamo dividere in due questo maledetto settimanile!

Falegname: [prende le misure] eh… ma in due parti uguali?

Moglie: certo! Io devo avere la metà di tutto! E badate bene! Io so contare! Non provate a ingannarmi!

Falegname: [conta i cassetti] …sei e sette. Ma non si possono dividere sette cassetti tra due persone.

Moglie: questo è un problema vostro! Io devo avere la metà del settimanile. Altrimenti vi farò causa! Sì, a tutti e due!

Falegname: [disperato] ma io che colpa ho se non si può dividere in due?

Gestore: sono stanco di questa storia! lo vuoi capire che non si può dividere?

Moglie: non mi interessa! Dovete dividerlo a metà!

Falegname: [disperato] ma non c'è la metà! Se lo divido a metà, uno avrà tre cassetti e l'altro quattro!

Moglie: questo è un problema vostro! Vi concedo un ultimo tentativo, dopodiché, vi denuncio entrambi!

Falegname: [si inginocchia davanti al settimanile, esasperato.] non si può! Non si può!

[intanto Nicotera continua a rubare indisturbato]

Falegname: sette diviso due non si può fare! Uno avrà più dell'altro! Per forza!

Gestore: è da stamattina che cerco di spiegarglielo!

Moglie: sbrigatevi, non posso stare qui tutto il giorno!

Falegname: sette diviso due non si può fare! Non si può fare!

Gestore: ma chi me l'ha fatto fare a me di sposarti?

Moglie: dovevi pensarci prima! Adesso paga!

Falegname: sette diviso due non si può fare! Non si può fare!

Gestore: che cosa avrò mai fumato quel giorno, per sposarti!

Moglie: lamentati quanto vuoi, io non me ne vado finché non paghi!

Falegname: sette diviso due non si può fare! Non si può fare!

Gestore: [più calmo] senti, prima che esco fuori di testa anch'io, chiamiamo il rettore dell'università. Lui è un architetto, saprà consigliarci.

Moglie: io non tiro fuori un soldo! Se lo vuoi chiamare, lo fai di tasca tua.

Falegname: sette diviso due non si può fare! Non si può fare!

Gestore: [prende il telefono] rettore? Pronto? Venite subito, per favore!

[riattacca] come mi è venuto in mente di sposarti? Come?

Moglie: dammi ciò che mi spetta e non mi vedrai più.

Falegname: sette diviso due non si può fare! Non si può fare!

Gestore: credi che la tua vita migliorerà se mi rubi mezzo settimanile? Sai che ti dico? Prenditelo tutto quanto!

Moglie: [superba] e no! Devi darmene la metà!

Falegname: sette diviso due non si può fare! Non si può fare!

[entra il rettore: un uomo mediamente anziano con baffi, adornato da innumerevoli medaglie e drappi. Una medaglia è appesa alla fronte con un chiodo.]

Rettore: [superbo] salve, io sono il professor Straballone, rettore emerito, architetto e … [esitando] aspettate… [estrae un'agenda] ah sì! cavaliere e senatore a vita per meriti umanitari!

Gestore: [serio] e quali sarebbero questi meriti?

Rettore: [risentito] ma come? non mi conosce?

Gestore: no. Questo la offende troppo?

Rettore: [superbo] ma lei lo ascolta il telegiornale ogni tanto?

Gestore: sì, quando ho voglia di rovinarmi i timpani.

Falegname: sette diviso due non si può fare! Non si può fare!

Rettore: ma lei dove vive? Nella foresta? Io sono il Cavalier Senator Straballone! Mi hanno dedicato una città!

Gestore: ah, sì. lei è quello del ponte.

Rettore: in persona! prima ero un umile nullafacente ma poi… hehe! Quel ponte ha fatto la mia fortuna!

Gestore: sì, ricordo.

Falegname: sette diviso due non si può fare! Non si può fare!

[il rettore osserva il falegname disgustato ma cerca di ignorarlo]

Rettore: nessuno, nessuno ci è mai riuscito! Il mio ponte è crollato dopo appena un'ora dall'inaugurazione! Persino io stento a crederci!

Falegname: sette diviso due non si può fare! Non si può fare!

Rettore: è un record insuperato e insuperabile! Anzi, sono due record: il primo è la velocità con cui è caduto il ponte; il secondo è la facilità con cui mi sono arricchito. Appena il presidente ha saputo del crollo, mi ha subito nominato cavaliere e senatore.

Falegname: sette diviso due non si può fare! Non si può fare!

Gestore: sì, sì mi ricordo. Ci sono state vittime?

Rettore: purtroppo nessuna. Se ce ne fossero state, adesso sarei Presidente della repubblica. Ma ci saranno occasioni migliori. In compenso ho avuto l'incarico di direttore tirannico all'urbanistica.

Falegname: sette diviso due non si può fare! Non si può fare!

[il rettore guarda infastidito il falegname]

Gestore: quindi adesso lei costruisce tutte le strade?

Rettore: esattamente!

Moglie: dev'essere un lavoro molto difficile!

Rettore: no, non molto. L'importante è ricordarsi quali strade ho costruito io e non passarci mai.

Falegname: sette diviso due non si può fare! Non si può fare!

Rettore: [irritato, al falegname] ma insomma! La vuole smettere?

Gestore: ah, già! Quasi dimenticavo! Io l'ho chiamata per una consulenza.

[Nicotera continua sempre a rubare davanti ai signori.]

Gestore: vedete, dovremmo…

Moglie: [intromettendosi] dobbiamo dividere in due parti uguali questo settimanile.

Rettore: [con superbia] chi meglio di me? Io sono rettore emerito della cattedra di architettura! Se il signore cortesemente si sposta…

Falegname: io mi sposto ma prima devo dirvi una cosa: sette diviso due non si può fare! [si sposta poi estrae una pistola e si spara in bocca. Muore con un'espressione tranquilla e soddisfatta.]

Rettore: che ignorante! Come vi è venuto di chiamare un falegname? Questa è una questione delicata! C'è bisogno di un esperto come me!

Moglie: [dispettosa] è stato lui a chiamarlo, io non c'entro

[Nicotera passa davanti ai tre carico di refurtiva ma viene ignorato e continua a rubare.]

Gestore: [aggressivo] e tu invece che idee geniali hai avuto, fammi sentire!

Rettore: [con superbia, si avvicina al settimanile] dividerlo in due? Per me è come bere un bicchier d'acqua. Basta trovare la metà e tagliare in quel punto.

-il rettore estrae un metro pieghevole e prova ad aprirlo tirandolo come una fisarmonica. Insiste senza successo fino a romperlo-

Rettore: ah, questi metri! Non c'è più la qualità di una volta!

-i due signori lo fissano seri e senza proferire. A un tratto, il gestore ride istericamente per due secondi poi torna serio-

Rettore: [estrae un altro metro pieghevole. Sottovoce] aspetta, come si faceva?

-il rettore prova ad aprire il metro: prima lo scuote, poi lo sbatte, infine ci soffia sopra-

Rettore: non potrebbero farli più semplici?

-I due continuano a fissarlo. Il gestore ride di nuovo poi torna serio-

Rettore: ho quasi fatto! [guarda dubbioso il metro finché non trova le istruzioni] oh! Eccole! Allor, per aprire il metro ruotare le stecche. Non potevano dirlo prima?

-il rettore apre il metro e misura l'altezza del settimanile-

Rettore: sono due metri esatti.

-i due lo fissano senza proferire-

Rettore: basterà tagliare qui.

Moglie: e no! Se tagli lì poi a uno vengono tre cassetti e all'altro quattro!

Rettore: ma... non potreste... ad esempio...

Si sente una voce: scusate se mi intrometto ma se non ve lo dico io, voi state qui fino a domani.

-i tre si girano verso il muro, dove è comparso un volto umano-

Rettore: [severo] chi è lei, e chi le dà il permesso di parlare?

Muro: se volete dividere il mobile in due parti uguali, dovete tagliarlo in verticale.

Rettore: come osa rivolgersi a me con quel tono? Io sono il rettore!

Muro: ascoltatemi. Tagliatelo in verticale.

Rettore: nossignore! Non prendo ordini da un muro! Io sono il rettore!

Gestore: [calmo] io ci proverei; tanto ormai non abbiamo niente da perdere.

Rettore: proverebbe cosa?

Gestore: a tagliarlo in verticale.

Rettore: [dubbioso] in percicale?

Gestore: no, in verticale.

Rettore: ah, sì, sì! in verticale! [sottovoce] e che cos'è? [superbo] certamente, mi metto all'opera!

-il rettore osserva pensieroso il settimanile-

Rettore: [sottovoce] oddio, Dio! E che vorrà mai dire in verticale? A scuola non ce l'hanno mai detto!

-Nicotera esce dal negozio con un sacco in spalla carico di refurtiva. I due signori lo notano ma non commentano-

Gestore: ci sono problemi?

Rettore: problemi? Io? Puah! [sottovoce] Dio bello! Che significa in verticale?

-la faccia sul muro diventa beffarda, il rettore inizia a sudare. I due signori lo osservano aggressivi-

Rettore: [solenne] signori, credo di aver deciso. Dobbiamo portare il mobile all'Istituto superiore. Dovete pagare in anticipo.

Gestore: [con rabbia] altri soldi! Altri soldi! Maledetta! Perché non te lo prendi intero?

Moglie: [dispettosa] e no! Io devo avere la metà di tutto!

Gestore: mi hai distrutto la vita con questo settimanile! Prenditelo intero!

Moglie: ti ho già detto di no! Mi devi dare la metà esatta!

Gestore: ma tu mi dici che ti cambia se te lo prendi intero?

Moglie: [aggressiva] che mi cambia? [riflessiva, mano al mento] aspetta, che mi cambia?

Rettore: signori, caricate il mobile in macchina. Io vi aspetto fuori. [esce]

-il gestore posiziona il mobile su un carrello e lo porta fuori. La moglie è sempre immobile con la mano al mento-

-il gestore esce fuori e attacca il carrello con il mobile dietro alla macchina, in equilibrio precario, poi si mette al volante. Il rettore siede dietro. Il gestore suona il clacsono per richiamare la moglie, che però non risponde-

Gestore: [disperato] aaah! Nooo!

-il gestore esce dalla macchina e rientra nel negozio (è ripresa solo l'entrata). Dopo poco ne esce con un altro carrello, su cui è caricata la moglie che sta ancora riflettendo con la mano al mento. Il gestore la scarica sul sedile anteriore quindi entra e parte-

Rettore: bene, dobbiamo evitare le strade che ho costruito io. Allora, qui svoltiamo a destra.

-il gestore guida seguendo le indicazioni del rettore, la moglie riflette ancora, il settimanile barcolla-

Rettore: adesso a sinistra.

-la macchina svolta a sinistra e imbocca un lungo ponte costruito nel vuoto, sopra un profondissimo cratere. L'auto prosegue. A un certo punto il rettore sembra preoccuparsi e consulta una mappa-

Rettore: [forte] nooo! Questo ponte l'ho costruito io! Via! Viaaaa!

-il ponte inizia a vacillare. La fragile strada si sgretola dietro la macchina. Il gestore accelera al massimo per sfuggire all'impietoso destino-

Rettore: forza! Acceleri!

Gestore: [con rabia] vai! Vai!

Moglie: [catatonica] aspetta, che mi cambia?

-l'auto prosegue disperatamente. È quasi arrivata alla fine del diabolico ponte ma, a pochi metri da essa, la strada davanti a loro si sfonda. La macchina precipita-

Rettore: Maria salvaci!

Gestore: [perverso, ridendo] adesso facciamo puff!! Non è divertente?

Moglie: [catatonica] aspetta, che mi cambia?

-l'auto continua a precipitare tra le urla del rettore e le risate perverse del gestore. Tocca terra, alzando un'alta nube di polvere. La nube si dilegua e viene inquadrata l'auto completamente distrutta. Del settimanile non c'è traccia. A un tratto, dal finestrino sbuca un braccio: è il rettore. è magicamente sopravvissuto allo schianto. Apre la portiera ed esce-

Rettore: [si aggiusta] devo far aggiornare la mappa! [rivolto alla macchina] come state? Pronto? Mi sentite?

-il rettore guarda nella macchina e rimane stupefatto dagli atteggiamenti dei due: la moglie è morta rimanendo con la mano sul mento, ad occhi aperti e riflessivi. Il marito è deceduto con una grassa e insana risata stampata in faccia-

Rettore: mah! Tutta colpa di quel settimanile! A proposito, dov'è finito?

[si guarda intorno] ahah! Si sarà polverizzato! Mai visto un settimanile più tarlato di quello! Ohoho!

-si sente uno strano rumore, come di un aereo in picchiata. Il rettore continua a ridere orgoglioso finché non gli piomba addosso il settimanile, rendendo giustizia ai morti sulle strade-

ATTO IV

FINALE

SCENA I

Un intellettuale afferma di aver fatto una sensazionale scoperta e decide di rivelarla a chi vorrà assistere al suo spettacolo intitolato "omicidio intellettuale". I cittadini sono molto eccitati per l'evento. Iniziano i preparativi.

-Siamo alla topaia. Sul divano sono seduti Tenaglia e Pannocchia. Il cadavere sorridente di Tata giace ancora in cucina-

Tenaglia [prende il telefono]: invito qualcuno a teatro.

-squilla il telefono di Pannocchia, che è accanto a Tenaglia-

Pannocchia: sì? pronto?

Tenaglia: ti va di venire a teatro?

Pannocchia: quando?

Tenaglia: stasera

Pannocchia: sì, si può fare. Sarà l'occasione per farci vedere sulla cabrio di quel pervertito.

Tenaglia: ciao [riattaccano]

Tenaglia: invito qualcun altro a teatro. [chiama, risponde un amico]

Amico: pronto?

Tenaglia: ti va di venire a teatro stasera?

Amico: no, stasera muoio.

Tenaglia: allora ci vediamo domani. [riattaccano]

Pannocchia: dai, invita qualcun altro.

Tenaglia: [chiama]

Rispondono: pronto?

Tenaglia: pronto, c'è la signora Marina?

Rispondono: no, la signora Marina è morta.

Tenaglia: ah, va bene, non la disturbate. [riattaccano]

Tenaglia: [fa un altro numero] pronto? Ti va di venire a teatro domani?

[dall'altro lato si sente uno sparo]

Tenaglia: [forte] pronto? Pronto? Mah! [riattacca]

Pannocchia: [ironico] perché non inviti anche Tata?

Tenaglia: [chiama. Squilla il telefono nella tasca del cadavere di Tata]

Tenaglia: [deluso] non risponde…

Pannocchia: ti richiamerà. Senti, loro li portiamo? [si voltano verso gli espressionisti]

Tenaglia: di solito li portiamo con il camion. Però dobbiamo chiedere il permesso a Tata.

Panocchia: [ironico] eh, sì… prima che ti risponde…

Tenaglia: allora dobbiamo legarli alla macchina.

Pannocchia: ottima idea. Coraggio, andiamo a vestirci.

-Pannocchia apre un armadio dal quale esce correndo un rinoceronte che salta fuori dalla finestra. Nessuno sembra accorgersene-

Pannocchia: [guarda dentro l'armadio: è vuoto] non credo di avere nulla di adatto.

Tenaglia: possiamo andare al negozio qua sotto.

Panocchia: perfetto, andiamo.

-i due escono di casa insieme agli espressionisti. Prendono il montacarichi e arrivano fuori. Si dirigono in una grotta con l'insegna generica "nEgOzio". Entrano. Li accoglie il proprietario: un gentiluomo dai modi cordiali-

Proprietario: signori, posso aiutarvi?

Pannocchia: sì, mi servirebbe un abito elegante per andare a teatro.

Tenaglia: [preoccupato] no, aspetta, glielo dico io. Allora, al mio amico servirebbe un abito elegante per andare a teatro.

Proprietario: mi è appena arrivato un abito che fa al caso suo. Seguitemi.

-vanno in una stanza dove c'è un appendiabiti pieno di grucce vuote. Il proprietario ne prende una e mostra l'abito inesistente a Pannocchia-

Proprietario: eccolo, è una lana morbidissima. [mostra il niente]

Pannocchia: [toccando il niente] mah, la lana mi sembra pesante. Avrebbe qualcosa in cotone.

Proprietario: qualcosa? Tutto questo settore è pieno di abiti in cotone.

-il proprietario indica una schiera di appendiabiti pieni di grucce vuote-

Pannocchia: sì, posso vederne uno?

Proprietario: che taglia?

Pannocchia: la prima che trova.

-il proprietario prende la prima gruccia vuota e la mostra a Pannocchia-

Proprietario: questo è spettacolare…

Pannocchia: sì, è bello. Però il cotone è troppo sportivo. Avrebbe qualcosa in velluto?

Proprietario: qualcosa? Questo settore è pieno di abiti in velluto! Venga.

-il proprietario fa strada verso un enorme appendiabiti pieno di grucce vuote. Ne prende una-

Proprietario: con questo farà colpo su tutti.

Pannocchia: [toccando l'abito immaginario] sì, ci siamo quasi. Ce l'avrebbe più nero?

Proprietario: vado a prenderglielo.

-il proprietario si allontana. Nel frattempo, Tenaglia si specchia., rimirando con soddisfazione il suo completo: una specie di pigiama da carcerato celeste con strisce bianche. Sopra al pigiama, indossa una giacca marrone sbottonata e scucita--

Pannocchia: tu sei pronto. Sono io che devo comprarmi un abito.

-torna il proprietario, con un'altra gruccia vuota in mano-

Proprietario: più nero di così non lo troverà mai.

-Pannocchia osserva e tocca l'abito inesistente-

Pannocchia: non lo so, non mi convince.

Proprietario: [spazientito] e allora io chiudo il negozio!

Pannocchia: ma no, non deve…

Proprietario: no, no! Io chiudo il negozio! Deciso!

Pannocchia: non deve offendersi. È solo che non trovo adatti quei vestiti all'occasione.

Proprietario: chiudo! Deciso! Voi mi volete portare all'esasperazione!

Pannocchia: ma le dico di no!

Proprietario: e invece sì! [si infila una pistola in bocca e spara]

Pannocchia: non gli può dire niente a questi che subito si offendono!

-i due escono dal negozio, insieme agli espressionisti. Vanno verso la cabrio verde di Glorione. Tenaglia lega le sedie a rotelle degli espressionisti dietro alla macchina, poi siede accanto a Pannocchia e partono, trascinando gli espressionisti-

INTERMEZZO PROFETICO

I due si stanno dirigendo a teatro.

Pannocchia: mi servono dei fazzoletti, fermiamoci un attimo qui.

Tenaglia: ancora?

Pannocchia: mica è colpa mia se ho il raffreddore!

-Pannocchia si ferma davanti a un bancomat-

Pannocchia: faccio subito

-Pannocchia scende e ritira numerose banconote di grosso taglio. Torna in macchina-

Pannocchia: tieni [offre delle banconote a Tenaglia]

Tenaglia: ah, grazie. [si pulisce le scarpe con le banconote]

Pannocchia: figurati [si soffia il naso con la banconota e la butta nel cestino]

-i due ripartono. Si fermano al semaforo. Una macchina in contromano gli va addosso a tutta velocità. Il proprietario scende-

Uomo: [forte, nervoso] mi siete venuti addosso!

[le macchine sono ferme ma le ruote girano]

Pannocchia [scende dalla macchina]: ma se tu venivi in contromano!

Uomo: [alzando la mano, amichevole] avete ragione! Scusate!

-si rimette in macchina e parte velocissimo sgommando, con le ruote che non girano-

Pannocchia: ma io non lo so! La gente è impazzita!

Tenaglia: non te la devi prendere. Ormai sono tutti disoccupati, devono pur trovare un modo per mangiare… una volta gli va bene e un'altra no.

-la macchina prosegue, la strada è vuota. A un certo punto si scorge un'auto ferma in mezzo alla strada con i fari accesi. Pannocchia potrebbe superarla comodamente ma, avendo voglia di litigare, preferisce non farlo-

Pannocchia: [suona il clacson] oh! Ti vuoi spostare?

-la macchina rimane ferma-

Pannocchia: mi hai sentito? Ti devi muovere! Non ci sei solo tu!

-la macchina è sempre ferma-

Pannocchia: adesso mi hai scocciato!

-Pannocchia scende dalla macchina e si avvicina all'auto ferma, trovando una spiacevole sorpresa: l'autista è morto. Ha la testa piegata all'indietro, un occhio chiuso e l'altro aperto e uno sguardo sorridente-

-Pannocchia torna in macchina-

Tenaglia: allora?

Pannocchia: e no, è morto.

-la macchina riparte-

FINALE

OMICIDIO INTELLETTUALE

Sera, siamo davanti al teatro. Si forma una lunghissima fila, nella quale è possibile ammirare le specie viventi più diverse: umani vivi, umani morti, ortaggi umani in smoking, mobili umani in frac, animali umani in tight -tra cui risalta un falco che regge sul braccio un uomo nano coperto da uno chaperon- e anche un lupo mannaro che veste le sue stesse pelli. Per ammazzare il tempo, un galantuomo decide di tirare una pugnalata alla schiena del signore che gli sta davanti. Questi si volta e ride trattenendosi, poi si rigira. In risposta, il galantuomo sorride. Sono tutti su due piedi, tranne un uomo che preferisce stare su due mani. Una donna bassa e obesa spinge un carrello della spessa ricolmo di cibo, che sommerge un bambino steso sul fondo del carrello. Per paura che qualche affamato possa derubarla, ha protetto il carrello con il filo spinato. Dietro di lei, c'è una coppia di genitori molto delusi che spingono un passeggino vuoto. Ancora più dietro, una vecchia donna alta un metro sta rimproverando il suo feroce cane che rosicchia del cibo.

Vecchia: [al cane. Severa, acuto] Micione! non si fa! Quante volte te lo devo ripetere? Non si fa!

-il cane continua a rosicchiare. La vecchia si rivolge ai genitori davanti a lei-

Vecchia: scusate, lui vuole sempre giocare! È piccolo, bisogna capirlo.

[i genitori rimangono muti e delusi, con lo sguardo spento]

Vecchia: [severa] la devi smettere! Non puoi mangiare tutti i bambini che trovi! Chiedi scusa ai signori!

-il cane continua a mangiare con soddisfazione-

Alle persone in fila vengono offerti tappi per orecchie e mascherine paraocchi da due linci in divisa a strisce rosse e bianche. Molte persone ne approfittano. Accanto alla fila è steso un enorme tappeto rosso circondato da transenne su cui sono appollaiati i paparazzi. Il tappeto conduce all'entrata riservata alle autorità.

Per prima arriva una limousine nera guidata da un elefante marino e scortata da due moto guidate da topi giganti. La limousine si ferma davanti al tappeto. L'autista va ad aprire la portiera: aggrappandosi con fatica ai montanti dello sportello, esce il conte Baril-leo, famoso critico culinario. Un uomo indecorosamente obeso in smoking. Alla sua vista, i paparazzi rimangono molto schifati e prendono a calunniarlo.

Paparazzi: vergognati! Non ti fai schifo? La mia telecamera si rifiuta di riprenderti!

-Baril-leo ignora totalmente gli insulti e cammina a testa alta sul tappeto rosso. Lo prof.ssa Pattume lo vede e inizia a eccitarsi-

Prof.ssa Pattume: ragazzi! È il conte! Quello che va anche in televisione!

Alunno: figuriamoci…

-Baril-leo oltrepassa orgoglioso i paparazzi e si ferma davanti all'entrata, vicino alla classe della prof.ssa Pattume-

Prof.ssa Pattume: [eccitata] conte! Non ci credo! Vederla dal vivo!

Baril-leo: [superbo] speriamo che lo spettacolo sia degno della mia presenza.

Alunno: [semiserio] ma si può capire qual è il tuo lavoro?

Baril-leo: [risentito] ma come? io sono un critico culinario!

Alunno: ti pagano per mangiare? Oh Signore, dove siamo arrivati!

Prof.ssa pattume: conte, mi scusi. Fa sempre così.

-Baril-leo tiene la testa alta in uno sguardo altezzoso. Il resto della classe rimane sorridente e catatonica-

Alunno: [ironico] ma il Presidente quando arriva?

Prof.ssa Pattume: [eccitata] eccolo! Ragazzi, aggiustatevi! Sta arrivando il presidente!

[la limousine del presidente si ferma davanti al tappeto rosso. L'autista (un orso in divisa) esce per aprire la porta ai passeggeri. Numerosi paparazzi fotografano e riprendono la scena]

Autista: prego, signora [apre lo sportello alla moglie del presidente, che scende]

-l'autista apre quindi lo sportello del presidente: è morto. Ha la lingua all'infuori ed è accasciato contro il finestrino. Gli occhi sono chiusi in un'espressione di immenso dolore. La folla lo guarda e ride volgarmente-

Paparazzi: uahaha! Guarda com'è ridotto! Che fine indegna! [scattano foto]

Autista: [con indifferenza] cosa devo fare?

Sig.ra: [con naturalezza] lo riporti a casa

-la limousine riparte. La prof.ssa Pattume è molto meno eccitata di prima. La classe è ancora più sorridente e catatonica-

Alunno: [ironico] l'ho trovato proprio in forma, il presidente.

Prof.ssa: [si gira verso la classe] ragazzi, non è successo niente. il presidente ha avuto un contrattempo. Tornerà subito.

-dopo alcuni secondi s'intravede una berlina. La prof.ssa Pattume la riconosce subito-

Prof.ssa Pattume: [eccitata] ragazzi! Ragazzi! È lui! È il vescovo! Aggiustatevi!

-la classe ignora la professoressa e rimane sempre catatonica. La macchina del vescovo si avvicina a velocità sostenuta-

Alunno: accidenti come corre!

-l'auto si avvicina ancora e viene inquadrato il vescovo, morto orribilmente sul sedile del guidatore. È facile intuire la causa del decesso, essendo che il brav'uomo ha un crocifisso conficcato nel cranio. Ciononostante, egli trasuda felicità; forse perché già si preparava a incassare i proventi della refurtiva che è nascosta nel portabagagli. Ma la vera sorpresa è nei sedili posteriori: pellicce di animali protetti, sigarette di contrabbando, passaporti falsi, un cadavere, fucili e mitragliatori. L'auto continua a correre incontrollatamente fino a schiantarsi-

Prof.ssa Tarlone: [preoccupata] vescovo? Vescovo? Mi sente?

[un branco di iene accerchia l'auto del vescovo]

Prof.ssa Tarlone: [notando le iene, sottovoce] aè!

Alunno: [ironico] mangiare le carogne è il loro mestiere.

Prof.ssa: non hai rispetto neanche per i morti?

-le iene entrano nell'auto e partono-

Alunno: [semiserio] ma la professoressa Tarlone quando arriva?

Prof.ssa Pattume: avrà trovato traffico.

INTERMEZZO

-la scena si sposta. La prof.ssa Tarlone è a bordo della sua oltraggiosa macchina truccata con i fanali gialli e denti affilati disegnati sul cofano. Ha un atteggiamento odioso. Sta inseguendo il marito che fugge, con intenti poco cristiani-

Prof.ssa Tarlone: [con odio] vuoi sbattermi dentro? Nessuno ci è mai riuscito!

[l'uomo sale sul marciapiede, la prof.ssa continua sul marciapiede con la macchina, investendo numerosi pedoni]

Marito: fermati, ormai sei in trappola!

-l'inseguimento continua finché il marito entra in un vicolo, la macchina cerca di investirlo ma urta contro le mura. Il marito riesce a sfuggire-

[la prof.ssa Tarlone è irritata: le pupille le spariscono. Sembra riflettere; a un certo punto sorride furbescamente, ridendo.]

Marito: [cammina per i vicoli] andrò subito alla polizia a denunciarla! Un individuo di quel genere deve marcire in galera!

[continua a camminare]

Marito [soddisfatto]: voglio proprio vedere che faccia faranno quando gli dirò chi è davvero la loro rispettabile professoressa! Peccato solo che non potrà più cucinare gli stivali al forno! Ah! Come mi piacevano!

[mano al mento, riflette]: uhm, se la catturano mi daranno la taglia ma niente più stivali al forno. Se invece la lascio libera niente taglia ma potrò ancora mangiare gli stivali al forno. Forse posso raggiungere un accordo. Potrei prima denunciarla e poi… [gli piomba in testa la macchina della prof.ssa caduta dal cielo. l'auto ha dei fanali gialli. La generosa professoressa esulta ma viene interrotta dal telefono]

Prof.ssa Tarlone: [amorevole] pronto, tesoro?

Dal telefono: ma dove diavolo sei? Ti sto aspettando da un'ora!

Prof.ssa [sdolcinata] oh, tesoro, sapessi che traffico (la strada è completamente vuota) arrivo subito!

-riattacca e abbaia violentemente. Alza la radio al massimo (musica hard metal) e si dimena a ritmo ululando e latrando-

-l'auto prosegue. Alla fine arriva dalla collega, che l'attende in mezzo all'autostrada-

[la macchina della prof.ssa Tarlone si ferma a una certa distanza e inizia a sfollare, la collega alza il braccio, per farsi vedere]

Collega: sono qui!

[la macchina inizia a correre verso la donna, fino a travolgerla.]

-la scena ritorna davanti al teatro. La prof.ssa Pattume sembra preoccuparsi per il ritardo della diligente collega, ma ecco che in lontananza compare la sua mostruosa macchina con i fanali gialli-

Prof.ssa Pattume: [amorevole] eccola! Tesoro! Siamo qui!

Alunno: [ironico] guarda che macchina!

-la prof.ssa Tarlone posteggia ma, non appena scende dall'auto, un branco di lupi la circonda, ululando in segno di rispetto. La professoressa finge di imbarazzarsi. Interviene la collega Pattume-

Prof.ssa Pattume: [ai lupi] ma è così che ci si comporta con una professoressa? Sparite, bestie!

Prof.ssa Tarlone: oh, tesoro, grazie. Dovrebbero ripristinare l'accalappiacani.

Alunno: ma quelli erano lupi.

Prof.ssa Tarlone: va bene, allora… l'accalappialupi.

Alunno: [semiserio] ma non è che tu sei un lupo?

Prof.ssa Pattume: [severa] come, scusa?

Alunno: le ho chiesto se è un lupo. È un dubbio che ho bisogno di fugare.

Prof.ssa Pattume: tu diventi ogni giorno più maleducato. Se i tuoi genitori fossero vivi ti metterebbero in punizione!

Prof.ssa Tarlone: ma dai, non esagerare. È positivo avere un rapporto diretto con gli insegnanti.

Prof.ssa Pattume: e va bene, se lo dici tu… Allora, ragazzi, facciamo l'appello. [prende il registro, forte] Edoardo!

Classe: [tutti insieme, seri] morto!

Prof.ssa Pattume: [un po' spiazzata] Gabriele!

Classe: morto!

Prof.ssa Pattume: [più timidamente] Alberto.

Classe: morto!

Prof.ssa Pattume: [sottovoce] Paolo.

Classe: morto!

-la prof.ssa Pattume richiude spaventata il registro-

-arrivano anche Tenaglia e Pannocchia, insieme agli espressionisti. La loro macchina è in fiamme-

Pannocchia: scendi, io vado a parcheggiare.

Tenaglia: [scende] forse è meglio abbandonare la macchina.

Pannocchia: è tutto sotto controllo. Torno subito.

-Tenaglia slega gli espressionisti. Pannocchia parte, fa dieci metri e la macchina esplode-

Tenaglia [con espressività, agitando le mani unite]: lo vedi? Era meglio lasciarla…

-la classe sta per entrare a teatro. La professoressa prepara la classe, sempre catatonica, ma l'alunno si profonde in un discorso filosofico-

Prof.ssa Pattume: ragazzi, comportatevi bene, mi raccomando.

-i ragazzi sono uno accanto all'altro, con sguardo serio incantato-

Alunno: perché devo comportarmi bene?

Prof.ssa Pattume: per l'educazione.

Alunno: cos'è l'educazione?

Prof.ssa Pattume: comportarsi bene

Alunno: chi te l'ha detto?

Prof.ssa Pattume: i miei genitori morti

Alunno: e a loro chi l'ha detto?

Prof.ssa Pattume: i loro genitori

Alunno: tu li hai visti mentre glielo dicevano?

Prof.ssa Pattume [seccata]: no, come facevo?

Alunno: e ai loro genitori chi l'ha detto?

Prof.ssa Pattume: basta! devi comportarti bene!

Alunno: perché?

Prof.ssa Pattume: perché sennò ti comporti male!

Alunno: perché non posso comportarmi male?

Prof.ssa Pattume: perché sennò gli altri si comportano male con te!

Alunno: sei sicura?

Prof.ssa Pattume: no.

Alunno: allora perché devo comportarmi bene?

Prof.ssa Pattume: perché se tutti ci comportiamo male, nessuno si comporta bene!

Alunno: quindi se mi comporto bene, mi comporto anche male?

Prof.ssa Pattume [più forte]: se ci comportiamo tutti male, finiremo per ucciderci!

Alunno [ancora più calmo]: uccidere è sbagliato?

Prof.ssa Pattume: sì!

Alunno: chi te l'ha detto?

Prof.ssa Pattume: l'ho letto sui libri di Socrate

Alunno e a Socrate chi gliel'ha detto?

Prof.ssa Pattume: Parmenide!

Alunno: e a Parmenide?

Prof.ssa Pattume [molto forte, sembra una bestemmia]: Dio!

Alunno: e a Dio chi gliel'ha detto?

Prof.ssa Pattume: nessuno, lo ha deciso lui!

Alunno: e perché dovrei obbedirgli?

Prof.ssa Pattume: perché lui è meglio di te!

Alunno: e chi me lo dice?

Prof.ssa Pattume: io ci ho giocato a carte!

Alunno [ironico]: imbroglia?

[la prof.ssa arrossisce]

Alunno [più forte]: ah! E io dovrei obbedire a un imbroglione?

[la prof.ssa non sa più che dire. Lo fissa con bocca semi aperta]

Alunno: tu fai quello che vuoi. Io mi comporterò male.

-la classe entra a teatro, si fermano al botteghino. L'addetto è Nicotera. Indossa un berretto e ha in bocca una spiga di grano-

Nicotera [forte]: pagare, pagare! Àndale!

Alunno: quello è un ladro! Io non pago!

Prof.ssa Pattume [sostenuto]: adesso stai veramente esagerando! Come puoi sospettare del bigliettaio?

Alunno: ci ho giocato a carte

Prof.ssa Pattume: imbroglia?

Alunno: ruba, è diverso.

Nicotera: io non so nemmeno cosa significhi rubare ma so *sicuramente* che non rubo.

Alunno: se non sai nemmeno cosa significhi rubare, come puoi dire che non rubi?

[Nicotera si guarda intorno, la gente lo fissa con sguardi dal divertito all'inferocito e si avvicina in massa al botteghino. Nicotera spalanca la porta e scappa con un sacco in spalla. All'uscita, un carabiniere lo vede e comincia ad inseguirlo]

Alunno [soddisfatto]: che vi avevo detto? È un ladro.

Baril-leo [superbo]: bè, bastava vedere com'era vestito. I ladri portano sempre un berretto.

l'alunno estrae un berretto e lo indossa. Baril-leo lo osserva con disdegno-

Prof.ssa Pattume: adesso ci pensa la polizia

Alunno: eeeh, come no!

INTERMEZZO

Fuori dal teatro, il carabiniere insegue Nicotera-

Carabiniere: fermo!

[Nicotera si volta indietro e continua a correre]

Carabiniere: ti ordino di fermarti!

Nicotera: io non prendo ordini da te!

Carabiniere [tono furbo]: ti ordino di correre!

[Nicotera si ferma di colpo]

Carabiniere: credevi di scapparmi? Forza! [porge la mano aperta a Nicotera]

Nicotera [annoiato]: e va bene! Tieni! [apre il sacco e dà delle banconote al carabiniere]

Carabiniere: [conta e odora le banconote]: bravo! Fossero tutti come te!

[mette le banconote in tasca] ci si vede!

[Nicotera rimette il sacco in spalla e si incammina, viene fermato da un passante]

Passante: scusi, posso chiederle se lei è un ladro?

Nicotera: sì, può chiedermelo. [il passante crolla a terra]

-la scena ritorna al teatro. Gli spettatori sono nell'ingresso. Stanno per entrare in sala ma si verifica un imprevisto-

Dalla sala (le porte sono ancora chiuse): mi raccomando, chiudete la porta sul retro, non fate entrare la mucca!

Dalla sala: ma che dici? Qua non ci sono mucche.

Dalla sala: una mucca ha invaso il palcoscenico!

Dalla sala: sbrigatevi! Fatela uscire!

Dalla sala: non se ne vuole andare.

Dalla sala: le offriamo venti soldi!

Dalla sala: ne vuole ventimila.

Dalla sala: va bene, purché se ne vada!

-le porte della sala si aprono. Ne esce una mucca nuda su due zampe che saluta gli spettatori, poi entra in macchina e parte-

-uno spettatore di una certa età rimane molto colpito dalla scena ed esclama:

scusatemi ma io ho visto abbastanza. Credo di dover riposare.

-l'uomo cade di faccia a terra. Tutti rimangono indifferenti-

-le porte della sala vengono aperte da una guardia che invita i signori ad avvicinarsi per i controlli. Passano gli espressionisti, Tenaglia, Baril-leo, la classe e molti altri spettatori, tra cui un decapitato, il lupo mannaro e un uomo in fiamme ma tranquillo. Questi vengono giudicati innocui ma la guardia ferma un gentiluomo in frac che gli sembra sospetto-

Guardia: mi dispiace ma non si può entrare a teatro travestiti. Si tolga quella maschera da lupo.

Signore [dubbioso]: quale maschera?

Guardia: quella che ha in faccia.

Signore: non ho nessuna maschera, controlli pure.

Guardia: [prova a sfilargli la maschera ma non viene via] oddio! Ma lei è…

Signore: sì, sono un lupo e ho prenotato un posto a teatro.

-la guardia stramazza a terra. Il lupo e gli spettatori entrano in sala. Gli espressionisti sono già in prima fila. Una badante spinge un passeggino su cui è seduto un uomo di cento anni che ride stupidamente. Viene salutato da molte persone, con l'appellativo di "senatore". La classe prende posto. L'alunno nota una scorrettezza del vicino-

Alunno: quelli sono i tuoi vestiti. Li hai messi lì per far credere alla gente che il posto sia occupato. Sei molto incivile.

[il vicino si fa rosso di vergogna e toglie i vestiti]

-il teatro si riempie, creando uno spettacolare parterre nel quale è possibile ammirare le specie viventi più disparate: morti sorridenti, morti piangenti, vivi, non vivi, moribondi e molto altro. Tra questi spicca un signore deluso che porta al collo un grosso cartello "VENDESI".

-La classe siede nella fila accanto a Baril-leo, che è seduto vicino a una vecchia donna. L'alunno nota che Baril-leo infila furtivamente la mano nella tasca dell'anziana per rubare delle caramelle-

Alunno: [ironico] guarda là. Il conte sta dando il meglio di sé!

Prof.ssa Tarlone: Lui è il conte! Se lo fa, avrà i suoi motivi.

[le luci si spengono, piomba il silenzio. I sipari si alzano rivelando un altro contrattempo: sul palco compaiono delle mezzene di maiale appese ai ganci. C'è anche una mezzena umana. Il pubblico ride e fischia volgarmente]

Baril-leo [si alza, solenne]: mi sento offeso!

[i sipari si abbassano velocemente]

Dalla regia: scusate, c'è stato un errore

Baril-leo: è inaccettabile!

[arriva sul palco il regista: un gentiluomo alto 1,20 metri sui cinquant'anni]

Regista [forte, aggressivo, gesticolando]: ho capito, abbiamo sbagliato! Per un errore vogliamo chiudere il teatro? Ma io non lo so! [torna in regia con fare irritato]

[Baril-leo batte i denti per la paura e si siede]

[fischi dal pubblico. Viene inquadrato con il riflettore un uomo che si sta puntando una pistola in bocca, sorridendo diabolicamente.]

Dal pubblico: no, non farlo! [l'uomo spara e muore]

Dal pubblico [ironico]: fuori un altro! E vai!

-viene inquadrato uno spettatore che è incuriosito dall'attrezzatura indossata dal suo vicino: due fucili, lanciarazzi in spalla e armatura-

Spettatore: scusa, per curiosità, ma dove vai con tutto quel bagaglio?

Vicino: a pescare le alici.

-le luci si fanno soffuse, i sipari si alzano. Compare l'intellettuale: è girato di spalle, indossa uno smoking e un cilindro viola alto un metro. Il pubblico lo "accoglie" fischiando e lanciandogli delle pietre, senza mai colpirlo. Un nano inizia a fischiare energicamente con le dita in bocca fino a stramazzare-

Intellettuale: [si volta, semiserio] grazie per l'accoglienza!

[il pubblico tace]

Intellettuale: [inizia a camminare da una parte all'altra del palco, con le mani dietro la schiena]: il nome dello spettacolo è "omicidio intellettuale".

Dal pubblico [irritato]: lo sappiamo, vai avanti!

Intellettuale: voi credete che io sia pazzo perché indosso un cappello viola alto un metro; ma quando vi rivelerò la mia scoperta, rimarrete tutti a bocca aperta!

-Dal pubblico si sente una risata sommessa e vengono inquadrati gli spettatori: diversi dormono a bocca aperta, un morto sorridente ha un coltello conficcato in testa. In prima fila ci sono gli espressionisti in sedia a rotelle e degli animali in frac. Molti altri dormono con la mascherina. Uno spettatore riprende la scena esclamando:

-Voi state tutti male! Io vi riprendo!

[riprende a 360 gradi, avvicinando la telecamera a pochi centimetri dagli spettatori più vicini, che hanno la bocca aperta in un'espressione di dolore, alcuni con gli occhi chiusi.]

Intellettuale: è una scoperta che cambierà il vostro modo di vedere il mondo!

Dal pubblico: vai al dunque!

-viene inquadrato uno spettatore: [folle]: questa è una scoperta che è stata appena scoperta! Ahahahah! Ihihihi! [muore]

Intellettuale: avete domande?

Dal pubblico [semiserio]: quando inizia il buffet?

[viene inquadrato Baril-leo: è seduto al secondo posto interno rispetto al corridoio, accanto a lui c'è la signora molto vecchia]

Baril-leo: signora, mi scusi, devo andare in bagno.

[la signora si alza ma Baril-leo la ferma]

Baril-leo [gentile]: no, non si scomodi [si alza]

[dalla fila accanto l'alunno e la prof.ssa Tarlone guardano la scena]

[Baril-leo cerca di passare ma l'addome glielo impedisce. Insiste, schiacciando la povera signora che fatica a respirare]

Prof.ssa [all'alunno]: hai visto com'è educato il conte? Non ha fatto alzare la signora!

Alunno: E tu la chiami educazione? La sta uccidendo!

[Baril-leo insiste, la signora è sommersa dall'addome]

Signora [asfissiata]: se vuole posso alzarmi.

Baril-leo: noooo! Non deve disturbarsi!

[continua a spingere con l'addome. La testa della signora si libera ma viene schiacciata sul collo dall'addome. Gli occhi sembrano fuoriuscire dalle orbite, tira fuori la lingua]

Baril-leo: ho quasi fatto!

[il collo della donna cede e la testa si stacca, rotolando fino alla prima fila. Baril-leo riesce a passare. Il corpo della poveretta si appoggia come se fosse seduto sulla poltrona ma senza la testa]

Dalla fila dietro: ah, finalmente! La testa di questa mi copriva tutto!

Baril-leo [sorridendo, al cadavere]: mi scusi ma io sono un po' ingombrante. Adesso che torno passo dall'altra fila.

-sentendo le parole, tutta la fila si alza contrariata-

Alunno: guarda là! Se questa è educazione…

[la prof.ssa Pattume non sa che dire. Ha un'espressione interdetta-scioccata]

[Baril-leo si dirige in bagno, è ripreso. Esce dalla sala. Si ferma al banco informazioni]

Baril-leo: mi scusi, dov'è il bagno?

Impiegato [tono folle, ridendo]: in bagno! Uahahahah! [si spara alla tempia]

Baril-leo: è un insulto! Me ne vado!

[sta per uscire ma viene fermato da un alligatore in smoking]

Alligatore: sono il direttore del teatro. La prego, non se ne vada.

[Baril-leo lo fissa con disprezzo]

Alligatore: la invito al ricevimento durante l'intervallo. Ci saranno le più alte cariche della città.

Baril-leo [con disprezzo]: va bene, verrò. Dov'è il bagno?

Alligatore: venga, la accompagno. [mentre si dirigono in bagno gli passa un triangolo accanto]

Alligatore: prego [apre la porta del bagno, Baril-leo entra]

[ci sono due bagni: il primo libero con porta aperta e il secondo occupato con porta chiusa. Baril-leo bussa a quest'ultima]

Baril-leo: occupato? [nessuna risposta. Apre la porta]

In bagno c'è uomo impiccato, ha un sorriso maniaco. Baril-leo chiude la porta; poi chiude anche la porta del bagno libero e bussa]

Baril-leo: occupato?

Dal bagno [forte, ironico]: libero! [Baril-leo entra in bagno e si specchia]

Baril-leo [si guarda compiaciuto]: Ti difendi bene! [l'enorme specchio rettangolare riflette fedelmente Baril-leo, che poggia le mani sull'addome.] sei proprio un bell'uomo! [l'immagine nello specchio comincia a disobbedire e fa una linguaccia al conte. Tono meravigliato- severo]: che cosa? [l'immagine nello specchio comincia a saltellare]

Baril-leo [tra sé e sé]: eppure non ricordo di aver bevuto! [si gratta la fronte]

Specchio [tono affermativo]: sei brutto.

Baril-leo [adirato] che cosa? Hai detto che sono brutto?

Specchio: non solo sei brutto, sei anche stupido. Peggio di così…

Baril-leo [sottovoce]: roba da pazzi! Sto parlando con il mio riflesso!

Specchio: la Signora Lati ha vinto e non potete più tornare indietro.

Baril-leo: che vuol dire? [l'immagine nello specchio si gira, dando le spalle a Baril-leo]

Baril-leo: [infuriato] Mi avete stancato! [apre la porta ma fuori c'è un suo clone con espressione seria-cadaverica. Spaventato, richiude la porta.]

Baril-leo: [aggrottando la fronte e accarezzando la testa, con tono perplesso] ma no, non può essere. [riapre la porta. Il clone stavolta ha un sorriso maniaco.]

Baril-leo [forte]: aaaaaahhh! [sbatte la porta] [aggressivo]: è tutto un complotto, non ce la farete! [riapre la porta e vede il clone impiccato con occhi chiusi e sorriso folle]

Baril-leo [acutissimo]: aaaaahhh!

Specchio: morirete tutti. [il riflesso nello specchio scompare e lo sfondo diventa nero]

INTERMEZZO

[Baril-leo esce sconvolto dal bagno, torna nella sala ma il suo posto è occupato da un signore che riposa sorridente sotto una coperta (fuoriesce solo la testa)]

Baril-leo: [irritato] mi scusi, questo è il mio posto! Chi le ha dato il permesso di sedersi?

[l'umo lo fissa sorridendo ma non proferisce]

Baril-leo: se ne vada subito!

[l'uomo continua a fissarlo indifferente]

Baril-leo: mi ha sentito? Questo è il mio posto! [tutto il pubblico osserva Baril-leo con sguardi serissimi] allora? Se ne vuole andare o no? [nessuna risposta dall'uomo] mi ha stancato!

[Baril-leo solleva la coperta e trova una bizzarra sorpresa: il corpo non c'è. La testa rimane sorridente].

[più piano, tremando]: oh, mi perdoni, non era mia intenzione disturbarla. Continui pure a dormire, io andrò a sedere altrove.

[rimette la coperta e siede nella fila avanti, accanto a un vecchio. Tutto il pubblico lo osserva muto e con sguardo greve]

[la professoressa e l'alunno hanno assistito alla scena, l'alunno commenta]

: allora? Che te ne pare?

Prof.ssa Tarlone: sono incidenti che capitano. Il conte si è comportato da vero gentiluomo!

-lo spettacolo riprende. L'intellettuale cammina con le mani dietro la schiena da una parte all'altra del palco. Il pubblico fischia-

Intellettuale: questa scoperta… [sul palco appare improvvisamente un uomo nudo che corre con il braccio sinistro alzato a pugno, colpendosi il dorso con l'altro braccio teso ed emettendo fortissimi versi. L'intellettuale si gira.]

iiiiiiiiihh! Iiiiiiiiih! [terminata la corsa, l'uomo scompare]

pubblico [forte]: ahahahaha!

Intellettuale: [riprende a camminare da una parte all'altra del palco, come se niente fosse successo. Il pubblico lo fischia poi fa silenzio]: qualcuno dirà che è una scoperta inutile ma è talmente scioccante che rimarrete senza fiato!

[dal pubblico si sente una persona respirare affannosamente, viene inquadrata. Si alza in piedi stringendo le mani intorno al collo, ansima. Poi esclama soffocante:] il fiato! Il fiato! [crolla a terra]

Intellettuale [sottovoce]: hm, qualcuno mi ha preceduto. [al pubblico]: scommetto che in tutta la vostra inutile vita non avete mai pronunciato il numero 251863. Ci pensate? Morirete senza aver mai pronunciato questa parola! Che esistenza misera! [pausa] Adesso vorrei chiamare sul palco l'Alto segretario venerabile.

 [Il segretario Sale sul palco, tra gli applausi del pubblico; l'Intellettuale gli porge un microfono]

Segretario [uomo molto distinto con capelli brizzolati]: vorrei innanzitutto ringraziare le alte cariche della città.

[le alte cariche della città vengono inquadrate: due morti, tre ritardati e dei serpenti in frac]

Segretario: questo è uno spettacolo che rimarrà nella storia. mi raccomando, massima concentrazione!

[fa seguito un applauso, uno spettatore alza la mano]

Intellettuale: [indicando lo spettatore] prego!

[gli passano un microfono]

Spettatore: [modi disadattati, un po' nasale] segretario, ti ricordi quando mi volevi fare al forno con le patate?

[il segretario arrossisce]

Spettatore: è inutile che ti nascondi! lo sanno tutti qual è la tua debolezza!

-l'intellettuale rimane indifferente accanto al segretario che suda-

Spettatore: io sono riuscito a scappare ma tanti altri no! Dove sono gli altri? Dove sono?

[si alza un altro spettatore, del tutto estraneo alla vicenda, molto forte, agitando l'avambraccio] dove sono? Dove sono?

[si guarda intorno con sguardo perso e denti digrignati]

-si ritorna dall'altro spettatore-

Spettatore: ormai ti abbiamo scoperto!

Dalla regia: Signori, interrompiamo lo spettacolo per l'intervallo.

[fischi e versi dal pubblico:] buffoni! Ridateci i soldi!

[cala il sipario: ha una faccia devastata. Il pubblico scoppia a ridere volgarmente]

[il pubblico esce dalla sala. Fuori viene servito un rinfresco]

Cameriere [una gallina ciuffata in divisa]: gradite acqua?

Spettatore: sì, grazie

[il cameriere versa l'acqua in un bicchiere pieno di fori, l'acqua fuoriesce. Porge il bicchiere vuoto]

Spettatore: [beve il nulla]: hm, ci voleva proprio! Avevo molta sete! [crolla a terra]

-si forma una ressa selvaggia attorno al tavolo del buffet. Ci sono delle scatole cilindriche con la faccia di Giustino e banconote al posto dei tovaglioli. Arriva anche la classe della prof.ssa. Tarlone-

Prof.ssa Pattume: ragazzi, in fila uno dietro l'altro. Fate i bravi!

-i ragazzi, sempre sorridenti e catatonici, obbediscono, tranne l'alunno, che decide di camminare a quattro zampe-

Prof.ssa Pastore: ma sei impazzito? Mettiti subito dritto!

Alunno: e perché? Cosa c'è di male a camminare come i cani? I cani possono camminare a quattro zampe e io no? È ridicolo!

Prof.ssa Pattume: [severa] ma tu non sei un cane!

Alunno: e allora perché dite sempre che i cani sono uguali agli umani?

Prof.ssa Pattume: [titubante] bè… perché… i cani e gli umani devono avere gli stessi diritti.

Alunno: se abbiamo gli stessi diritti, io camminerò come loro. Visto che ormai loro camminano come me.

-diversi cani in giacca e cravatta assistono indifferenti alla scena e continuano a servirsi al buffet. La prof.ssa Pattume rimane spiazzata. Allora cerca aiuto, rivolgendosi alla collega Tarlone-

Prof.ssa Pastore: cara, è vero che è scorretto camminare a quattro zampe in un luogo pubblico?

Prof.ssa Tarlone: oh sì! è vero! Lo diceva sempre mio padre. [con affetto] oh! Com'era buono mio padre! [si massaggia l'addome] era proprio un uomo buono! Mi ricordo bene com'era buono… [continua a massaggiarsi l'addome e si lecca le labbra]

Prof.ssa Pastore: hai sentito? la devi smettere!

Alunno: e io non la smetto!

-l'alunno rimane a quattro zampe. Arriva Baril-leo e viene fermato dall'alligatore-direttore-

Direttore: Conte! la stanno aspettando, il ricevimento è al piano di sopra.

Baril-leo: bene, li raggiungo

[prende le scale fino al primo piano, arriva davanti alla sala e bussa]

è permesso? [nessuna risposta] io entro!

-apre la porta e vede che tutti gli ospiti sono morti. Sono seduti intorno a un tavolo su cui hanno la faccia appoggiata-

[forte]: questo è veramente un oltraggio! Farò causa al direttore! [riscende al piano di sotto e si ferma al banco informazioni, dove c'è un signore girato di spalle]

Baril-leo: voglio parlare con il direttore!

[l'uomo si gira. È un ciclope]: non l'ho visto.

-il ciclope sfoggia uno splendido scialle in alligatore, che accarezza. Baril-leo trema-

Ciclope: l'intervallo sta per finire, farebbe bene a tornare dentro.

-Baril-leo torna in sala battendo i denti terrorizzato-

-le persone riprendono posto. Vengono inquadrati due signori, separati da una poltrona vuota-

Signore: [indicando il posto vuoto] ma Piero dov'è?

Amico: eh, dov'è…dov'è… dove vuoi che sia?

Signore: non dirmi che…

Amico: stava là, non lo voleva nessuno…

Signore: non dirmi che…

Amico: sì, l'ho mangiato. Sei contendo adesso?

Signore: oh, non mi posso assentare un secondo!

-lo spettacolo riprende-

Intellettuale: voglio presentarvi due persone…

-lo spettacolo viene infastidito da un uomo che si diverte ad accendere e spegnere le luci della sala. Il pubblico manda improperi; l'uomo continua finché non si sente uno sparo. Torna la normalità-

Intellettuale: voglio presentarvi due persone. Se riuscite a indovinare il loro legame di parentela vincerete un elefante. Eccoli!

-sul palco arrivano due uomini: uno sui 90 anni e l'altro sui 10-

Intellettuale: bene, andiamo per alzata di mano

[dal pubblico si alzano diverse mani e una gamba. Uno spettatore obietta]:
è impossibile alzare solo la mano, devi alzare tutto il braccio. [decede]

l'intellettuale nota la gamba e precisa: mi scusi, ho detto di alzare la mano,
non la gamba!

[il signore abbassa la gamba e mostra le mani: sono mutilate.]

Intellettuale: [dimesso] ah, ho capito. [indica uno spettatore] prego!

Spettatore: secondo me sono due uomini.

Intellettuale: sbagliato! [indica un altro] sentiamo!

Spettatore [ride follemente]: secondo me sono cane e gatto! [crolla a terra]

-l'intellettuale indica un altro spettatore-

Spettatore: non potrebbero essere padre e figlio?

[risponde un altro spettatore]: potrebbero ma non lo sono! [ride
trattenendosi]

Intellettuale: non ci arriverete mai!

[i due uomini sono immobili uno accanto all'altro]

Alunno: [ai due] scusate, qual è il vostro legame di parentela?

[l'uomo più vecchio apre e richiude lentamente la bocca, senza proferire]

Alunno: bene, credo di avere la risposta [l'intellettuale è spiazzato] i due
sono…

[sul palco compare un uomo, si nasconde nell'armadietto. Il pubblico
scoppia a ridere. Si sentono fischi. Uno spettatore si alza]: siamo stufi di
questa pagliacciata! Dicci qual è la tua scoperta! [crolla a terra.]

dal pubblico: vergogna! Mai più! [i sipari si abbassano, fischi fortissimi]

[i sipari si rialzano. Sul palco c'è solo l'intellettuale con il suo cappello. Il
pubblico tace]:

Intellettuale: la Signora Lati ha vinto e voi siete diventati inutili! [con
molta enfasi] E questo è soltanto colpa vostra! vi siete affidati a gente che

non è in grado di distinguere uno zero dalla O. Gente utile quanto un orologio senza lancette! [quasi sottovoce] senza lancette…

-la scena si sposta nel pubblico, dove si registra un dialogo tra uno sconosciuto e un uomo obeso con molti decori-

: scusa, tu sei il presidente della Suprema accademia della scrittura?

Presidente: [orgoglioso] eccome!

:mi dici come si fa a distinguere lo zero dalla O?

Presidente [arrossisce,] bè, lo zero è un numero e la o è una lettera.

: aaah! Giusto! E ma come si fa a distinguerli?

Presidente [risentito, paonazzo]: ma che domande sono? Non ti hanno insegnato niente a scuola? [alu li riprende da vicino]

: no, non ci sono andato a scuola. potresti dirmi come faccio a capire se mi trovo di fronte uno zero o una O?

Presidente: smettila! Mi hai scocciato! Chiedilo al cancelliere!

: [si rivolge al cancelliere sul passeggino accanto a lui] senatore, come si fa?

Cancelliere: [lentamente] ehehehe!

: gliel'ho chiesto ma non mi risponde! [insistente] allora? Me lo dici come si fa? come si fa?

Presidente: zitto! Mi farai impazzire! Se vuoi sapere se è uno zero o una o devi chiederlo alle lettere… o ai numeri!

: aaah! Giusto! E ma come si fa?

Presidente: quanto trovi quel maledetto cerchietto che ti sembra sia uno zero che una o, devi chiedere al cerchietto [folle] "chi sei?"

: e lui mi risponde?

Presidente: oh! Eccome se risponde!

: ma… sei sicuro che dice la verità?

Presidente: certo! Lui dice sempre la verità!

: e ma come faccio a sapere se mi dice la verità?

Presidente [minaccioso,]: senti! Adesso basta! vuoi vedermi esplodere? È questo che vuoi? [il corpo inizia a gonfiarsi] bastava dirlo! [il corpo è un pallone gigante, si distingue appena la testa] ai posteri l'ardua sentenza! [il presidente decolla lentamente. A un certo punto si sente un'esplosione e i vestiti del presidente tornano a terra]

[alla fine della scena un'assistente si rivolge allo sconosciuto chiamandolo "commendatore" due volte, questi si gira. Dopo poco, si sente uno scoppio e cadono a terra i vestiti del presidente]

[lo spettacolo riprende]

Intellettuale [severo]: credete che abbiamo ancora bisogno di voi? Non servite più a niente! L'era umana è finita!

[Dal pubblico si alza un disadattato, mani congiunte]: scusa, ma è finita l'era umana o è finito il caffè? [si guarda intorno]

[compare un uomo sul palco, si spara e muore]

Dal pubblico: pagliaccio! Vergognati! Ridacci i soldi!

Intellettuale: va bene, basta con le formalità. Passiamo all'atto finale.

Dl pubblico: era l'ora!

Intellettuale: [Più calmo, con enfasi]: la prima scoperta è che stiamo tutti per morire!

[versi di disapprovazione dal pubblico]

Intellettuale: [forte] tutti! Io incluso! Forse si salverà il mio cappello. Di voi ne rimarrà uno solo; egli si troverà di fronte a un bivio. La seconda scoperta…

[viene inquadrata la balconata sul palco. Un uomo scavalca la ringhiera e si lancia a faccia in giù, tenendo le braccia allargate. Tocca terra facendo molto rumore]

Intellettuale: [sfogliando il copione] questo non c'era sul copione.

Dal pubblico [rumore di fischi e trombe stonate]: sei il peggior intellettuale del mondo!

[uno spazzaneve guidato da uno gnu allontana dal palco la salma]

[il segretario venerabile approfitta della confusione e cerca di preparare gli espressionisti per la cottura, con mazzi di rosmarino e sale. Sta per portarli via ma viene inquadrato da un faro. Scappa dal teatro lasciando gli espressionisti. Si levano fortissime urla dal pubblico, in cui viene inquadrato uno spettatore nano con le mani a megafono che strilla, poi si siede. Il pubblico tace. Viene inquadrato uno spettatore che è disturbato dal comportamento del vicino: questi si gira verso di lui e ride trattenendo le risate con la mano sulla bocca. Il signore si gira inorridito ma cerca di glissare. Il vicino continua e il signore perde le staffe]

Signore: [un po' forte, severo]: la vuole smettere?

[il vicino non smette affatto. Lo fissa e ride tenendo la mano sulla bocca per trattenersi. Ripete il gesto più volte.]

Signore: [forte]: si può sapere che vuoi?

[il vicino continua a ridere e mostra al signore un necrologio strappato in cui compare la sua immagine (mezzobusto). Il signore resta spiazzato, il vicino ride più forte.]

Signore: [legge il necrologio] *"è tragicamente venuto a mancare. In preda alla gioia, ne danno il lieto annuncio i familiari e gli amici tutti: «non se ne poteva più»"*.

-il signore rimane sconvolto, il vicino continua a ridere-

Intellettuale: preparatevi e per voi si leverà il sole; affidatevi e per voi si aprirà la botola dell'inferno!

[il pubblico è silente. Molti spettatori dormono a bocca aperta con tappi e mascherina sugli occhi, alcuni si mordono le mani per la paura. Altri sono morti nei modi più diversi, con espressioni che vanno dal depresso al catatonico, fino all'euforico. Viene inquadrato Tenaglia, che si guarda intorno preoccupato.]

Tenaglia: ma Giovanni dov'è? Giovanni? [si gira dietro] scusate, avete visto Giovanni?

[purtroppo gli spettatori dietro di lui sono tutti morti, sebbene la loro espressione ridente e giocosa sembrerebbe suggerire il contrario]

Tenaglia: [sempre agli spettatori] non l'avete visto? Era qui fino a poco fa. va bene, grazie comunque. [si rigira e si rivolge agli espressionisti]

Voi state fermi qua! Io vado a cercare Giovanni.

-Tenaglia esce dalla sala alla ricerca di Giovanni. Cammina per il corridoio vuoto. A un certo punto incontra un vecchio con il busto piegato a sinistra. Tenaglia lo interpella, il vecchio si ferma, rimanendo sempre curvato e di spalle-

Tenaglia: scusate, avete visto Giovanni?

Vecchio: no, non l'ho visto.

-il vecchio si rincammina-

Tenaglia: ma dove sarà andato?

-per alleggerire l'atmosfera, un triangolo umano passa accanto a Tenaglia-

Tenaglia: Giovanni? Giovanni? Dove sei?

-Tenaglia continua a camminare per il corridoio finché non svolta e trova Giovanni, che non è inquadrato-

Tenaglia: [severo] Giovanni! Ma mi vuoi rispondere quando ti chiamo?

-viene inquadrato Giovanni partendo dal basso. È ben vestito e rimane immobile. La scena sale fino al busto e si nota che un braccio è steso, mentre l'altro è alzato. Si sale ancora e si scopre che il braccio alzato regge in mano la testa di Giovanni, che è serenamente decapitato-

Tenaglia: dai! Che lo spettacolo sta per finire!

-Giovanni ignora tenaglia, che insiste-

Tenaglia: ma chi ti credi di essere? La Statua della libertà? Ma io non lo so!

-Tenaglia rientra deluso in sala. Inizia l'atto finale-

Intellettuale: [con enfasi, dopo aver sospirato]: manca poco… appena il tempo di rivelare la mia scoperta e poi la Signora lati ci spazzerà via.

[un uomo inizia ad aprire e chiudere la porta della sala, urlando quando la apre. Ripete il gesto più volte. Il pubblico rimane indifferente.]

Intellettuale: da questi versi, apparentemente privi di significato, io sono riuscito a ricavare la più rivoluzionaria scoperta della storia

Intellettuale: iniziamo. [pausa] giorno 1, ore 3, entro nell'imbuto, lui è morto, c'è una grossa bolla sott'acqua.

Giorno 2, ore 9, la casa vola, io cado, tempesta all'orizzonte.

Giorno 3, ore 4: la macchina ha superato la carne.

Giorno 3, ore 5: è nato il padre di un mio amico, gli invio le mie felicitazioni. Fa molto freddo.

Giorno 4, ore 7: la morte m'insegue ma io sono più veloce di Lui.

Giorno 5, ore 2: mia madre ha spento la sua prima candelina, il verme è entrato nell'imbuto.

[forte] morte e povertà per chi credette nella carta! Prosperità e vita eterna per chi credette nella verità!

[dopo una pausa, con più sforzo, camminando da una parte all'altra, mani dietro la schiena] a lungo travagliai per giungere nei luoghi dell'eterna verità ma quando vi arrivai scoprii di essere già morto [pausa, soffrendo molto ad occhi chiusi] perché io…

[il teatro inizia a tremare, si crepano le pareti. L'intellettuale si agita, alza il tono, sempre soffrendo] allora giunsi alla scoperta mortale [il pubblico si anima, il teatro trema sempre di più] in quell'istante capii che per voi sarebbe finita…

Dal pubblico [forte]: sbrigati! Prima che il teatro ci crolli in testa!

[sul palco arriva il regista]: fermi! Fermi! non andatevene! Questo teatro è sicuro

[una trave cade in testa al regista, cancellandolo completamente]

Intellettuale: [sempre più soffrendo, forte, occhi chiusi] ormai non potete più mentire! È troppo tardi! Avete avuto tutto il tempo per accorgervene ma lo avete sprecato! E adesso siamo all'atto finale! La verità si svela davanti a voi ma non potete evitare la morte, perché voi… [soffrendo moltissimo, agitandosi. Forte ma lentamente] vi siete dimenticati… [esplodendo, acuto] di respirare!

-l'intellettuale si dimena soffrendo, dalla bocca vomita una specie di cilindro oblungo trasparente, che fugge verso l'alto. L'intellettuale inizia a creparsi per poi frantumarsi come un vaso di porcellana. Il terremoto si fa più intenso. Il teatro inizia a implodere. Al centro del palcoscenico si apre un vortice nero che risucchia i frammenti dell'intellettuale. Gli orologi sulle pareti iniziano a girare velocemente, fino ad esplodere. Il pubblico si rende conto della grave dimenticanza e prende a delirare-

: aiuto! mi sono dimenticato! (mani intorno al collo, crolla a terra)

: pietà! Pietà! Vi prego! (crolla a terra)

: Anch'io mi sono dimenticato! [muore]

: Oh madonna! Pure io! Pure tu? [muoiono]

: sì, pure io! [muoiono]

[si sente ansimare, la ripresa vibra]: aiuto!

[versi di soffocamento. La scena si fa buia. Viene cambiato il cameraman. La scena riprende e vengono inquadrati altri spettatori]

:[tranquillo] anch'io mi sono dimenticato! [muore]

: [disperato] che destino crudele ci attende! [muore]

: [forte] come ho fatto a dimenticarmi? Io leggo tutti i giorni l'agenda!

-il teatro è allo sfacelo, tutto il pubblico è in preda al delirio. Chi urla, chi ride, chi cerca di scappare, ma, alla fine, vengono tutti risucchiati dal gorgo. Nella sala è rimasto seduto solo l'alunno, si guarda intorno tranquillo. Il terremoto peggiora, il vortice si allarga aspirando cadaveri e detriti. Non vengono risparmiati nemmeno gli espressionisti, i quali rimangono imperturbabili. Tenaglia vede scivolarli via e gli va incontro-

Tenaglia: aspettate! Non potete andare da soli!

[si tuffa nel vortice, nella pia speranza di salvarli]

-anche per le due professoresse giunge l'ora. Cadono nel gorgo insieme agli alunni, che ridono istericamente in modo sincronizzato. È rimasto solo Baril-leo, che si tiene aggrappato alla poltrona-

Baril-leo: [forte] no! Non mi avrete!

[la poltrona viene divelta e Baril-leo vola nel vortice]

-il teatro è completamente abbattuto. È rimasta solo una parte del tetto. All'improvviso si alza un fortissimo vento. Il vortice s'ingrandisce ancora, aspirando gli ultimi detriti. Tocca adesso al cancelliere, che scivola ridendo stupidamente, seduto sul passeggino. Viene giustiziato anche il Segretario venerabile, che urla terrorizzato. Il vortice risucchia gli ultimi resti umani e materiali. In conclusione, arrivano un boato e un'altra violenta raffica di vento. Il vortice ingoia tutto e si riassorbe, sparendo nel nulla. Nella sala piomba il silenzio. Tra la polvere s'intravede una figura: è l'alunno. Egli è rimasto seduto tranquillamente ed è del tutto illeso-

Alunno: maledizione! Sono morti tutti tranne uno! Quello lì aveva ragione!

-all'improvviso compare un gobbo che gli si avvicina-

Gobbo: scusa, che ore sono?

Alunno: il blu è il mio colore preferito.

Gobbo [offeso]: ti ho chiesto che ore sono!

Alunno: e io ti ho risposto.

-il gobbo inizia a liquefarsi, rimane soltanto una melma con i bulbi oculari, poi scompaiono anch'essi. L'Alunno assiste imperterrito; poi sale sul palcoscenico, dove trova il cilindro viola dell'intellettuale. Lo indossa-

Alunno: allora era vero! la Signora Lati ha vinto! E adesso?

Si sente una voce: posso darti un passaggio?

[L'Alunno si volta e vede un'aquila umana con mantello e scettro]

Alunno: che cosa? Un'aquila parlante?

Aquila: ti meravigli?

Alunno: e chi si meraviglia più…

Aquila: perfetto, allora sei pronto.

-i due si guardano-

Aquila: sbrighiamoci, non c'è molto tempo.

[iniziano a incamminarsi]

Alunno: dove mi stai portando?

Aquila: [semiserio] in una tana di vermi.

Alunno: cosa? Non ho nessuna intenzione di finire in una tana di vermi!

Aquila: troverai due persone che conosci, sono sicuro che ti piacerà.

Alunno: tu da dove vieni?

Aquila: ti dirò tutto quando saremo arrivati.

Alunno: arrivati dove?

-si fermano-

Aquila: dopo di te.

[l'aquila indica all'alunno una galleria oscura comparsa in mezzo alle macerie.]

Alunno: allora esiste davvero?

Aquila: provare per credere!

[l'alunno entra nella galleria, l'aquila lo segue. Camminano uno accanto all'altro. L'aquila usa lo scettro come un bastone]

Alunno: perché sei venuto?

Aquila: [ironico] ero di passaggio.

Alunno: quindi tu sei un…

Aquila: [si porta l'indice alla bocca] sshshh! Non ancora.

Alunno: ma come è successo? È crollato tutto all'improvviso!

Aquila: è normale. Il vostro mondo era diventato un macigno sorretto da uno stuzzicadenti. La bolla che gli permetteva di galleggiare si è bucata e poi… sai bene come è andata.

-camminano ancora nella galleria-

Aquila: siamo arrivati

[entrano in una stanza con degli oblò. Il tunnel scompare alle loro spalle. Su una parete è appeso un orologio senza lancette]

[L'alunno si guarda intorno, nota delle grosse capsule, alte come lui]: che sono queste capsule?

Aquila: sì, le capsule…aspetta, una cosa per volta.

-All'improvviso si sente un vagito. L'alunno si volta e vede una carrozzina. Al suo interno c'è un neonato. Lo prende in braccio-

Alunno: [scherzoso] e questo signorotto chi è?

Aquila [serio]: ah, il bambino. Parleremo di lui più tardi.

L'alunno fissa dubbioso l'aquila e rimette il bambino nella carrozzina]

Aquila: vieni, ti presento gli altri.

-i due arrivano davanti a un affresco (che non viene inquadrato) -

Aquila: lo riconosci?

Alunno: è sicuramente un falso. L'originale è incompiuto.

Aquila: *era* incompiuto.

Alunno: che vuoi dire?

Aquila: l'autore è morto durante la sua realizzazione.

Alunno: lo so. Allora chi lo ha completato?

Aquila: sei sicuro di volerlo sapere?

Alunno: no.

-proseguono nel corridoio. Si ode per un tratto una vaga musica-

Alunno: chi è che suona?

Aquila: ah, sì. Dev'essere lui che fa le prove.

Alunno: state organizzando un concerto?

Aquila: non proprio.

Alunno: potresti essere più esplicito una volta tanto?

Aquila: è una storia lunga. Non so da dove iniziare.

Alunno: dal principio, direi…

Aquila: e qual è il principio? Comunque… Eravamo a teatro. Stavamo assistendo alla prima della sua ultima opera. Tutto scorreva liscio, finché l'orchestra non si fermò. Non era mai successo, pensavamo a uno scherzo.

Poi arrivò il regista a spiegarci. L'orchestra si era fermata perché il compositore era morto.

Alunno: non trovo il nesso.

Aquila: noi stavamo assistendo all'esecuzione dell'opera proprio mentre il suo autore la componeva.

Alunno: vuoi dire in diretta?

Aquila: sì, in effetti era una diretta. Lo spettacolo si interruppe al momento del suo decesso. Cosa successe dopo, lo puoi trovare sui libri di Storia.

Alunno: avete addirittura scritto la Storia?

Aquila: sì. Modestamente ce lo siamo meritati. Quella fu la prima volta in assoluto.

Alunno: la prima volta che successe cosa?

Aquila: io non mi sono mai intromesso nella vita altrui ma quella volta commisi un'eccezione. Non riuscivo a sopportare il pensiero che un uomo di così rara genialità potesse morire nel fiore dei suoi anni e mentre stava scrivendo il suo capolavoro. Fu così che decisi di… dargli un passaggio. A dirla tutta, fu alquanto imbarazzante. Quando arrivammo lui era già morto. Ci fingemmo addetti della pompa funebre per trarre in salvo il corpo che, in mano a quelli, sarebbe finito seppellito o, peggio ancora, cremato.

Alunno: [semiserio] l'allucinazione finisce qui?

Aquila: no. Stavamo per ripartire quando lessi su un giornale dell'epoca che un eccentrico gentiluomo morto da poco, aveva insistito affinché il suo corpo fosse spedito in Antartide. Secondo lui, congelando le sue membra, prima o poi sarebbe risorto, grazie alla generosità di qualche filantropo, che gli avrebbe regalato un nuovo corpo. Una volta risorto, mi raccontò quanta stupidità dovette fronteggiare per trasferire il suo corpo in Antartide. Tutti si opposero: il Governo, la Chiesa, il Re… Dissero tutti che era solo l'ultimo rantolo di un vecchio sclerotico. Accade spesso a chi riesce a vedere troppo in avanti.

Alunno: dov'eravate quando ti raccontò questo?

Aquila: stavamo già tornando. In realtà io stavo tornando, lui stava arrivando. Adesso inizi a capire?

-alcuni secondi di silenzio-

Alunno: chi c'è nella stanza? Chi ha completato il quadro? Chi è quel bambino?

Aquila: il bambino… lo so, è difficile da accettare ma… il bambino… il bambino è tuo padre.

-pochi secondi di silenzio-

Alunno: mio padre è morto nel…

Aquila: 2026, lo so.

-altri secondi di silenzio-

Aquila: [si fruga nella tasca] credo che la riconoscerai.

-l'aquila estrae una collana dalla tasca e la porge all'alunno-

Alunno: sì, è la collana che portava mia madre il giorno dell'incidente. Come l'hai avuta?

-l'aquila fa un cenno di finta dimenticanza-

Alunno: [sottovoce] mio padre… mia madre… [forte] ma sono morti! Sono morti!

Aquila: *erano* morti…

Alunno: [meravigliato] allora esiste davvero!

Aquila: [schiocca le dita] riavvolgi il nastro.

-la scena si fa disturbata per poi spegnersi-

CODA

MI MUOVO STANDO FERMO

La scena inquadra il cielo da una strada tranquilla, poi entra in una casa, siamo nel salotto. C'è una nerboruta signora con un sigaro che legge un giornale fatto di fogli bianchi, un signore seduto su una poltrona e un uomo molto vecchio che "dorme" su una sedia a dondolo, gli ronzano intorno delle mosche.

Signore: [guardando il vecchio] accidenti! Zio Frank ha un sonno veramente profondo! Sta dormendo da sei giorni!

Signora: [cinica] vai in giardino e scava una buca.

Signore: e perché? A che ti serve una buca?

Signora: fallo e basta!

Signore: [si alza, solenne] io vado a scavare la buca però non sono d'accordo! [va poi si rigira, solenne]: non sono d'accordo però vado a scavare la buca!

[esce in giardino e inizia a scavare]

Signore: ah! Se Zio Frank mi vedesse! Chissà se si è già svegliato!

[continua a scavare, a un certo punto la pala urta qualcosa. L'uomo si china e raccoglie un cofanetto luccicante]

Signore: [confuso] che ci sarà mai qui dentro? Spero non una bomba! [scuote il cofanetto e lo avvicina all'orecchio] [si sente urlare dalla casa]: vieni subito! [l'uomo si volta]: arrivo!

[rientra in casa. La sedia a dondolo è vuota, la signora regge un enorme sacco dell'immondizia]

Signora: aiutami a buttare questo schifo. [i due alzano il sacco. arrivano in giardino]

Signore: madonna quanto pesa! E che c'è dentro?

Signora [getta volgarmente il sacco] l'immondizia! [butta anche il sigaro nella stessa fossa e vi sputa. Copre la buca calciando dentro la terra che si era accumulata. Rientra in casa con la pala in spalla]

[il signore è ancora in giardino, estrae dalla tasca il cofanetto e lo esamina, curioso. Entra in casa e si dirige in camera, al piano di sopra. si siede e apre il cofanetto: al suo interno vi è un imbuto. L'uomo rimane deluso]

Signore: un imbuto? E io che credevo di trovare un tesoro… bah! [getta l'imbuto nel cestino]

[si sente urlare dal piano di sotto]: Dove sei? Maledizione! Corri!

[l'uomo corre al piano di sotto. La signora è alle prese con un orologio da parete impazzito: le lancette scorrono velocissimamente, fino a mandare l'orologio in tilt: saltano le molle e le lancette si bloccano e cadono a terra]

Signora: [forte] schifoso orologio! Vedi di rimetterlo in sesto! [da una pentola si leva un fumo nero, alza il coperchio] [forte, violento]: cosa? Bruciato? Ma se l'ho acceso un minuto fa! [nella padella c'è una massa nera indistinguibile]

Signore: lo mangerà il gatto… [il signore prende la padella e va via]

Gatto? Dove sei? [apre tutte le porte in cerca del gatto ma non lo trova] Gatto? C'è il tuo pranzo! [prosegue nel corridoio fino alle scale che conducono alla cantina; da lì proviene una strana luce, dalla porta socchiusa, prima fissa poi intermittente, si sente un lieve suono. La luce si spegne, cessa il suono. Ottavio rimane interdetto, fissando le scale. Dopo pochi secondi decide di scendere in cantina. Rovescia il cibo per terra e impugna la padella come una mazza. Apre la porta ed entra.]

Signore: gatto? Sei qui?

-nella stanza sembra tutto in ordine: c'è un tavolo e un armadio a due ante. L'uomo si guarda intorno ma del gatto non c'è traccia. Poggia la padella sul tavolo e continua a cercare-

Signore: gatto? E dai, lo sai che non ti faccio mangiare l'arrosto bruciato. Lo butterò nel camino come ogni volta. Non farmelo ripetere. Se mia moglie mi sente, ci finisco anch'io nel camino. Gatto? Dai, vieni fuori, lo so che sei qui.

-continua a vagare nella stanza. Poi si avvicina all'armadio-

Signore: [bussa sull'armadio] ti sei nascosto qui dentro? Adesso apro. [apre] o mio Dio!

-all'interno dell'armadio trova un vortice scuro che ruota lentamente. Sembra un tunnel-

Signore: gatto? Sei lì? Gatto?

-prova a infilare il braccio nel vortice ma non trova niente. si sente di nuovo la signora urlare dal piano di sopra-

Signore: dove sei? Stavolta ti ammazzo davvero!

-la signora scende le scale della cantina. L'uomo entra nel tunnel, che si chiude alle sue spalle; salvandolo da morte certa e aprendogli la porta dell'eternità-